历史传记小说丛书

苏辙传

光芒之下

史在新 著

中国文史出版社

图书在版编目（CIP）数据

光芒之下：苏辙传 / 史在新著．—北京：中国文史出版社，2021.12

（历史文化名人传记小说丛书）

ISBN 978-7-5205-3367-6

Ⅰ．①光… Ⅱ．①史… Ⅲ．①传记小说—中国—当代 Ⅳ．①I247.5

中国版本图书馆 CIP 数据核字（2021）第 231774 号

责任编辑：徐玉霞

出版发行：中国文史出版社

社　　址：北京市海淀区西八里庄路 69 号院　　邮　　编：100142

电　　话：010-81136606　81136602　81136603（发行部）

传　　真：010-81136655

印　　装：廊坊市海涛印刷有限公司

经　　销：全国新华书店

开　　本：16 开

印　　张：18.25

字　　数：300 千字

版　　次：2022 年 9 月第 1 版

印　　次：2022 年 9 月第 1 次印刷

定　　价：59.00 元

序

寻找苏辙

一

辛丑暮春，史君放下已在修改的《光芒之下：苏辙传》，从青岛匆匆来到江南古城鄂州，与文友们一道去了西山，为的是寻觅苏辙留下的足迹。

西山虽然不高，但峰岭险峻，古刹隐显，青松新竹，山泉如镜。当年孙权曾在山下筑东吴都城，取“以武而为”之意，命名武昌，至今山上仍有他的避暑宫，山顶还有他留下的试剑石！李白、元结、黄庭坚、陆游等历代文人墨客在此留下大量作品和遗迹。苏东坡被贬谪为黄州团练副使时，曾多次登临此山，访友问禅，陶冶情操。

史君是有备而来的。当一行人走到半山腰的九曲亭时，亭柱上的楹联引起了他的极大兴趣，那是苏东坡的两句诗：

忆从樊口载春酒，
步上西山寻野梅。

亭壁上是苏辙撰写的《西山九曲亭记》。当年苏东坡被谪黄州后，苏辙多次从筠州前来看望兄长，元丰五年兄弟二人结伴登山时，苏辙撰写了这篇《西山九曲亭记》。兄咏诗，弟撰文，珠联璧合，相得益彰，成就了中国文学史上的一段佳话。

史君像发现了一座富矿，他在亭内拍摄了多张照片留念。

二

鄂州西山与东坡赤壁隔江相望，次日一早，一行人便驱车去了黄州。

刚迈进东坡赤壁的大门，迎面就是一座苏东坡的雕像，文友们在雕像前拍了合照之后，便拾级而上，走进了东坡赤壁。在二赋堂里重温了前后《赤壁赋》后，又欣赏了石壁上的书法和绘画，这是历史留下的作品。

闻名遐迩的《黄州快哉亭记》，也是苏辙所撰。苏东坡初贬黄州时，居无定所，生计窘迫，曾在东坡垦荒，在庙堂栖身，但依然豁达乐观，其创作也达到了顶峰。此亭乃友人张梦得所建，苏东坡为亭命名，苏辙在《黄州快哉亭记》中借楚襄王兰台披襟为风的典故，来安慰兄长苏东坡。此文虽只有565字，却将叙事、抒情、议论融为一体，结构严谨，情景俱佳，意境深远。《古文观止》对其的评语是“读之令人心胸旷达，宠辱俱忘”。

三

中国文学史上的“唐宋八大家”指的是唐代的韩愈、柳宗元，宋代的欧阳修、苏洵、苏轼、苏辙、王安石、曾巩八位散文大家。在苏氏父子三人中，苏东坡的影响在当时和后世，都独占鳌头。

当史君说他想写苏辙传记时，我曾有过担心，虽然苏辙是杰出的散文大家，但在苏东坡耀眼的光环下，如何才能清楚写出苏辙的人物形象？这实在不是件容易的事。

我在写《苏东坡别传》的过程中，也曾查询过苏辙的年谱和作品，他和苏东坡的手足之情十分感人，他传世的诗歌有一千八百多首，文章一千余篇，造诣很深，但要为他立传，谈何容易！但史君是个拼命三郎，他认准了的方向就不会放弃。前年为了写《文天祥别传》，竟然在书稿完成之后，又往返行程万里，去采访这位民族英雄的后裔，追寻他抗元的足迹，瞻仰他在江西的陵墓。

为了写出他心目中的苏辙，他在清明节后又奔赴河南郏县，祭拜了文坛苏门三杰之墓，他站在苏辙的墓碑前，穿越时空，与这位先贤对话。在飒飒作响的柏树林中，他似乎听到苏辙的声音：一生忠君爱民，后来改为“忠国爱民”……

忠君与忠国，虽是一字之别，却是灵魂的升华。

刘敬堂

2021 年 8 月 28 日于海口琼山

目录

第一章

小名九三郎，他是苏东坡唯一的弟弟

我性本疏懒，父母强教之。
逡巡就科选，逮此年少时。
幽忧二十年，懒性祇如兹。
偶然践黄闼，俯仰空自疑。
乞身未敢言，常愧外物持。
——苏辙《次韵子瞻和渊明饮酒二十首》

1

宋仁宗宝元二年（1039）二月二十日，天刚刚放亮，四川眉山县城西的五亩庭院里，就传出一阵哇哇的啼哭声，苏家的三公子降生了！

就在苏家上上下下忙碌的时候，消息已在四邻八舍中传开：

“发喜蛋了！”

“谁家的喜蛋？”

“苏家的三公子！”

……

这是苏洵的第三个儿子，由于这一年是己卯年，因此苏洵为他起名为卯君。在苏家从曾祖排下来的同辈中，卯君排名第九十三位，所以小名叫九三郎。苏、程、石三姓是眉山当地的大家族，人丁特别兴旺。

草长莺飞的阳春三月，四川的眉山沐浴在醉人的春风和温暖的阳光里，这里的一花一树，一草一木，全都生机勃勃，就连空气中都飘浮着丝丝清香。田野里油菜花金灿灿，山坡上杜鹃花红彤彤，空中的蝴蝶和燕子自由飞翔，一如欧阳修笔下写的："雨霁风光，春分天气，千花百卉争明媚。画梁新燕一双双。"

苏洵家的三公子过满月了，一家老小喜气洋洋。

四川的眉山郡，南接峨眉，北望邛崃，东夹岷江，西通雅安，自古以来这里就是天府之国。唐中宗时苏氏的先祖苏味道，被贬官来到眉山任刺史，他就是那个描写烟花"火树银花合，星桥铁锁开"的诗人，他与杜甫的祖父杜审言并称初唐"文章四友"。他死后葬回了故土赵州栾城的苏邱村，他的二儿子苏份却留在了眉山，成了"三苏"这一支的先人。

《苏氏家谱》记载，苏洵的父亲苏序，人称苏七君，是其父苏杲九个儿子中唯一幸存下的第七子。他生性旷达，乐观天真，虽然务农不好读书，却乐善好施，丰年时拿米换稻谷储存起来，每逢灾年便拿出久存的稻谷施舍乡邻。年轻时正碰上李顺造反攻打眉州，苏序虽不是官员兵丁，但每天都手持兵器认真守城，他认为保家守土匹夫有责。

苏序其妻史氏，是眉山的大户，为人宽厚仁慈，生有三子：苏澹、苏涣、苏洵。苏序喜欢喝酒，经常与亲朋好友高歌狂饮。二儿子苏涣中了进士，喜报送达时，苏序正在外喝得酩酊大醉，他把喜报放进钱褡子里，把正吃着的牛肉也一起装了进去，然后让村童背着钱褡子跟随，自己拿着酒葫芦，倒骑着毛驴，唱着小曲回家。路上引来许多人围观，而他却仍然我行我素，自得其乐，一时成为坊间的笑谈。

苏序的三儿子苏洵，是个地道的农家子弟，从小也不喜欢读书，这让老父苏序很伤脑筋。都说婚姻能使人成熟，于是在苏洵十九岁那年，父母让他娶了十八岁的程氏为妻。这位大理寺丞程文应的女儿，知书达理，很有教养，虽然家庭富裕，却没有娇小姐脾气。苏洵婚后生活拮据，他却不事生产，仍然放荡不羁，成了当地出名的浪荡子。妻子程氏安于贫困，从不向娘家伸手，她唯恐伤了夫君的自尊颜面。她也曾私下规劝自己的夫君，然而他这耳朵进，那耳朵出，程氏每日郁郁寡欢。苏洵心中很清楚这一点，他承认“昔予少年，游荡不学，子虽不言，耿耿不乐，我知子心，忧我泯没”。盼君无望，程氏只好挑起家庭的重担，把全部心思放在了儿女身上。

苏洵婚后育有三男三女，九三郎最小，这幺儿子虽然生下来时瘦弱多病，却给全家族带来难以形容的欢乐。因为近几年来苏家噩耗不断，苏洵的长女因病夭折，母亲史氏年仅五十多岁也与世长辞，两年前长兄苏澹英年早逝，不料刚过去一年，苏洵长子苏景先竟又暴病早丧，继而第二个女儿也病故，死亡的阴霾一直笼罩着苏家上下。三公子苏辙的降生，给这个家族驱散了阴霾，带来了阳光，也带来欢乐。

三岁的二公子苏轼最为高兴，刚刚失去了哥哥，除了小姐姐再没人陪伴，现在又多了个弟弟，自己倒变成了哥哥！苏轼摸摸弟弟的小手，掐掐弟弟的小脚，亲亲弟弟的小嘴巴，自己又有伙伴可以一起玩耍了。

苏家九三郎的满月洗儿礼更是族中大喜事，这比以往更加热闹非凡，他这一辈的孩子大大小小就有九十三人哪，想不热闹都不行！

苏洵给三儿取名苏辙，是对应二儿子苏轼的名字而起的。轼是车上作为扶手的横木，辙是车行之后的车轮印，为什么给儿子的取名都与行车有关呢？庆历六年（1046），苏洵在赴京应考落榜后写下了一篇《名二子说》，详细说明了起名的缘由：轼是露在车外边的，好像没有什么用处，可去掉了就不是一辆完整的车子，苏洵是怕二儿子性格外向，敢想敢说敢做，过分显露自己，不会掩饰外表，容易肇祸引灾。辙只是车轮轧过的痕迹，车的功绩没有它的份，马死车毁也与它无关。苏洵比较放心三儿子，认为他性格淡泊，深藏不露，能无灾无难过一生。

写《名二子说》文章的当年，苏轼十一岁，苏辙才刚八岁。看来起名真是门学问，名字对应着儿子的秉性，隐含着父亲苏洵的担心、期望和祝愿，知子莫若父啊！

2

春去秋来，苏氏兄弟俩一天天长大，哥哥好动，爽朗豪放，随祖父；弟弟思想活跃却沉默寡言，像父亲。弟弟常年跟随哥哥，形影不离，日夜难分。苏家后院有一片不大的园林，栽种着许多花草树木，最多的是银杏树，这是小哥俩经常玩耍的地方，也是蜂蝶飞舞、蚂蚁甲虫出没的小天地。

有一天，两人又结伴来这里玩耍，柳树上有两只黄鹂在对唱，十分悦耳动听，就像一对一地交谈。哥哥捡起一块石头悄悄上前，想把鸟儿打下来。

弟弟马上劝阻说："哥哥，不可以，两个鸟儿这么快活，打伤了哪个都不好。"

"我想逮住一只，咱俩拿回家中玩耍。"哥哥说。

弟弟继续劝："就像我们哥儿俩，谁都不愿意分开，小鸟也是这样的。"

哥哥听了，停下脚步，想了想，丢下了手中的石头。

"你们做得真对！"兄弟俩回头一看，原来苏辙的保母杨金蝉和姐姐苏八娘一直在跟着他们，杨金蝉继续说道，"天地间花草飞鸟都是生命，人人都要善待他们。"小哥俩听了，默默地点着头。

程氏教育子女要以仁慈为本，全家上上下下都铭记于心，这品德惠及了苏氏一门的子孙后代。

苏家原住城西拨股祠，那里地势"形如飞凤，秀气独钟"，世代靠耕种稻谷为生。尽管上有父母，下有妻小，苏洵仍然是个甩手大掌柜，无忧无虑，终日嬉游。程氏不得不顶起这理家的大梁。她到眉山城里的纱谷行租赁了房舍，沿街开了几间店铺，做起了绸纱和稻谷生意，让小日子一天天红火了起来。

程氏不仅勤俭持家，其贤良淑德、敬老爱幼的品行也为后人所称道。她嫁入苏家刚刚二九年华，却甘于贫贱，苏家祖母年老跛扈，性格孤僻乖张，见谁就和谁吵架，唯有对孙媳妇程氏十分满意。晚辈的低声慢语，让老太太心也平了，气也顺了，有脾气也不发了。榜样的力量是巨大的，程氏的身教胜于言教，母亲这种可贵的品德影响了苏氏兄弟的一生。

3

苏家重教育，苏家兄弟从三岁起，就被要求读书、识字、背诗、讲史。

“苏老泉，二十七，始发奋，读书籍。”《三字经》的这十二个字，说的就是苏辙的父亲苏洵。苏洵婚后在外游荡了多年，长女因病夭亡时他不在她身边，二十四岁时母亲去世他也没能赶回家，生死离别的悲痛，聚少离多的悔恨，妻小相依的期盼，让只知道逍遥的苏洵终于安下心来，他自己写道：“二十五岁，始知读书，从士君子游。”庆历二年（1042）苏辙三岁时，苏洵去京师礼部考进士，结果落第不中。第二年又“举茂才异等不中”，茂才的选拔，是朝廷对有特异才能和有非常之功的低级官吏的提拔手段。遭遇两次失败后的苏洵不再四处游荡了，他像换了一个人，回到家中闭门苦读，考究古今治乱得失，以身作则，教授子女，发奋攻读。

小苏辙六岁那年，被父亲送到了眉山的天庆观，拜道士张易简为师读书，此时哥哥苏轼已经在这里读书三年了。张易简是远近闻名的学者，他头戴道冠，身着一袭青衫，长袖翩翩，满腮胡须。他每日里研习学问，研究《易经》多年，门下有学生上百名，名声远扬。

苏辙拜他为师，开蒙受业。

宋真宗御笔所写的《励学篇》，就是他的第一课：

富家不用买良田，书中自有千锺粟。
安居不用架高楼，书中自有黄金屋。
娶妻莫恨无良媒，书中自有颜如玉。
出门莫恨无人随，书中车马多如簇。

男儿如遂平生志，五经勤向窗前读。

有老师的授课，有哥哥的辅导，有父亲、母亲、姐姐和保母的监督，加上自己天资聪慧，苏辙的学习成绩一日千里。不久，苏辙自己也沾沾自喜起来。他的母亲却板起脸来告诫他要循序渐进，学习不能轻浮，要始终有恒心。母亲的教导深深刻进苏辙年幼的心底，令他获益终生，后来的他博览群书，知识逐渐渊博起来。

庆历五年（1045），苏洵又一次外出。这次时间很长，计划经嘉州，游峨眉，顺流南下去夔州，过巫峡，达荆州，然后到达京师汴梁，准备参加第二年的礼部考试。

丈夫不在家，程氏就把两个儿子接回家中，她要亲自教育。程氏希望孩子知事明理，学做正直、刚毅、有理想抱负的君子。

有一天程氏讲起了《后汉书·范滂传》，范滂是东汉时的“江夏八俊”之一，既有才学又刚直不阿，他反贪治腐，弹劾权贵，结果被当政的宦官污蔑为“党人”，要将他处死。临刑前，范滂劝说母亲不要悲伤，他母亲反而激励他说，能够舍生取义，作为母亲会为儿子自豪！

程氏讲到这里也很激动，她语重心长地对两个儿子说：“人生一世要注重气节，当生命和气节不可兼得的时候，就应该舍生取义！”

小苏轼望着热泪盈眶的母亲，斩钉截铁地说：“母亲，我长大以后，也要做范滂这样的人，你同意吗？”

程氏一听，得意地笑着说：“那我就做范滂母亲这样的人！”

站在一旁的小苏辙，也学着哥哥抑扬顿挫地说：“我也一样！”

程氏心情激动，说：“你们将来果真能为气节而死的话，我也就没有遗憾了！”说完，她伸开双臂，将两个儿子紧紧地搂在怀里……

我家亦多书，早岁尝窃叩。
晨耕挂牛角，夜读借邻牖。
经年谢宾客，饥坐失昏昼。

苏辙早年的诗句就是他们兄弟二人的生活写照。

程氏不但教子读书写字，而且像农耕、种粮种菜、种花种树、放牛割草等农活，也样样让他们参加。苏轼尤其喜欢做饭炒菜的家务劳作。苏轼的乳母任氏、苏辙的保母杨氏有时心疼孩子，认为家中人口众多，不必让几岁的娃娃干这些粗活，可程氏不这样认为，她给大家讲“授人以鱼不如授人以渔”的道理。

每到种树季节，兄弟俩从不落后，刨坑挖土，栽树浇水，出过一身臭汗，带来一片欢笑。在全家上下辛苦劳作下，青松翠柏绿化了园子，花香鸟语陶冶了情操，菜圃的蔬菜自给自足，满囤的粮食富足有余……

4

苏辙从小除有哥哥苏轼陪伴外，还有一个小姐姐苏八娘，她比苏轼大一岁。苏洵夫妇生有三女，不料两个早亡，仅剩八娘一个，所以夫妻俩十分疼爱她。八娘长得薄唇圆脸，乌黑大眼，额头高耸，双颚外凸。她聪明好学，天真烂漫。苏洵夸赞她：“幼而好学，慷慨有过人之节，为文亦往往有可喜。”

苏八娘从小照顾着苏辙、苏轼两个弟弟，每日里形影不离，她是姐姐，平时处处忍让带头。在眉山纱谷行，她帮着母亲料理家务，照看小弟；在父亲的书斋，她和弟弟们一起作诗答对写文章。因为八娘聪颖慧黠，才思敏捷，经常写出“可喜”的文章，所以苏洵十分高兴，经常让弟弟们向姐姐学习。

有一年秋收时节，场院里堆满刚从地里运回的玉米，墙边的石榴树结满了累累果实。全家人围坐一起，扒着金黄色的玉米，享受着丰收的喜悦。小苏辙在一旁，围着大家转圈玩耍。

八娘提议大家猜谜语，她先出谜面：

剖开舟两叶，内有黄金白玉。

小苏辙猜了半天，摇着头猜不出来。苏轼手举着一个玉米说：“不就是这个吗！”

八娘让苏轼也出一个谜面。苏轼看了看四周，一字一句地说：

打破坛一个，中藏玛瑙珍珠。

大家哈哈大笑，因为眼前石榴树上的石榴，个个都绽开了，露出了珍珠玛瑙一样的石榴子。

苏辙十四岁的时候，姐姐苏八娘因病去世了，他痛哭流涕，一直忘不掉这唯一的好姐姐。

记得她和哥哥两人肆无忌惮的打闹，相互无忌讳的调侃。八娘脑门凸起，弟弟苏轼嘲笑姐姐说：

未出庭院三五步，额头先到画廊前。

苏八娘也不生气，她说弟弟长着长长的马脸：

去年一滴相思泪，至今流不到腮边。

苏轼见姐姐眼窝内陷，就又讥笑她：

几回拭眼深难到，留却汪汪两道泉。

还是姐姐大度，不再去和弟弟斗嘴，搂着小苏辙，到院子里逗小猫玩去了。

苏八娘十六岁嫁给了舅舅家的表哥程之才，十七岁生子，因在婆家遭受虐待，十八岁抑郁而亡。这给苏洵夫妇带来致命的打击，程氏因此郁郁而终，苏程两家于是结怨了几十年。

婚姻的不幸，才女含恨早亡的悲惨遭遇，引起了文人学士们的同情，《醒世恒言》就把苏八娘演绎成了苏小妹，于是这位才华横溢的名门淑女的故事，就在民间一代代流传开了！

第二章

天资聪明，体弱多病，写诗作赋不输哥哥

有能推至诚之心而加以不息之文，则天地可动，金石可移。

——苏辙《三论分别邪正札子》

1

苏洵从汴京回来了，这次科考又名落孙山！他对考试绝望了，因为他对骈体文特别不感兴趣，回家后便把原来写的书稿抱到书房外，一把火统统焚烧了！他又认认真真读起《诗》《书》《礼》《易》《乐》《春秋》六经来。他对儒家、道家、法家、墨家、杂家、阴阳家、纵横家等诸子百家进行了深入的研究。苏洵暗自发誓：不将这些经典书籍读熟读透之前，绝不再写文章！

这时，苏洵把自己的全部希望，都寄托在两个儿子身上，并告诉他们："读是书，内以治身，外以治人，足矣！"他首先要培养孩子爱好读书的习惯，针对孩子顽皮好奇的天性，他自己看书时一见到儿子，立马偷偷将书藏起来。儿子越感奇怪，他就越要隐藏，这样孩子就越想知道书中的内容，慢慢也就养成了喜欢看书的习惯。

苏洵读书多，藏书也多，这为两个儿子的读书提供了方便。

苏辙每天和哥哥形影不离，苏轼是天才，苏辙的智力也差不到哪儿去。苏辙学写诗时，十一岁的苏轼已经能作赋了。有一天晚上，苏轼被老鼠闹得失眠，早上起床后头昏脑涨，心中十分恼恨，于是写了一篇《黠鼠赋》：

“苏子夜坐，有鼠方啮。拊床而止之，既止复作。”

苏辙见哥哥写老鼠咬东西，拍床又制止不了，于是也来了兴趣，便坐在一旁看他继续写下去：“使童子烛之，有橐中空。嘐嘐聱聱，声在橐中。曰：‘噫！此鼠之见闭而不得去者也。’发而视之，寂无所有，举烛而索，中有死鼠。”

苏辙问：“怎么袋子里的是只死老鼠呢？刚才袋子里的声音是鬼吗？”

苏轼继续写道：“童子惊曰：‘是方啮也，而遽死也？向为何声，岂其鬼耶？’覆而出之，堕地乃走，虽有敏者，莫措其手。”

苏辙看哥哥写到这里哈哈大笑起来：“哦，原来老鼠狡黠装死，把它倒在地上后，它就立即逃跑了，即使敏捷的人也捉不到它！”

苏辙瞪着眼睛又问苏轼：“你怎么把我也写进文章里了，写完了吗？”

苏轼感叹地说：“这只老鼠狡猾得令人惊异，它在袋子里咬不破窟窿，就发声、装死，然后逃脱。”然后继续写道：“吾闻有生，莫智于人。扰龙伐蛟，登龟狩麟，役万物而君之。”

苏辙问：“你说的这两个典故，是人能驯服神龙杀蛟龙，能捉拿神龟猎麒麟的故事吗？”

苏轼说：“对！所有生物中没有比人更有智慧的了，却败在老鼠的计谋之中。人的智慧又体现在哪里呢？”

苏轼坐下来闭眼假睡了一会儿，才告诉弟弟苏辙，又像自言自语道：“你只是多学而记住了一些知识，但离‘道’还是很远呢！”

苏辙跟着问：“什么是道？”

“‘道’就是道理，儒家是人道，道家是天道。其实我也讲不明白，你去问父亲吧。”苏轼继续说，“如果你对自己不专一，对外界存有二心，那么一只老鼠发出的叫声就会让你变色。”

苏辙又问：“这就是文章的结尾吗？”

“不！我还要继续写。”苏轼顿了顿，接着写道：“人能碎千金之壁而不能无失声于破釜，能搏猛虎不能无变色于蜂虿，此不一之患也。”

苏辙：“哦！人能在打破价值千金的美玉时不动声色，却在听到打破一口锅时失声尖叫起来；人能够搏斗猛虎，可见到蜂蝎时却不免变色，这都是不专一的结果。对吗？”

苏轼笑着说：“对！你说的正是我想写的！我的《黠鼠赋》写完了。”

苏辙：“我并没说什么呀！”

苏轼说：“你就是那个童子呀！”

苏辙好强地说：“那我以后也自己写！”

哥俩的欢笑声，引来了正在书斋读书的父亲，苏轼把文章藏起来，嘱咐弟弟先不给父亲过目，他还要修改。

2

苏洵将两个儿子先后转到眉山的寿昌书院学习，因为在这里授课的刘巨是位饱学之士，他字微之，为人老成持重，不求闻达，专注学问，而且诗词功底深厚，一生以诗书自娱自乐。

刘巨开课的第一讲是“孔子曰：不学诗无以言”。

接着，他给学子们讲解古体诗和格律诗，循循善诱。又讲汉字的平仄声调，再讲格律诗的四种基本句式，再讲什么是对，什么是粘，什么是押韵，什么是对仗，什么是典故，谆谆告诫学生们要多读，多写，多背，多练习，并要求学生们写诗一定先从绝句起步。

苏轼十三岁时就因给老师改诗，将“雪片逐风斜”改为“雪片落蒹葭”，在当时传为美谈。

小三岁的苏辙也不甘落后。有一天放学后正逢大雨，因为未带雨具，苏辙和哥哥，以及家安国哥俩、程建用、杨尧咨六人滞留在学堂里。大家闲着无聊，苏轼说：“我们一起以六言诗联绝句，好吗？”

大家齐声赞同。

程建用第一个起句：“庭松偃仰如醉，”

杨尧咨接着联上：“夏雨凄凉似秋。”

苏轼故意弄巧：“有客高吟拥鼻，”拥鼻就是掩着鼻子。

家安国兄弟俩都推托太难对了，联不上下一句，于是都瞪眼看着年龄最小的苏辙。

苏辙歪头想了想，突然蹦出一句："无人共吃馒头。"

宋朝的馒头就是现在的包子，这叫什么诗？顿时哄堂大笑，不过仔细一分析，他联得没有错误啊！不但没有错误，而且对得工整。六言绝句要求平仄相对，偶句入韵，一韵到底，可以对仗也可不对仗。程建用的起句是平声起不入韵的句式，要求平平仄仄平仄，仄仄平平仄平（韵）。仄仄平平仄仄，平平仄仄平平（韵）。第四句只要和第三句平仄相反，与第二句押韵便可。

老师刘巨想不到苏辙十多岁的小小年纪，对律诗如此了解，还能无人对有客，共吃对高吟，这是很难得的。

寿昌书院离家太远，苏轼兄弟二人每日都吃自己从家带来的午饭，因为家庭不富裕，他们的午饭仅仅是白米饭、白萝卜和白盐，他们自称这是"三白饭"。虽然不是美味佳肴，可兄弟二人仍然吃得津津有味。

多年之后，朋友刘贡父听苏轼讲过当年与苏辙吃的午餐是"三白饭"，还"戏要"了苏轼一次。他约好苏轼去家里吃皛饭，苏轼从没听说过这种饭菜，很是好奇，上桌一看，仅有一盆白米饭、一盘白萝卜、一碟白盐，原来就是苏轼当年说的"三白饭"，彼此心领神会，不觉大笑，让苏轼回忆起了幼年和苏辙一起读书的难忘岁月。

宋仁宗皇祐五年（1053）苏辙十四岁，那年的中秋节，他和哥哥苏轼约好同窗好友家定国、家安国、家勤国三兄弟一起游连鳌山。此山在县城西南八十多里，是眉山的一处游览胜地。

是夜皓月当空，清光泻宇，银辉染林，五人诗兴大发，坐在一块巨大的青石板上吟哦起来。

家定国起句："登高望月蟾宫近，"

家安国承句："寂寞嫦娥喜迓宾。"

苏轼转句："四海风云会琼宇，"

家勤国推让给苏辙结句，苏辙毫不推让："苏家轼辙定安勤。"

家勤国在一旁拍掌说："真棒！你把二苏三家都写进诗句里了。"

面对巍峨的高山峻岭，十七岁的苏轼意气风发，从寺院中借来笔墨，他挥毫写下了"连鳌山"三个大字，每字丈二见方。

石匠历时七天，将三字凿刻于山腰。这是苏轼存世字体最大的书法作品，二苏也为后世留下了一段千古佳话。

3

苏辙生下来就身体虚弱，先天发育欠佳，后天营养不足，虽然个子高挑，却疾病缠身。幼时患有支气管哮喘，天一凉就发病，往往突然喘咳，呼吸困难，发作起来鼻翼扇动，胸部膨隆，喘息的哮鸣音像拉风箱一样。从小苏辙就没少看郎中，有的说是肺虚自汗，应该补肺固表；有的说是脾虚痰咳，应该健脾益气；还有的说，用民间偏方砒霜可以治疗寒痰哮喘。他脾胃不好，夏天不能吃凉的，秋天一凉，肺又喘咳，苏辙整日和药罐子打交道，时好时坏，令全家人十分担心。

苏辙身子不舒服，哥哥苏轼也经常牵肠挂肚。苏轼后来作诗讲他弟弟："忆子少年时，肺病疲生卧，喊呀或终日，势若风雨过。"

眉山邻近的彭山即彭祖山，因彭祖和他女儿在此生活过，传说最后在此修炼成仙而得此地名。那里的人个个长寿，男女老少很少患病，还留有不少治病延年的良方。

苏洵在清明节祭祖完毕之后，就带着两个儿子直奔彭山而去，他希望为苏辙找到治病的方药。

四川的岷江从北到南流经彭山、眉山、青神三县，长达二百余里，它和青衣江汇合处，就是闻名全球的乐山大佛。苏洵父子三人一路游览，来到闻名遐迩的彭山，这里林木茂密，空气清新，山峦环抱，溪流逶迤，修竹滴翠，花果飘香，确实是仙山宝地，难怪人称长寿之乡。

《地舆志》载：彭祖名篯，字铿，是上古五帝之一颛顼的玄孙。司马迁在《五帝本纪》中有记载：尧时彭祖等十人被举用，还有十二位部落首领，舜执政时继续任用了这二十二位大臣，其中包括彭祖。据说他活了八百零三岁，前后娶过四十九位妻子，生了五十四个儿子。按当时的历法计算，相当于现在的一百二十六岁，不过也了不得，因为上古时人的平均寿命仅有三十岁左右。彭祖之所以长寿，是因为他善于养生，马王堆出土的竹简中有十二枚医简，详述了彭祖的养生之道，归纳为引导、膳食、房中、医药四大养生术。

彭祖的长寿是善于养生，但民间传说却有不同的版本。

传说彭祖最后那个妻子追问他长寿的秘诀，期望与他少妻老夫长相厮守，他却坦白地讲，并没有秘诀，是阎王爷将生死簿上他的那一页，撕下来做了纸捻子，阎王早把这事给忘记了。

判官找不到彭祖的档案，阎王就派黑白无常来阳间侦查。为了向百姓摸底，两个小鬼在河滩洗炭，一边洗一边喊："洗黑炭，洗黑炭，洗白黑炭去卖钱！"

彭祖的妻子碰巧来河边洗衣服，见了很觉可笑，告诉他俩说："我家相公活了八百多年，从未听说黑炭能够洗白！"

黑白无常听说有人竟能活八百多岁不死，回去汇报给阎王。阎王让他们将彭祖押到阴曹地府来，仔仔细细盘问了一番，后来才想起纸捻子没被装订到生死簿上，所以档案前前后后查阅不到。

彭祖被阎王勾了名字，也总算寿终正寝了，可当地百姓反而感觉很遗憾，民间于是传下两句歌谣："彭祖活了八百八，死在老婆说实话！"

在彭祖墓地，苏辙对父亲说："这陵墓不可能是真的，顶多是个衣冠冢而已。"

苏洵问他："你有什么理由？"

苏辙认真回答说："彭祖当年独来独往，去过遥远的武夷、彭城。历史已经久远，又传说他已经得道成仙，怎么能葬在这里呢？"

苏轼在一旁也很赞同弟弟的看法。

小小孩儿就有这般独到的见解，苏洵内心真为儿子感到骄傲。

传说尧帝积劳成疾，卧病在床，滴水不进，危在旦夕。彭祖打来野鸡，加入稷米（黄米）和茶籽，熬成“雉羹”给尧帝内服。结果奇迹发生了，尧帝不但疾病治愈，身体也逐日健壮，从此以后，尧帝每日都吃雉羹，渐渐容光焕发，百病不生。茶籽榨取的茶油，被称为“东方橄榄油”，稷米具有益气健脾的功效，“雉羹”于是被誉为天下第一羹，也成为中国记录最早的名吃。

除“雉羹”外，彭祖还做了“麋角鸡”，就是麋鹿茸与母鸡同炖，麋鹿茸益气血，补虚劳，有治疗腰膝酸痛、壮阳添精的疗效。还有一种佳肴叫作“羊方藏鱼”，就是将新钓之鱼和羊肉一起闷煮，食用起来十分鲜美。彭祖与妻子讲过，鱼和羊组合成一个“鲜”字，鱼类性凉，羊肉性燥，一阴一阳，阴阳平衡，调理脾胃，适合养生。

彭祖传下的一种“云母羹”更是别具一格，它是用矿物云母做原料。药用云母粉有镇惊安神、止血止泻的作用，据说能够延年益寿。苏辙后来写了《七绝·彭祖庙》，诗中就谈到了云母羹：

长说先师似老彭，共疑好学古书生。
不知亦解餐云母，白日登天万事轻。

苏家父子三人在彭山住了三天，参观了彭祖墓和养生殿，采访了多名长寿老人，请教了几位郎中和道士，为苏辙抄录了一些治病养生的药方，三人便满载而归了。

4

在返回眉山的路上，父子三人又去了彭山县的象耳山。苏洵要求他哥俩不要错过这个地方，为什么呢？还是苏轼懂的知识多，他问弟弟还记不记得“只要功夫深，铁杵磨成针”的故事？苏辙说当然记得，那是李白小时候的传说。

苏轼告诉弟弟，这个故事就发生在象耳山下！

离开县城向北步行一个多时辰，父子三人来到山下一个不大的村落，路上一位挑脚农夫告诉他们，这就是象耳村，村边小河就是“磨针溪”。

望着松柏茂密、修竹万竿的山坡，苏洵告诉苏辙：“李白当年曾在此读书，整日没有定性，坐不住，和你们开始念书时一个样子，不好好念书，老从学堂里往外跑！”

苏辙调皮地说：“不往外跑的话，还看不见小河边磨针的老婆婆呢！”

苏轼却说：“这是个杜撰的典故，把一个铁棒锤磨成小小的绣花针，那要等到猴年马月！”

苏辙接过话去说：“父亲，哥哥又钻牛角尖了，这是古人在告诉我们一个道理。”

苏洵很赞成小儿子的话，接着问他是什么道理？

苏辙说：“学习和做事都一样，需要持之以恒，坚持到底才能成功。”

苏洵转身批评苏轼：“铁杵磨针也不一定是杜撰，那个老婆婆姓武。即便是杜撰的故事，也是励志的好故事嘛！”

眉山境内的青神县，位于岷江之滨，程氏的娘家就在青城。诗仙李白在名作《蜀道难》中写道：“蜀道之难，难于上青天，蚕丛及鱼凫，开国何茫然！尔来四万八千岁，不与秦塞通人烟。”

古蜀国是个四面环山的盆地，第一代蜀王蚕丛就在这里出生，因“青衣而教民农桑，民皆神之”而得名青神。

苏洵领着两个儿子来到青神的中岩山，这里的风景甚佳，奇岩怪石目不暇接，被人誉为“川南第一山”。山岩上刻有众多造像，大都是隋唐之前的杰作，还有玉泉岩、仙人床、牛头洞等众多景观。

中岩山中还有一处中岩书院，乡贡王方在此执教。他学问渊博，教学有方。苏氏父子三人原本想去拜访王方，但听人说，他去成都会友了，未能当面求教，只好沿原路下山。没想到后来苏轼被父亲送来读书，深获王方青睐。王方有个女儿芳名王弗，秀外慧中，也跟着父亲在此读书。她是闻名乡里的才女，因为苏轼为书院的鱼池题写了“唤鱼池”三个大字，二人一见钟情，成为苏轼的第一任妻子。不过，这已是多年以后的事了。

5

苏辙的二伯父苏涣，是苏家几代人中最早进士及第的佼佼者，当年登科后，“乡人皆喜之，迎者百里不绝”。然而这位眉山人的骄傲却一直在外做官，苏氏兄弟俩连他的面都没见过。

宋仁宗庆历七年（1047），苏序去世了，苏涣回乡为父丁忧守孝三年，不到九岁的苏辙和哥哥才有机会受这位伯父的教诲。

苏辙曾问过他的二伯父：“你是怎样连考三场，最后考中进士的？”

苏涣笑着说道：“这要感激朝廷的偃武修文，得益于北方边境歇兵罢战，还有祖宗的诗书传家，父辈的勉励督促。当然，主要靠自己的刻苦读书，钻研学问。”

苏辙反驳说：“我爷爷可是面对黄土背朝天，他并不喜欢读书呀！”

苏涣语重心长地说：“错！你爷爷虽然读书没有我们多，但是他对子女要求严格，是位很称职的长辈。我们祖辈也算是耕读之家。”

苏轼在一旁插话：“听说爷爷对孩子要求太严厉了，苏澹大伯就是科考失意病故的！”

苏涣拉着苏轼的手说：“这不能怪你爷爷。虽然你大伯落榜难过，主要还是你奶奶过世太早，他自身又患病，悲伤过度，过早地谢世了。”

苏辙又问：“二伯，你读书学习有什么诀窍吗？”

苏涣笑了笑，说道：“我少年时不懂就问，稍大一些就给自己规定一天读几个时辰书，写多少字，决不懒惰懈怠。”

“你读几个时辰书？写多少字呀？”苏轼很有兴趣地追问。

苏涣回答：“每天至少读四个时辰的书，抄写《史记》《汉书》三千字，这样能够增强记性。”

苏涣还语重心长地教育两个侄子，要修身养性，要模范律己，这才是“儒者之为”。

受苏涣影响，这种不懈读书，抄书练字的习惯，苏轼和苏辙二人坚持了一生。

苏辙从十二岁起，身体慢慢好起来了，虽然仍感虚弱，但哮喘病很少复发了。他原来少言寡语，现在也愿意讲话了，不知不觉间，个头也长高了不少，甚至超过了哥哥。

苏辙认为，父亲对他影响最深的是文学创作和学问的积累，他牢记父亲对他们应该著书立说的提醒。父子三人还共同撰写过同一题目的《六国论》，用他们各自的观点一起评判历史。

在十五岁时，苏辙写了《孟子解》，他批判孟子是“野人之言，非君子之论”，因为孟子说：“舜为天子，皋陶为士，瞽叟杀人，皋陶则执之，舜则窃负而逃于海滨。”苏辙引经据典，认为不可能出现这种事情，即使“瞽叟杀人”，舜也不必偷偷背着父亲逃走！因为《周礼》规定：皇亲国戚可以免刑嘛！

苏辙的这种独立见解，令当时的大儒们惊叹不已。

苏辙十七岁那年，撰写了一篇《缸砚赋》，写的是哥哥苏轼送他的一个用酿酒缸做成的砚台。

他先写“生乎黄泥之中”“出乎烈火之下”的酿酒缸，“终日醉饱，外坚中虚”；再写“弃于路隅”“斧凿见剖”被制成砚台；然后发表议论：过去是“悲其弃”，现在是“悲其用”。做酒缸时“开口而受湿，茹辛含酸而不得守子之性”，做砚台时“坦腹而受污，模糊弥漫而不得保子之正”。虽然不能保住黄泥土的本性，却顺从了自然归属。最后得出结论，酒缸杀身成为砚台，却“吐词如云，传示万里”，写文章名扬天下，胜过酒缸的醉生梦死。

这就是人生的哲理！

青少年时期显露出的才华，苏辙一点也不比苏轼差！他心智早熟，不显山不露水，就像深埋地下的金子，也像他的名字一样，虽默默无闻，却发挥着自己的作用。在进行科考之前，他除大量诗作和《孟子解》《缸砚赋》外，还写了《论语略解》《春秋论》等著作。这是一种蓄势待发，他已经做好了功课，就等待着金榜题名了！

第三章

过阆中，走栈道，父子三人陆路出川

少年喜文字，东行始观国。
成都多游士，投谒密如栉。
纷然众人中，顾我好颜色。
猖狂感一遇，邂逅登仕籍。
——苏辙《送张公安道南都留台》

1

宋仁宗至和二年（1055），在父母主持下，十七岁的苏辙与同里史瞿的女儿结为夫妻。虽说史氏比苏辙小两岁，但她贤惠、善良，勤俭持家，不但公婆称心满意，小夫妻也恩爱有加，家中时常充满祥和的欢声笑语。

成家就要立业，苏轼娶了王方的女儿王弗，算算苏辙也已成家一年，下一步就该是考取功名了。说来也巧，礼部奉诏今岁开科贡举的行文已送达益州，知州张方平与苏洵是多年的至交，他派人送来一封信，让他携苏轼苏辙赴京应考。

清明节的清晨，苏洵领着苏轼、苏氏兄弟二人，在祖坟前燃香焚纸拜祭之后，又齐刷刷跪在墓碑前面，默默叩头祷告，祈求祖宗保佑他们金榜题名。

暮春时节，江南草长，杂花生树，群莺乱飞，苏门父子三人离家启程时，程氏领着两个儿媳为他们送行。

苏洵常年游学在外，撇家舍业是家常便饭，并不在乎一次次远行。他叮咛了妻子几句话，交代了仆人几件事，就早早坐到车中去了。

苏轼与王弗结婚已有两年多了，也曾去过成都，见过一些世面。他嘱咐王弗说："你在家要好好照顾母亲和弟妹。"

王弗笑着说："放心吧，夫君，你在外好好照顾父亲和弟弟，也照顾好你自己。"

她一边说着话，一边将已归置好的诗词文稿递给苏轼，还一一告知四季衣服都存放在哪个箱子里。

唯独刚刚新婚燕尔的苏辙，这是第一次远行，心中的离情难以述说。他先辞别母亲和保母，然后再与羞羞答答难分难舍的妻子告别。史氏毕竟年轻，在苏辙面前哭鼻子抹眼泪已经多日了，现在临行出门，在众人面前眼泪忍了又忍，还是难以忍住。苏辙却表现出大丈夫的气概，表面和哥哥一样满不在乎，大声嘱咐妻子说："在家好好孝顺母亲大人，多跟嫂嫂学习理家。"

苏辙见史氏的眼泪又要夺眶而出了，马上拉她到一边，悄悄说道："莫要让嫂子和下人讥笑，我会常给家中寄信来的。"

见妻子还是依依不舍，他不得不把她交给保母杨金蝉，这才一步三回头地追赶车马去了。

2

三苏进京计划的路线图是先去成都，然后经蜀道陆路出川。

成都，是西南的大都会！

成都名字的来历，与西周建都的历史有关。当年周朝的先祖迁到岐山，一年成聚，两年成邑，三年成都，故名蜀都。四川话"蜀都"就是成都。这里古时候丝绸纺织业发达，西汉时设有锦官管理，故又称"锦官城"，简称"锦城"。唐代诗人杜甫有诗云："锦城丝管日纷纷，半入江风半入云。”“晓看红湿处，花重锦官城。”都是咏吟成都这座古城的。

苏辙兄弟一路聆听着父亲的讲解，一路领略着大好河山的壮丽景色。

成都因为在城墙上遍种芙蓉，开花时节如彩云滚滚，又称作“芙蓉城”，简称“蓉城”。苏轼后来也有诗云：“芙蓉城中花冥冥。”

成都一直属于益州管辖，张方平就是益州的父母官。

眉山离成都有二百余里，三人乘坐的马车不到三天就到了。这里不像眉山小县城，道路宽敞，店铺林立，车水马龙，十分热闹。蜀地是天府之国，益州是大宋朝人口最多的一个州府。苏辙被眼前的一切迷住了双眼，长到十八岁，还是第一次看到这样繁华的大都会！算是开了眼界。哥哥苏轼因年前曾随父亲来过，所以印象挺深刻，他沿路指指点点给苏辙介绍：这里是武侯祠，那里是杜甫草堂，前面是大圣慈寺，他还要领弟弟去都江堰看看李冰父子二王庙呢！

三苏来成都的目的是拜见知州张方平。他们到州衙，递过拜帖，张方平听说苏家三父子到了，十分高兴，连忙亲自出迎进衙。

张方平字安道，是应天府宋城人，从小聪明过人，读书过目不忘，被称作天下奇才。他最高官拜过参知政事，属于副宰相之职，在滁州、江宁、杭州、益州等地做官时都有不错的政绩。他为人慷慨有气节，为政清明，重视人才，尤其善于理财。他以国士之礼接待了苏氏父子三人，让苏洵感动得流涕落泪，因为他们父子当时还仅仅是三个布衣！

张方平曾读过苏洵的《机策》《衡论》《权书》《洪范论》等著作，认为他学识渊博，文章雄浑有气度，是一位极有修养的贤才。“论古今治乱，及一时人物，皆不谋而同。”苏洵曾感叹说：“世人具不识我，唯独张公其人有知人之明。”就因为两人有共同语言，所以张方平极力向朝廷推荐苏洵，但是，不知什么原因，此事却是泥牛入海无消息了！

其实，推荐苏洵的不止张方平一个人，雅州知州雷简夫、铁面御史吴中复都曾举荐过他。至和二年苏洵去雅州见过雷简夫，他读过苏洵的《洪范论》后，两人相见恨晚，成为知己。雷简夫写推荐信给张方平、韩琦、欧阳修等人，认为苏洵是个不可多得的人才。

这次父子三人来成都登门拜见，张方平把他们当作上宾，备酒接风后，安排他们住进了官衙的斋舍。见面之初，苏轼、苏辙就交上自己的文章让知州过目，张方平十分高兴，认为这比任何见面礼都要贵重得多。

3

第二天早饭后，张方平推掉公务，亲自出题考核苏洵的两个儿子。他在纸上写了六个题目交给两人，自己却躲在隔壁偷偷观察起来：

苏轼得题后，略加思索，就龙飞凤舞地书写起来。

苏辙看到题目却有疑问，以手指示意向哥哥问询，苏轼并不回答，只是举起笔管倒敲了几下桌子，意思是这题目出之先秦的《管子》一书，你应该明白！

苏辙又指着第二题，摇头示意不解，苏轼并不回话，用笔给他划掉了这道题目。

兄弟二人交卷后，张方平特别高兴，并不计较苏辙的"作弊"举动，因为第二题本就无出处，他是故意来考察他们二人判断能力的。

看完考卷后，张方平对苏洵说："二子皆天才，长者明敏尤可爱。然少者谨重，成就或过之。"

张方平还对他的朋友说过："苏氏二子将来必学而有成，可为济世之才。"

张方平真是慧眼识珠，一语中的，苏轼、苏辙从此如日升天。苏轼的确"明敏"，他文史哲艺、诗词书画的才气可谓前无古人后无来者；而苏辙也的确"谨重"，文章质朴，因为淡泊朴厚，虽然在文坛上被哥哥的光芒罩住，可他后来的官位却比哥哥还要高！难怪苏辙对张方平"顾我好颜色"的态度感激一生："予年十八与兄子瞻东游京师。是时张公安道守成都，一见以国士相许。自尔遂结忘年之交。"

苏辙与张方平的友谊至死不渝！

4

三人在成都虽然只住了五六天，却游览了不少地方，大街小巷转转，商铺作坊逛逛，成都的繁华给苏辙的印象太深刻了。回到州衙谈及此事，苏洵大力称赞张方平治蜀有方，成都繁荣是有原因的，共同富裕离不开扶贫。益州的扶贫政策不摆花架子，贫民名册三年一核对，扶贫工作长期执行着。张方平的这一举措，体现了中华民族的传统美德，他还给贫民发放一种盖有官印的证券，就像如今发放的“消费券”一样，凭券可在春节购买粮米，秋季购买食盐，全部由政府来买单！

“锦城”成都的丝绸纺织天下第一，东汉时期，城内就有几十万人了，其中不少人从事纺织业。以此谋生使得老百姓渐渐富裕起来，社会一派欣欣向荣的景象。

很久之前却不是这样，还得感谢廉太守。当时是小农经济，妇女们白天家务劳作，夜晚才能点灯纺织，久而久之，火灾频频发生。城中的房子又大部分是木材建造，而且毗邻相连，一遇火灾，连片燃烧！后来官府不得不下令，“禁民夜作，以防火灾”。

老百姓的生活从此艰难起来，就在困顿无望之时，新任蜀郡太守廉范来了。他字叔度，是名将廉颇的后代，是个爱民的好典范。经过实地调研，廉范制定了三条法令：

一、撤销晚间不许点灯纺织的禁令。

二、纺织人家门前必须备好盛水的大桶大缸。

三、水缸储备的水必须是满的，定期检查，违者给予处罚。

大火预防了，火灾减少了，成都的丝绸纺织业又蒸蒸日上地发展起来，老百姓的生活也渐渐富足。吃茶的多了，茶坊也多了，摆龙门阵的自然也越来越多了。国富民强，街头巷尾传出来老百姓赞美的歌谣：

廉叔度，来何暮？不禁火，民安作。平生无襦今五绔。

用今天的话说，就是：廉太守啊，你怎么才来呢？不用禁止点灯了，我们安心纺织了，过去穷得没有衣服穿，现在光绸缎裤子就有五条了！

成都城里热闹，城外也是生气勃勃，父子三人又去了都江堰和青城山，当他们沿着苍翠的山路去登青城山时，一路山高水长，静谧幽深，层层青绿，青城山真是名不虚传。看过三清殿，来到天师洞，这是张道陵当年静心修炼的地方。

东汉时期，道教创始人张道陵从鹤鸣山来到这里，看中了青城山中灵境高远的风水，就把这里定为道教十大洞天的第五洞。

在青城山的石径上，苏辙遇到一位白发白须的道人，自称已有一百零一岁了，苏洵恭恭敬敬地上前问询养生之道。

道人告诉他说："养生，主要是调养内在的精气，也就是练内丹，而所服长生不老的'金丹'是外丹。"

苏辙又问："内丹外丹，哪个重要？"

"如不能调养内在的精气，精气未成，'金丹'则无法消受。"

"这样说来，还是内丹重要。"

道人回答："对！养生之术在于忘物我之情，这样才能与天地五行相通，与天地相通，自然长寿！"

苏辙听了，频频点头称是。

"一生二，二生三，三生万物，地法天，天法道，道法自然。"道教的理论苏辙十多岁时已经祥知。道在万象之先已经存在，是一种气，是万物根本的那个元气，有此元气，万物才能化生，生命是道在世间的具体体现。地遵循天，天遵循道，而道则遵循着自然。世间万物的起源、变幻，都是自然而已。这是放之四海而皆准的大智慧，道教特别注重精、气、神！

道教尊老子李聃为师祖，苏辙从小身体欠佳，所以很注重道教的养生之说。这次青城山之行，让苏辙与道家结下了深厚的因缘，不仅开拓了精神领域，而且丰富了哲学思想。他的一生可以说也是寻求"道"的一生。

父子三人的成都之行，既是游学，也是观察、体验社会的大好时机，一路上的所见所闻和所悟，不是书本上能学得到的！

5

从四川成都去京城汴梁，第一站就是七百多里外的阆中。

苏洵父子三人与张方平依依惜别后，拿着写给欧阳修的推荐信向开封进发了。因为有了张方平的肯定，有了进京的荐书，三人别提多高兴了，一路吟诗唱和，没有一丁点儿旅途疲劳。来到山锁四周、水绕三面的阆中时，心情特别舒畅。

阆中也称阆苑，是有两千多年历史的古城，为古代蜀国的重镇，也是巴国的最后一个国都。

苏洵笑着问两兄弟："考考你们，此城为何叫阆中？"

苏辙先不回答，望着哥哥苏轼，知道他肯定会抢答！

果然苏轼说道："阆者，门高也。《说文解字》这样解释。"

"不错，四周围着的高山像大门，城在其中，故名阆中。"苏洵很满意他的回答。

"阆中是嘉陵江水绕三面的半岛，北面有蟠龙山、南面有锦屏山、东有白塔山、西有西山。"苏洵边说边盯着苏辙问道，"你学过《易经》，为何说阆中是风水福地？"

苏辙这时不慌不忙地回答说："玄武垂头，朱雀翔舞，青龙蜿蜒，白虎驯服。四周山峦形成第一道风水聚合圈。嘉陵江水绕城三面，自西北到东南，形成第二道保护圈。这样的地理环境，正暗合了风水学中的龙、穴、砂、水、向的五大要义，自然是风水福地了。"

苏轼惊喜地问："五大要义？"

苏辙回答："一曰龙要真，二曰穴要的，三曰砂要秀，四曰水要抱，五曰向要吉。"

苏轼激动地赞扬说："啊呀！九三郎能当风水大师了！"

苏辙微笑不语，苏洵频频点头，心中感到十分得意，儿子们个个都后生可畏啊！

苏洵曾多次到过阆中，他对阆中的历史还是比较清楚的，他向儿子们讲起西汉的天文学家落下闳：他制作了浑天仪，编制了《太初历》，把正月定为岁首，这样正月初一就成为新年的第一天了，这就是现在春节的来历。落下闳是阆中人，这里自然就成了春节的发祥地，成为后人的纪念场所。

苏氏两兄弟很佩服父亲的博学多识，苏洵说，这是游学的好处，读万卷书，行万里路，这样才能增长知识，提高阅历，丰富人生。

三人走在“三面江光抱城廓”的阆中街巷，这里与眉山的风土人情大不一样，呈现的是巴人文化。在花团锦簇的城中，他们观看了牛灯竹马、打钱棍、山歌调，尤其那个巴人傩戏，是苏氏兄弟从未听说、从未看过的戏曲。苏轼在大街上驻步不想走了，还是苏辙硬拉狠扯他才恋恋不舍地离开。

异地的风味小吃当然也不会错过，苏洵领他们进了一家饭馆，什么热凉粉、松花皮蛋、锭子锅盔、吊汤扯面、保宁压酒……他让儿子们在这里一饱口福。苏轼胃口大开，每样都不放过，而苏辙却只是尝尝而已。

酒足饭饱之后，苏轼也没忘记留下诗句：“阆苑千葩映玉寰，人间只有此花新。”

苏辙后来也写过阆中：“阆中虽近蜀……田中有走貆。”

6

褒斜道是中国古代穿越秦岭的山间道路，南起褒谷口，北至斜谷口，沿着褒斜二水行走，斜水向北流入渭河，褒水向南流入汉水。贯穿整个褒谷和斜谷的褒斜道，长五百里，是巴蜀通往秦川的主要道路。在这里通行既艰又难，绝壁险要的地方，需要攀援而行。因为是兵家必争之地，当年秦昭襄王为了战争需要修建了一条栈道，“穴山为孔，插木为梁，铺木板联”，要知道那时还没有火药，只能像在都江堰开凿宝瓶口那样，用热胀冷缩的火烧水激法，在岩石上打洞。历代民夫兵丁，不但在深涧绝壁之上，凌空飞架起一座天险的木栈道，而且还在山石上开凿出了一条人工隧道——石门。

苏洵父子走在木栈道上，仰天看悬崖，低头望激流，苏轼诗兴大发，高声吟诵起李白的《蜀道难》：

上有六龙回日之高标，下有冲波逆折之回川。黄鹤之飞尚不得过，猿猱欲度愁攀援。青泥何盘盘，百步九折萦岩峦。扪参历井仰胁息，以手抚膺坐长叹。问君西游何时还？畏途巉岩不可攀。

苏辙也被哥哥引发了诗兴，紧跟着吟诵：

但见悲鸟号古木，雄飞雌从绕林间。又闻子规啼夜月，愁空山。蜀道之难，难于上青天，使人听此凋朱颜。连峰去天不盈尺，枯松倒挂倚绝壁。飞湍瀑流争喧豗，砯崖转石万壑雷。其险也若此，嗟尔远道之人，胡为乎来哉！

苏洵见两个儿子如此激情迸发，自己也感觉年轻了不少，他的热血也沸腾了，忘了是站在悬崖峭壁的木栈道上。他告诉儿子们：“这就是刘邦明修栈道，暗度陈仓的那个栈道。”

苏轼突然向弟弟发问：“九三郎，你知不知道李白根本没有走过蜀道？”

“这怎么可能？不走蜀道怎么知道蜀道难？”苏辙反驳说。

苏轼：“范仲淹没到过岳阳楼，一样写出美文《岳阳楼记》。”

苏辙反问：“李白的确是出四川去长安的啊！‘青泥何盘盘’就是路过青泥岭，山道弯弯，险峻异常，不来能知道这个地方吗？”

苏轼：“他那次出川走的是水路，不是陆路。”

苏辙转身问父亲：“父亲，是这样吗？”

苏洵说：“据说是这样的。《全唐诗》的作者之一，唐朝诗人陆畅也不服气李太白，写了《蜀道易》：‘蜀道易，易于履平地。蝉噪入云树，风开无主花。’”

知识渊博的父亲出川前就告诉他们，古今陆路出川有“北四南三”七条路。现在又告诉他们，李太白所谓蜀道难，也许是在暗示仕途之路，路难路易，全凭个人的感受而已。

说着说着，三人恰巧走到了石门，苏洵招呼兄弟二人快来仔细观看摩崖石刻。在石门内和石门南北山崖间，“石门十三品”展现在眼前：《古门》摩崖、《眉君开通褒斜道》摩崖、《玉盆》摩崖、《兖雪》摩崖、《石虎》摩崖……这些大都是汉魏石刻，历代的书法瑰宝让三人目不暇接。苏洵父子三人都有书法功底，见到这么多难得一见的书法珍品，现场拓印是来不及的，只好拿出笔墨纸砚，各取所需，一一临摹。直到天黑难以辨认了，才依依不舍地离开了石洞，急急忙忙赶去驿站歇息。

7

秦岭东西绵延三千多里，被誉为中华民族的龙脉，历代帝王都十分重视这个地方。秦岭将黄河和长江两大水系分开，将中华大地天然分成南方和北方。作为“秦岭之魂”的太白山，“去天三尺”，高耸入云，早就成为苏辙梦中的圣境了。

太白山是秦岭的最高主峰，山顶终年积雪，银光闪耀，“太白积雪六月天”，故名太白山。后人总结其为幽、险、神、奇、峻、秀特色，其他特点苏辙都曾见识过，唯独太白的神奇，令他特别感兴趣。原来“山下行军，不得鼓角，鼓角则疾风雨至”，这近乎神话的传说，是因为山上气候变化无常，疾风骤雨说来就来，说停就停，近似鼓角之声，让游人有了一种神秘莫测的感觉。

当年跨越秦岭可不是件容易的事情，哪像现在，有了亚洲第一长的十八公里双洞单向公路隧道——秦岭终南山隧道。苏辙三人在山中虽然没有遇到风雨，却见到了道教的玄德洞天。

道教有十大洞天和三十六小洞天，这里是第十一小洞天的山岳道场。据说老子李聃出关前途经太白山，这里是仙药云母的产地，他曾留下来几日，为善男信女讲述自己的《道德经》，苏辙对这段记述的记忆特别深刻。

这一天，苏氏父子三人早早地来到太白山下的崇寿院，苏轼提笔在崇寿院的墙上题写了：

马上续残梦，不知朝日升。
乱山横翠幛，落月淡孤灯。
奔走烦邮吏，安闲愧老僧。
再游应眷眷，聊亦记吾曾。

苏辙见了，也不示弱，立即以韵和了一首五言律诗：

山下晨光晚，林梢露滴升。
峰头斜见月，野市早明灯。
树暗犹藏鹊，堂开已馔僧。
据鞍应梦我，联骑昔尝曾。

这两首题壁诗句一直保存了多年。与苏轼、苏辙同榜的进士张载，世称横渠先生，晚年在此地隐居并设馆教学，他死后当地人为了纪念他，将崇寿院改名为横渠书院了。

在崤山谷道的渑池县，风尘仆仆的父子三人，住在奉闲和尚的僧舍之中。

躺在土炕上的苏洵问儿子："渑池历史上最出名的故事是什么？"

又是苏轼抢着回答："当然是战国时秦赵两国的'渑池之会'！"

苏辙说："秦昭王让赵惠文王鼓瑟，并让史官记录；蔺相如针锋相对，他让秦王击缶，也让史官记录下来。"

苏轼："秦王要赵国献十五城给秦，不料蔺相如却答应了，但他让秦国拿国都咸阳来交换。"

苏洵："蔺相如有勇有谋，力保赵王不受侮辱，赵国不受损失。看来两国不战的和谈目的算是达到了。"

苏辙："这次和谈其实是秦国达到目的，'渑池之会'并非双赢！"

苏洵赞许地说："你分析得很对！秦国'休战言和'目的是为攻楚，他要打破赵楚合纵抗秦的联盟。"

苏辙："结果是秦兵攻占了楚国都城，继而，长平之战又打败了赵国。"

苏洵："赵楚互不相救，蔺相如还是缺乏长远的战略眼光啊！"

多年之后，苏辙的第一个官职就是渑池县主簿，然而他并未到这旧地赴任。

第四章

东京梦华不虚传，兄弟二人解试轻松过关

我年十九识君翁，须发白尽颧颊红。
奇姿云卷出翠阜，高论河决生清风。
我时少年岂知道，因缘父兄愿承教。
文章疏略未足云，举止猖狂空自笑。
公家多士如牛毛，扬眉抵掌气相高。
下客逡巡愧知己，流枿低昂随所遭。

——苏辙《送欧阳辨（修子）》

1

三苏沿太白山继续北行，又由扶风继续东行，走到秦代的古都咸阳，再向东走就是汉唐古都长安了。按苏轼和苏辙的想法，要好好浏览一番这两个古都，可苏洵不同意，因为已经走了一个多月了，还是早早到京城为好，听张方平讲，今年的举子多于往年，而苏辙、苏轼还未在眉山参加过解试。不中举人就没有资格在礼部科考进士，要在京城解试，并非一件容易的事情。

听了父亲的劝告，他们马不停蹄地赶路，在前往汴京的路上，父子三人经过西京洛阳。这是一个美好的城市，地处中原，四季分明，南通运河，交通方便，经济发达，人口稠密。这里曾是隋唐古都，也是当年宋太祖赵匡胤理想的迁都之地。苏辙第一眼就看上了洛阳，除了气候宜人，这里的

人文气息也很浓厚。他曾写下："洛阳古帝都，而其贵臣巨室，园囿亭观之盛，实甲天下。"

洛阳还有"花园城市"的美名，苏家父子到达时，正逢牡丹盛开，无论是皇家园林还是贵族别苑，无论是乡间农家还是城邑院落，到处都盛开着硕大无比、颜色各异的牡丹花。人言洛阳有花福，欧阳修专门写了《洛阳牡丹记》，描绘牡丹的雍容华贵。

洛阳牡丹的传说，与中国唯一的女皇武则天有关。

相传武则天自称大周圣神皇帝后，一次在长安饮酒赏雪，只见雪中百花已经全败，唯有红梅一枝独放，十分扫兴。专权傲慢的女皇大怒，下旨给百花仙子：

明朝游上苑，火速报春知。
花须连夜放，莫待晓风吹。

花神接旨后，都知道这位女皇的厉害，连丈夫和儿子都不能奈何她，花神只好乖乖听命。唯有牡丹仙子不听旨令，认为百花盛开各有节令，开天辟地，莫不如此，岂能让这个独裁君逆天乱地？

第二天早上，上苑果然百花齐放，唯独不见牡丹花开！武则天一怒之下，将抗旨不遵的牡丹花贬往洛阳邙山。不料洛阳的气候比长安更适合牡丹的生长，只见园中花团锦簇，美不胜收，颜色千变万化：娇红的醉人，素白的冷艳，淡黄的相宜，雅紫的贵气……从此牡丹花卓尔不群的傲骨品行，被天下人赞誉，杜丹成为万人喜爱的国花。

传说毕竟是传说，武则天称帝后不久，就将洛阳定为大周神都，女皇常年定居在洛阳，虽然后来都城又迁回长安，可洛阳从此成了大唐的东都。

2

到了五月初八，终于看到开封城巍峨的影子了！父子三人望着彼此黝黑的面庞，消瘦的身材，一起哈哈笑了起来，两个多月的疲劳，顿时消失得无影无踪。

汴京又称汴梁、开封、东京，是北宋的都城，它还有三个陪都：西京洛阳，南京应天府，北京大名府。开封城包括外城、里城和皇城，外城城墙周长就有四十八里，共有二十个城门，其中七个是水城门。苏辙看到如此宏伟高耸的城楼，咋舌不已。比比眉山，比比成都，比比一路见过的高山峻岭，这可是地地道道的人工建筑！难怪是“八荒争凑，万国咸通”，这是人口超过百万的世界第一大城市！不但令中华大地引以为傲，也令域外诸国仰慕、向往。

宋都汴京水网密布，城中有汴河、惠民河、广济河，城北还有奔腾东去的黄河。苏洵父子三人到京城时，京畿地区已经阴雨数月，导致惠民河决口，汴京城发大水成灾，城里城外一片泽国。一个人丁密集拥挤的大城市，遇上暴雨天灾，人们的生命财产不保，百姓之苦可想而知。这时包拯正任开封府尹，当官要为民做主，他冒雨查勘发现，开封城除了天灾，还有人祸！

原来造成内涝水灾的原因，是惠民河两岸被权贵们建了豪宅、亭榭和园林，这些建筑致使河道阻塞，无法顺利排洪。包拯不畏权贵，大力治理水患、清理河道。

苏洵父子早就听说过包拯的刚直不阿，但并不是“铡美案”和“狸猫换太子”等演绎的故事，而是为国为民忠贞敢谏，敢于对皇帝直言利弊得失，甚至唾沫星子都喷到了宋仁宗的脸上也不怕！宋仁宗不愧为一代仁义明君，真心与士大夫共治天下，他打破了官员三年一迁的惯例，让包拯二十六年升迁了二十五次。这次根治汴京水患，包拯也是不客气地拿权贵开刀，他率先拆掉了张尧佐的水上“青莲池”，掘毁了他的堤坝，挖走了花树灌木。他是张贵妃的伯父，其他人见了，也只好乖乖地清理了河道。

包拯秉公执法，日夜战斗在抗洪第一线，直到七月洪水才渐渐退去，所以三苏父子一直待在汴京城外，他们租住在城西的村子里，一住就是两个月。

七月的天气渐渐炎热起来，父子三人得到德香长老的帮助，动身进入开封城里，住进了太平兴国寺的浴室院。

兴国寺历史悠久，有建于五代后周的六角九层灵感塔，塔内藏有佛舍利。这是一座远近闻名的佛教圣地，历史记录“佛指大皆合抱”。能有这样一处住所，在寸土寸金的汴京地区实在不易，二苏兄弟可谓有福之人!

苏洵每日里外出联系两个儿子的解试资格，因为他们不是京城户口。两个儿子在寺中足不出户，静坐苦读，严阵以待准备着科考应试。

日子就这样在晨钟暮鼓中悄然溜过去，热浪滚滚的八月走了，菊黄果香的九月来临。

3

中国的科举开始于隋朝，到了唐代，科考成了安邦定国的国策，制度进一步完善。宋代科举更是历史的进步，确立了平民化的方向，让无家族背景、无社会关系、无金钱势力的“三无”学子，可以通过考试出人头地，有了进入上流社会的机会。“取士不问世家”，对“有官人”（官二代）反而有更严格的考核制度。这种制度不但影响到周边的辽国、西夏、高丽、交趾、日本、金国、蒙古诸国，也影响到后代的元、明、清三朝。

随着宋代科举制度的不断完善，最终考试定为四级：院试、乡试、会试、殿试。

院试前每年二月还有县试，考取者称作童生。

每年四月进行院试，是初级的入门考试，童生考试合格录取称作秀才。

秀才继续考试叫作乡试，每三年一次，也称作州试、府试或解试。朝廷强调教育和选拔人才必须注重德行，要求“乡举里选”，举子必须在籍贯所在地解试，乡村故里才能了解举子的人品才学嘛！解试合格即中“举人”，第一名称“解元”，第二名称“亚元”。

举人参加礼部举行的省试，也称会试，同样三年一次，合格者即中“贡士”，第一名称“会元”。

贡士才有资格参加当年在京城举行的殿试，由皇帝亲自主持考试，合格者即中“进士”。

宋代的进士又分为三等：一等进士及第；二等进士出身；三等赐同进士出身。

进士及第又分一甲、二甲，一甲前三名，分别称“状元”“榜眼”“探花”。三甲和四甲为进士出身。五甲为同进士出身。据说“状元”之名，还是唐代的武则天女皇授予的。

宋代科举考试和录取方式相对是公平的，避免了考试中的贿赂和作弊。对考卷实行“糊名”制度；重新一一“誊录”，避免主考官认识生员的笔迹；考试的贡院也进行“锁院”，兵卒封锁不准走动；严查考官的不正之风，采取临时差遣、更换地点等措施，违法者被流放，也有被砍头的案例。

当年各州郡的解试录取人数，朝廷分配的名额并不一样，除考虑人口多寡、经济发展优劣外，还要考虑政治平衡。首都开封是政治经济文化中心，全国各地来游学者众多，解试的名额称作“解额”，数量自然也要多得多。

宋朝的科举制和户籍制结合在一起。有的学子随当官的父亲或亲戚落户他乡，难回原籍赶考；有的学子游学太久，离家太远，唯恐失去三年一次的科举机会。为了应举考试，学子在他乡不得不寄托籍贯，这称作“寄应”。因为各地解试的时间不一致，当然有人也会打时间差，采取“冒籍跨考”；也有人到文化水平低的地区解试，就是为了提高中举的概率。

当年有许多举子冒充开封府人参加考试，因为京城“解额”多。面对社会现实，朝廷逐渐规范程序，让“寄应”慢慢合法化了，规定考生必须有开封户籍，或在开封府住满七年，举子不许“分人田土、虚立户名”。有的外来人员离家太远，有京官担保也可以“寄应”。朝廷规定如有营私舞弊者，考生就会被剥夺科考权利，称作“殿举”，甚至永远不得应举！

担保人还要承担“坐私罪”，甚至受到降官的处分。

宋仁宗嘉祐元年（1056）九月，苏辙兄弟利用父亲苏洵的关系，在京城开封“寄应”参加了举人考试。这一年解试的考官是侍御史范师道、开封府判官礼部郎中直秘阁王畴、礼部员外郎集贤校理胡俛、屯田员外郎集贤校理韩彦、太常博士集贤校理王瓘、太常丞集贤校理宋敏求六位官员。这场景德寺的解试，对苏氏兄弟而言就是小菜一碟，他们很顺利地通过解试。这年共有考生近万人，成为科举史上绝无仅有的奇观。

4

唐宋以来，从韩愈、柳宗元，到范仲淹、欧阳修，都极力反对形式主义的骈文，提倡散体文的策论，力主改革文风学风。宋代的科举取士，一直是改革的重点之一，文章要求实事求是、言之有物，这是古文运动的要义。

“庆历新政”中的政治家范仲淹，道学家石介都反对浮巧侈丽的不实文风，欧阳修更是大张旗鼓地打压这类文人，他赞赏“生于草野，不学时文，词语甚朴，无所藻饰”的新生力量。他提倡平实的文风，散体文要求言之有物，科考提高了策论的分重，降低了诗赋的比例。苏洵和苏轼、苏辙恰恰顺应了这种潮流，三苏的文章反对以文而文，提倡朴实简洁，理所当然地入了欧阳修的法眼。

秋闱苏辙兄弟中了举人，这是科考路上的一小步，接下来的礼部省试才是重要的一大步，那要等到来年的春闱，四川老家离京太远了，父子三人只好在开封府度冬过年。他们从七月就住在太平兴国寺里，浴室院就是父子三人的长住之地。要知道，全国各地来京赶考的举子成千上万，京城房舍紧张，一般官员都买不起房子，能在市区的寺庙中租个“自管房”，是苏氏父子的好运气！

在唐代，科考试卷公开不“糊名”，以诗词为主，所以行卷大行其道。所谓“行卷”，就是应试的举子将自己的作品编辑、制作成卷轴，在考前送给在文坛有影响的名人大家，让他们指点评判，并向主考官推荐自己。公开向礼部上交习作称“纳卷”，如果没有反应，过了数日再投称“温卷”。

白居易当年“行卷”的佳话流传至今。十七岁的白居易来到唐朝京城长安，他敲开了当朝文坛泰斗顾况的大门，诚惶诚恐地双手呈上自己的作品。顾况先看名字，笑着说道：“你叫白居易？长安米贵，居住不易啊！”

当他打开诗卷看到了《赋得古原草送别》：

离离原上草，一岁一枯荣。
野火烧不尽，春风吹又生。
远芳侵古道，晴翠接荒城。
又送王孙去，萋萋满别情。

顾况惊呆了，连声称赞：“好诗！好诗！能写如此妙语佳句，你在长安居住就容易多了。”此事很快便在长安城里传播开了，白居易的大名和他的诗篇，也在朝野不胫而走！

苏氏兄弟二人都十分敬佩白居易，科考后，苏辙也曾写过一首诗：

去年河上送君时，我醉看君倒接篱。
一笑便成经岁隔，扁舟重到满城知。
旧传北海偏怜客，新怪东方苦诉饥。
应笑长安居不易，空吟原上草离离。

然而宋代科考制度比前朝严格得多，试卷不但“糊名”不公开，而且不重诗词而重策论，为避免徇私舞弊，渐渐取消了“行卷”。但文人之间的交流还在继续着，尤其一些力图改革文风的士子，需要联合起来复兴韩愈、柳宗元倡导的古文精神。切磋、辨异、讲经、传道、解惑能让文坛进一步振兴，这既扩大了社会影响，又提携了文化新人，广泛交流拓展了他们的成功之路。

苏辙和苏轼二人在寺庙复习功课，最忙碌的要数父亲苏洵了，他每日去拜访京中的官员学者，有毛遂自荐的，也有朋友介绍的。拜会翰林学士欧阳修最要紧，因为他是他们父子最敬仰的文坛泰斗！

雨后的一天，空气中仍然弥漫着湿气，苏洵领着两个儿子早早去拜见欧阳修。按雷简夫指出的大致方位，他们来到欧阳修在京城的住所附近。

苏轼见一老太太在路边散步，便上前施礼问道：“老人家，请问欧阳修大人住在哪里？”

慈祥的老妪用手一指，说道：“你问他啊，前面胡同就是。你看到那些排队的人吗？都是来找他的！”

父子三人见黑压压的人群外，车水马龙，甚至有商贩在周边兜售糕点和礼品。排队求见的士子多得很，有寒门学子，也有达官贵人。正如苏辙过后写道“公家多士如牛毛”，大家都慕名而来，希望考前得到欧阳公的指点。

望着十分简陋的住所，踩着胡同泥泞的小道，苏辙不解地说：“欧阳公就住在这里呀？”

苏洵说：“看到了吧，汴京寸土寸金，据说这还是他租赁的呢！”

好容易挤到门前，交上了拜帖，因为有张方平和雷简夫的举荐信，所以门童并不拒绝，安排他们在一旁耐心排队等待。

一个时辰后，欧阳修热情接待了他们，礼贤下士，平等交谈，这让苏门三个布衣十分感动。

苏洵先讲了自己的求学和科考经历，谈论历年的研究心得，表达了对欧阳修的仰慕之情。看过了苏洵的《权书》《衡书》《机策》等著作，欧阳修马上理解苏洵“文章不为空言而期于有用”的见解，频频点头赞许。

苏洵又把儿子苏轼和苏辙介绍给欧阳修。苏轼拿出《六国论》《黠鼠赋》，苏辙拿出《春秋论》《缸砚赋》，欧阳修大略浏览一番，认为苏门三学士的文章，正与自己大力提倡的文风不谋而合。欧阳修是个知人善任的伯乐，他连夜写了《荐布衣苏洵状》，赞扬苏洵的文章如荀子，彰显他的品德，强调他的能力，积极向朝廷举荐他为官。欧阳修还应苏洵的请求，给宰相富弼也写了举荐信。

宋朝文人的品行气节的确令后人敬佩，张方平和欧阳修在政见上有分歧，传言彼此不和，但为了国家举贤，张方平却向欧阳修推荐了苏洵父子，而欧阳修感谢张方平对自己的信任，回信断言说“后来文章当属此人矣”！这就是《论语》所讲“君子和而不同”的一对真君子。

5

“可怜天下父母心”，苏洵既为自己，更为儿子，不停地在开封府四处奔走。

他在《上文丞相书》中，建议丞相文彦博选拔人才的标准应该放宽，“使贤者易进”，而对官吏的考核却应该严格，让贪官污吏难以容身，这叫作“略于始而精于终”，能很好地解决冗官问题。苏洵的“宽进严出”已经成为后代教育界的准绳。

在《上富丞相书》中，苏洵直言不讳，批评富弼辜负了官家与天下人的期望，因循守旧无所作为，使朝野上下“朝夕而待之，跂首而望之”，结果还是“忧其无成”。富弼年轻时血气方刚，“庆历新政”流产后就一蹶不振了，唯恐被人称作朋党。

在《上韩枢密书》中，苏洵针对冗兵的现状“养兵不用之可畏”，分析兵不效力的原因是“大臣好名而惧谤”，因而“执法不坚”。他对韩琦枢密使提出了自己的建议：尽至公心，严格执法，别惧怕小人的诽谤。

在《上田枢密书》中，苏洵说自己献《策》二道、《权书》十篇。讲述天下学者没有不通过努力而一蹴而就的。田况枢密副使“执事之名满天下，天下之人用与不用在执事”，你看看我苏洵可用不可用呢?

在《上余青州书》中，他对青州知州余靖也毛遂自荐，“洵西蜀之匹夫，尝有志于当世”，措辞诚恳，溢于言表。

6

汴京经过五代十国的大战乱，宋朝实现了初步统一，建都汴梁后又经过多年的整治，这里成为全国的政治、经济、文化、商贸、外交的中心，其繁华都记在孟元老的《东京梦华录》中。

有一天，苏洵决定带着两个儿子去领略一下汴京的风貌。他们早饭后先去了御街，东西南北四条御街是京城的中心，南御街宽两百步，一眼望不到头，是京城的中轴线。中段御街路两旁称御廊，百姓们在这里开店设铺做买卖，有茶坊、酒肆、肉铺、脚店、商铺、药店、诊所等，以及衣冠铺、绸缎庄、笔墨行等六千四百多家。大街上有坐轿的大家闺秀，骑马的大小官吏，沿街叫卖的小商小贩，手拿禅杖的行脚僧人，闲看街景的士绅，驻足问路的游客……三教九流，人来人往，热闹非凡。

苏洵父子三人在这家商号瞧瞧，到那家店铺逛逛，苏辙在一家卖文房四宝的铺子里买了笔墨，苏轼看到一家纸张坊里放着一些四川产的薛涛笺，连忙购买。苏洵买了一件青色的长衫，他们各取所需，心满意足。

望着御街上熙熙攘攘的人群，种族不同、服饰各异的西域人，穿袈裟的化缘和尚，戴道冠的本土道士，戴白帽的回族阿訇，甚至戴蓝色礼拜帽的犹太人！路上的轿子大小不同，颜色各异。车辆也形形色色，有牛马车、人力车、太平车、独轮车、平头车。这让两个初出茅庐的四川学子大开眼界。

御街每隔二三百步就设一个军巡铺，有防隅巡警昼夜值守，白天维持秩序，夜间警卫官府、商宅，防火、防盗、防备意外，这可能就是我国最早的城市巡警。

苏洵父子来到瓦舍勾栏。瓦舍又称瓦子、瓦市、瓦肆，是宋朝城市的娱乐中心，大小城镇都有，当然汴京的最大，据说可容纳数千人。瓦舍天天营业，全年无休。内设勾栏和乐棚，相当于现在的剧院，日夜表演杂剧、傀儡戏、皮影戏、变戏法、杂技、相扑、说书、说史、说话、斗鸡、斗蛐蛐等。瓦舍里也有茶坊斗茶、饭店外卖、商铺经营，还有摆摊的、算命的、卜卦的、写信的、理发的、修脚的、剪纸的，五花八门，应有尽有，目不暇接。

街道旁门前挂着栀子灯，夜间灯亮的是在招揽嫖客。门前挂着壶的是公共浴室的标志，消费一次仅十文钱，一升米的价格，如果要搓背，还得另付小费。

父子三人在锣鼓响处看了一会儿杂耍，又到书棚听了一会儿说书的，看看天已午时，便来到一家“炭张家酒店”。苏洵先点了一壶仁和酒和一份沙鱼两熟，苏轼要了角炙腰子和莲花鸭签，苏辙要了一份煎豆腐，每人一个胡饼，一碗蝴蝶面。三人吃得津津有味，舒舒服服，饭菜却物美价廉，每个菜肴最多十五文。

宋代饭店规格多样化，满足不同阶层人员的需求。说来令人难以相信，一千年前的大宋朝，已经提供“逐时施行索唤”“咄嗟可办”的快餐了，吆喝一声饭菜立刻就能送上来，甚至还有伙计给客户家中送饭菜，好似今天的外卖小哥！

午后，苏洵又领着儿子们来到开封的大相国寺，正碰上每月五次的开寺之日。

苏洵历史知识渊博，说：“大相国寺是中原的佛教古刹，建于北齐天宝六年，原称建国寺，还曾改为信陵君庙。太极元年，唐睿宗李旦为纪念自己以相王身份登上皇帝位，赐名为大相国寺。”

“中原四大名寺还有哪三座？”苏洵笑着考问儿子。

“洛阳白马寺。”又是苏轼抢先回答。

“嵩山少林寺，还有一个不知道。”苏辙实话实说。

苏洵见苏轼也在摇头，就告诉他们：“还有汝州风穴寺。”

在大相国寺中，三人参观了“金碧辉映，云霞失容”的庙宇，看到殿阁庄严绚丽，僧房鳞次栉比。他们在天王殿、大雄宝殿虔诚焚香祭拜，祈求佛祖保佑自己这科能够金榜题名。大相国寺因为受宋朝官家崇奉，属于中国历史上第一座“为国开堂”的皇家寺院，寺内住持由皇帝册封，这里是官家祈祷、庆寿、接待外宾的重要场所。

慈眉善目的住持听说来人是进京的举子，热情地介绍起大相国寺：“三宫六院经常来祭拜，王公大臣定期前来上香。”

苏辙问："听说天竺王子曾在此长住礼佛，日本和高丽的僧人也来此巡拜佛祖？"

住持回答道："一点不假，这里是传扬佛法的圣地，也是文人墨客的聚会场所。"

苏轼问："据说这里原是信陵君的故宅？"

住持笑着回答："不错！这里的历史很悠久了。"

四人绕过铁色琉璃砖塔，来到后院的藏经楼下，正逢藏经楼施工修缮，苏洵送上功德钱，于是在功德碑的大德贤名榜上，刻上了苏洵、苏轼、苏辙三人的名字。

第五章

兄弟二人同上榜，文坛双星冉冉升起

李径桃蹊次第开，穠香百和袭人来。
春风欲擅秋风巧，催出幽兰继落梅。
珍重幽兰开一枝，清香耿耿听犹疑。
定应欲较香高下，故取群芳竞发时。

——苏辙《幽兰花》

1

有一天苏洵外出拜访朋友，苏辙兄弟二人看书累了，便结伴去了宣德门。几座三层高的酒楼，座座都有飞桥栏杆相通，十分繁华热闹。他们见旁边有一茶坊，于是进去饮茶休息。别看茶坊不大，却布置得清雅别致，座椅古朴讲究，茶具精细高档。茶博士见有来客，一面热情招呼，一面报价请客人选择。

苏轼点了一壶便宜的散茶，随后问茶博士："旁边就是闻名遐迩的樊楼吗？"

"不是！这是白矾楼。听口音二位不是本地人，是进京赶考的举子吧？"

"是的，初来乍到，刚刚闲逛到这里。"

"樊楼历史最久，这白矾楼可是京城第一大酒楼，每天都是高朋满座，生意兴隆，最多时客人能够上千哩。"

苏轼接着问：“名楼肯定价格不菲，都是什么客人光顾？”

“那是自然！”茶博士回答道，“全是朝廷的达官贵人，社会的商贾名流，平头百姓哪能进得去、吃得起呢？”

“这酒楼全天营业？”苏辙问。

“是的，朝廷现在不再宵禁了，经常通宵歌舞宴饮。”

“还有歌舞？”苏轼来了兴趣。

“当然！歌伎唱歌跳舞，灯火通宵达旦。”

苏轼对弟弟说：“‘奢侈长人精神’，百姓富了就要多找乐子。”

“这里是汴京中心，勾栏瓦舍都在周围，是最热闹的地方，有钱的都来此地找乐子，寻开心。”茶博士回答道。

“听说宫中也有人常来酒楼？”苏辙问道。

“不错！每年元宵节，连官家、娘娘、公主都来楼上看花灯呢！楼顶能看到皇宫大内。”

苏轼苏辙二人慢慢品着茶。苏轼好动，不时起身看看门外的车水马龙，再看看茶馆墙上悬挂的字画。

他见一扇便门两旁贴有两幅大字，“伊尹一介不取，杨震畏惧四知”。

苏轼问弟弟：“你可知这两人的典故吗？”

苏辙说：“我当然知道！伊尹是商朝的宰相，帮助商汤灭夏桀立了大功，最后还政给汤王的孙子太甲，大公无私并不恋栈。”

“杨震呢？”

“东汉的杨震为官清廉，有人向他行贿，告诉他夜间不会有人知道，杨震却说‘天知、神知、你知、我知，怎么会没人知道呢？’”

苏轼问茶博士：“茶坊贴此对联，有什么深意吗？”

茶坊掌柜这时走了过来，推开那扇便门招呼二人进去。二人登梯上到阁楼，依墙摆有货架，上面摆放着许多物件：衣服、帽子、雨伞、包裹、钱褡、器皿……大大小小各式各样，每件物品下都贴有密密麻麻的字迹。仿佛是收藏，又好像是展览。

苏轼二人大眼瞪小眼，不解掌柜领他二人上楼来的目的。

掌柜说：“我这茶坊开了多年，银子赚得不多，但信誉获得不少，全靠这些字条。”

苏辙二人近前观看，原来都是详细记录，某年某月某日，什么样的人所丢失，是僧、道、妇、幼，还是官、商、士、卒，失主是什么穿戴，长什么模样，有什么特征都写得一清二楚。

掌柜说：“这些都是客人来我茶坊吃茶后落下的。”

苏辙问：“我看有些值钱，有些不值钱，失主都能回来寻找吗？”

“有些是值钱的金银珠宝，有些是不值钱的手帕衣帽之类，却可能是顾客的心爱之物。”

“掌柜有心了，物归原主不谋利，是讲个义字啊！”苏辙赞誉店家。

“经商应以诚信为本。”

苏轼说：“你门上贴的畏惧四知，是在警醒世人吗？”

掌柜说：“我不能像伊尹那样有本事治国，也不能像杨震那样当官利民，但是我敬畏天地神灵。”他见两位青年频频点头，就继续讲起前年的一件往事：

福建商人刘霖和朋友余文粹来茶坊喝团茶，随身带一绣花钱袋，内装银锭二十两，天热脱衣服时，随手将袋子放在身旁椅子上。朋友久别重逢，谈兴甚浓，走时只记得拿衣帽，却忘记拿钱袋。因为下午与同乡结伴回闽，在路上才突然想起丢失了钱袋。大意失荆州，心想即便回到茶馆也难找回来，自认倒霉吧！时隔一年，刘霖去年押运货物来到汴京，又来到这个茶坊喝茶。刘霖有一搭无一搭地问起此事，根本不抱什么希望，不料掌柜却刨根问底起来，一一核对了时间、座位、几个人、点了什么茶、钱袋模样、丢失银两数目。然后领刘霖上了阁楼，与钱袋旁记录的丝毫不差，茶坊掌柜物归原主。

掌柜拒绝了刘霖五两纹银的酬谢。如此诚信经营，立刻美名传遍京城，来喝茶的客人越来越多，竟然比樊楼还要出名了！来这里品茶的文人墨客最多，有人赞誉茶馆老板仁义诚信，有人夸赞茶好水好人品好，一位进京述职的知州，题笔写了以上这副对联相赠。

苏氏兄弟听了这段故事，也对掌柜肃然起敬，坐下来继续品茶，感觉杯中的茶水更加浓郁有味道了。

2

苏辙在这段时间里，主要精力都用于纂写《春秋传》，他对历史的研究特别认真扎实。古往今来许多学者都在研究《春秋》，尤其《左传》《公羊传》《穀梁传》三传早已问世，是解释《春秋》的经典著作。然而苏辙的治学态度与他人不同，他读书只仔细研究原著，“不求其传”（注解），而是注重自己的理解，“欲其自得之”。秦始皇焚书以后，社会留下的资料太少，民间野史又良莠不齐，苏辙批驳所谓“不观非圣之书”，而是“遍观百家之说”，博览群书使他视野更加开阔。万万没有料到，他的《春秋传》却帮了考试的大忙。

苏辙身边有最好的老师，就是父亲苏洵和哥哥苏轼，碰到他们也不能解惑的，便去虚心请教他人。在京城，苏辙结识了比自己年长七岁的刘恕。刘恕从小聪慧过人，十八岁就中了进士！他读书过目成诵，博学强识，尤其精通历史，上起春秋战国，下至五代十国，谈起来如数家珍。与刘恕的交往给苏辙的帮助太大了，从春秋时期人物的来龙去脉，到历史典故的刨根求源，刘恕都会详细给他讲解，让他写《春秋传》少走了不少弯路。

刘恕与他的父亲刘涣都是著名的历史学家，他后来与司马光一起编纂《资治通鉴》。可惜苏辙的这位亦师亦友的文学知己英年早逝，死的时候才四十七岁！

3

秋去冬来，汴梁的大雪让苏辙大开眼界，因为四川盆地常年少雪，更见不到冰封千里的北国风光。苏辙在复习功课、写作之余，还写了一首大雪的七言绝句：

腊中平地雪盈尺，嵩隗山田麦尚乾。
不管上元灯火夜，飞花处处作春寒。

宋代称春节为元旦，也叫元日，同现在一样，也是华夏大地最隆重的节日。每逢佳节倍思亲，苏氏父子三人在异地过年，乡愁自然涌来。苏洵还好，常年游学在外，早已习惯了独居的生活。苏辙和苏轼就不一样了，第一次长时间远游，既挂牵母亲程氏，又思念自己的妻子。尤其苏辙新婚不久，那种依恋，那种情爱，在父兄面前不好细说，他只能在诗词堆里寻找感情寄托。

元日的兴国寺并不冷清，烧香祭拜的，撞钟祈福的，许愿还愿的，人来人往伴着诵经念佛，喜气洋洋伴着香烟袅袅。新年的喜庆驱赶了游子的伤感，苏洵也给儿子们放假，让他们在京城自由自在地游玩了一天。

转眼就是元宵节了，也称上元节，热闹程度超过元旦。宋代是个富足的社会，政通人和，并非表面繁荣，官府向商户、百姓发钱过元宵节，这已成了惯例。

苏洵父子吃过晚饭，三人匆匆赶去宣德楼大街，因为这里搭建着元宵节看棚。在震耳欲聋的鞭炮声里，汴京的男男女女都出动了，人人穿戴整齐，精心打扮，有背着孩童的全家老小，有领着妻妾的官宦士子，有白发苍苍的老翁老妪，有蹦蹦跳跳的儿童少年……人们摩肩接踵，都朝锣鼓喧天的看棚涌去。

看棚里表演内容有“击丸”，相当于现代的高尔夫球；有“蹴鞠”，相当于今天的足球；有“踏索”，相当于现代的走钢丝；有“上竿”，相当于现代民俗的上刀山；有“跳傩”，相当于现代万圣节的鬼面舞。还有相扑的、练叉的、吐火的、吞剑的、变戏法的、演皮影戏的……大街上最热闹的还是舞狮子和耍龙灯的队伍，观看的人们围了个里三层外三层！苏辙哥俩对这些倒不感兴趣，最吸引他俩的是猜灯谜。在百余丈长的灯山中，他们二人竞猜着，商榷着。花灯五花八门，灯谜千奇百怪，父子三人边猜边看，随着人流缓缓向前移动。

听人说，今晚最大、最长、最漂亮的龙灯，要去白矾楼为官家和皇后娘娘表演，一时人群欢声雷动，簇拥着巨龙向白矾楼方向移动。苏洵要儿子们跟随疯狂的人群前去，也许有幸一睹天颜，见到官家，这可是难得的天大机会！

苏轼说：“皇家戒备森严，去了也不一定见到官家。”

苏洵却说：“官家仁慈宽厚，每年上元节都与民同乐，并不会阻拦百姓靠近。”

苏轼胸有成竹地说：“您老放心吧，我肯定会参加殿试，一定有机会亲见官家的圣面。”

苏辙也接着说：“殿试是近距离，何必跟着人群去盲目地拥挤呢？”

苏洵高兴地说：“好！好！好！你们俩信心满满，能进殿亲自面圣，我就彻底放心了！”

父子三人，一直在火树银花的汴京大街上，走走看看，说说笑笑，直到子时已过，才回到下榻的兴国寺。

4

嘉祐二年（1057）元宵节后，宋仁宗任命礼部侍郎兼翰林侍读学士欧阳修为主考官，龙图阁直学士梅挚、翰林学士王珪、起居舍人知谏院范镇、知制诰韩绛四位一同参加礼部贡举。欧阳修上任后安排国子监直讲梅尧臣负责会试工作。

梅尧臣写诗主张平淡，当时声望极高，与苏瞬卿同被誉为宋朝诗词的

"开山祖师"，时人称"苏梅"。梅尧臣积极支持欧阳修的古文运动，一起推动宋代诗词的革新，当年也有"欧梅"的美称。欧阳修选择了这位志同道合的助手，对中国文学有着重大的历史意义。

礼部会试大张旗鼓地开始了。

会试的科目是先考策，次考论，再考诗赋。苏轼的考卷在《春秋对义》中取得第一，《刑赏忠厚之至论》以儒家仁政思想立论，并且以情动人，考卷深得欧阳修等考官赏识，苏轼引经据典，让博学多才的欧阳修都不知出处！他的《民监赋》因不合格被黜落，《鸾刀诗》算一般般。该考生综合成绩应该是第一名会元，当主考官欧阳修下笔定名次时，却犹豫了起来，文章如此出众，他认为此人必是自己的学生曾巩无疑！为了避嫌，他狠心地改他为第二名。

"糊名"开封后，欧阳修大吃了一惊，原来是位名不见经传的考生，四川人苏轼！

苏辙的科考也很顺利，《刑赏忠厚之至论》是要求考生写出对国家法律制度的看法。苏辙文章先点出考题出自《尚书》，文中主张"圣人不然，以为天下之人不幸而有罪，可以刑、可以无刑，刑之而伤于仁；幸而有功，可以赏，可以无赏，无赏而害于信"。他认为国家必须有刑有赏，刑罚尽可能轻，奖赏尽可能重，这样才能惩恶扬善。君主必须忠厚顺从民意，以仁政治国平天下。

苏辙的文章结构严谨，立论清晰，阐述明白，语言平白流利，文风平易通畅。《春秋对义》的题目他早已有了腹稿，刚刚写完《春秋传》，正如现在高考时估对了高考题一样，考卷一气呵成！

会试的最终结果是：苏轼第二名，与第一名会元擦肩而过！苏辙也属高等。

这次礼部会试选中了一千三百多名贡士，可这也引起了一场轩然大波，因为欧阳修扭转了华而不实的文风，那些热衷浮夸文章的落第士子聚众闹事，上书的，聚会的，强烈反对欧阳修。幸而宋仁宗大力支持欧阳修的改革措施，从此，欧阳修文坛泰斗的地位更加稳固，三苏的文章也纷纷被人效仿，成为文风改革的典范。

5

二月会试，三月殿试，宋仁宗在崇政殿主持策问，题目是《重申巽命论》。在此次科举进士中，状元是章衡，榜眼名窦卞，探花叫罗恺。苏轼殿试中乙科名列四甲，苏辙名列五甲高第，兄弟二人均钦点进士！

此次科举进士共录取三百八十八人，真是群星灿烂，亘古未有！被誉为千年以来科举考试的龙虎榜，写进《宋史》的就有二十四人！其中有九人担任过宰相职务。除“苏门三学士”的苏轼、苏辙外，还有“南丰七曾”的曾巩、曾布两兄弟；“程朱理学”奠基人程颢、程颐；创立“关学”的“北宋五子”张载；“叔侄同榜”的章惇、章衡；列入“奸臣传”的宰相吕惠卿；“文武双全”的将军王韶……他们之中有哲学家、文学家、政治家、军事家，全是大宋王朝重量级人物，他们各尽所能，出色地书写着北宋的辉煌历史。

虽然苏轼兄弟不是“三鼎甲”，可他俩的文章却被大文豪欧阳修认可，苏轼这篇高考的限时作文《刑赏忠厚之至论》后来收入了《古文观止》。尤其欧阳修认为亏待了苏轼，心中难以释怀，他曾在翰林院里说：“你们记住，有了苏轼，再过三十年，就没有人知道我欧阳修了！”

同榜进士林希还特地为苏辙写了一副对联：

父子以文章冠世，迈渊、云、司马之才；
兄弟以方正决科，冠晁、董、公孙之对。

从这以后，天下士子们都争读三苏的文章，学习他们朴实高古的风格，汴梁地区甚至有这样的民谣：“苏文生，吃菜根；苏文熟，吃羊肉。”

意思是：你只要吃透了三苏的文章，掌握了三苏写作的要义，保证你考试登科及第，将来肯定会吃香的喝辣的！

苏辙中了进士，欣喜之余给枢密使韩琦写了一封信《上枢密韩太尉书》，此文在中国文学史上有很高的地位，虽然当时他只有十九岁，可这篇文章的观点影响后世：

太尉执事：辙生好为文，思之至深，以为文者气之所形。然文不可以强学而能，气可以养而致。孟子曰："我善养吾浩然之气。"今观其文章，宽厚宏博，充乎天地之间，称其气之小大。太史公行天下，周览四海名山大川，与燕、赵间豪俊交游，故其文疏荡，颇有奇气。此二子者，岂尝执笔学为如此之文哉？其气充乎其中，而溢乎其貌，动乎其言而见乎其文，而不自知也。

这段文字阐述了文不可以强学，反对为文而文。文有浩然之气才是好文章。文章既是气的表现，那么就要养气，气怎么养呢？周游四海名山大川，与豪杰交友，听其言观其行阅其文，这样就能养浩然之气。

辙生十有九年矣。其居家所与游者，不过其邻里乡党之人，所见不过数百里之间，无高山大野，可登览以自广。百氏之书虽无所不读，然皆古人之陈述，不足以激发其志气。恐遂汩没，故决然舍去，求天下奇闻壮观，以知天地之广大。过秦汉之故都，恣观终南、嵩、华之高，北顾黄河之奔流，慨然想见古之豪杰。至京师，仰观天子宫阙之壮，与仓廪府库城池苑囿之富且大也，而后知天下之巨丽。见翰林欧阳公，听其议论之宏辩，观其容貌之秀伟，与其门人贤士大夫游，而后知天下之文章聚乎此也。太尉以才略冠天下，天下之所恃以无忧，四夷之所惮以不敢发。入则周公、召公，出则方叔、召虎，而辙也未之见焉。

且夫人之学也，不志其大，虽多而何为？辙之来也，于山见终南、嵩、华之高，于水见黄河之大且深，于人见欧阳公，而犹以为未见太尉也！故愿得观贤人之光耀，闻一言以自壮，然后可以尽天下之大观而无憾者矣。

辙年少，未能通习吏事。向之来，非有取于升斗之禄，偶然得之，非其所乐。然幸得赐归待选，使得优游数年之间，将归益治其文，且学为政。太尉苟以为可教而辱教之，又幸矣。

以上三段文字，苏辙既剖析了自己，又赞扬了欧阳修和韩琦，文字简练清晰。苏辙这次进京见了山之高、水之深、人之贤，既有了学习楷模，又表达了自己要献身天下的豪情壮志，彰显出指点江山激扬文字的青春朝气。

这一年苏辙十九岁，苏轼也才二十二岁！而考场败将苏洵感慨颇多，他吟诗道：

莫道登科易，老夫如登天。
莫道登科难，小儿如拾芥。

6

金榜题名，是时人所谓的三大喜事之一。新科进士们十分忙碌，要去贡院祭孔拜师，要一一拜见京城的文学前辈，更要参加规模空前的琼林宴。连续数日，苏辙、苏轼二人迎送着前来祝贺的川籍同乡，其中既有高中者，也有落榜生。

有一天，几个好友相聚，兄弟二人邀来了福建的林希和常州的胡宗愈。胡宗愈虽然此次科举名落孙山，但知识渊博，谈吐风雅，被苏轼视为知己。酒席中聊起大中华的历史，胡宗愈侃侃而谈，众人听了佩服得五体投地。这让同席的林希不高兴了，自己毕竟是新科进士，而他仅仅是个落榜的贡士而已。林希出了个历史地理的楹联难题，要考考胡宗愈，让他难堪。上联是：

三晋，韩赵魏

胡宗愈不假思索就对出了下联：

六朝，夏商周

林希和众人想了半天，最后还是苏轼做了解释说：“三家分晋，有了韩赵魏三国。后有四个周国，除了西周东周的周朝外，还有南北朝时期的北周，武则天的武周，五代十国的后周。相加岂不是六朝吗？”

全桌人都点头佩服。唯有林希并不认可，要求继续下对，第一个字仍然是数字，最后一个字，要与上一联的字不变！新出上联：

三国，吴蜀魏

胡宗愈思考了一会儿，笑着对出来下联：

九代，晋汉周

大家放下了筷子，停止了饮酒，一个个也在冥思苦想，都寻不到答案，于是一齐望着林希。苏辙见林希也在摇头，于是站起来谦虚地说：“胡兄，你看是不是这样解释：晋分东西两晋，汉也分东西两汉，周也是东西两周，再加北周、武周和后周，岂不一共是九代？”

“哈哈！苏兄果然聪慧，名不虚传！”

就是这位落榜的胡宗愈，在三年后的科举中，高中了第二名榜眼！

这次科考，苏家兄弟双喜临门，不过“祸兮福所倚，福兮祸所伏”，万事不可高兴得太早。三月兄弟俩刚中了进士，正准备参加皇家的琼林宴，不料四月便接到母亲去世的噩耗！

晴天霹雳！父子三人马上离开整整住了一年的兴国寺，慌里慌张地返回四川眉山。

第六章

第二次出川，沿江南下，四个多月至开封

凄凉兮秭归。寂寞兮屈氏。楚之孙兮原之子，伉直远兮复谁似？ 宛有庙兮江之浦，予来斯兮酌以醑。

——苏辙《屈原庙赋》

1

嘉祐二年（1057）四月初七，苏辙的母亲程氏在故乡去世了。

四十八岁的程氏英年早逝，这与女儿苏八娘嫁给娘家的侄子，遭受婆家的虐待而死后给她巨大的刺激有关。

苏八娘曾被丈夫多次打骂，婆婆还不许她回娘家诉说。八娘生了儿子后，在娘家常住，婆家将孩子要回，致使八娘常常以泪洗面，久郁成疾，骨瘦如柴，终于在十八岁时含恨而亡。白发人送黑发人的悲剧给程氏沉重的打击，苏洵也因此与岳父家公开决裂。直到四十年后苏程两家才恢复了交往，这已是后话了。

程氏的去世给父子三人带来的痛苦可想而知，尤其是从小受母亲养育和教导的苏辙和苏轼兄弟二人，更是悲痛不止。两个儿媳日夜安慰，乳母保母左右服侍，仍然难以缓解二人撕心裂肺的疼痛。母亲这么年轻就早早去世，尚未报答母亲的生养之恩，她甚至没看到两个儿子高中的喜报，就突然阴阳两隔，生离死别永不复见，苍天也太不公平了！

苏洵在安排程氏的后事时，选择墓地也费了一番心思。

他看好彭山安镇可龙里的柳沟山，山高大壮伟，山下还有泉水喷涌，当地百姓称作“老翁泉”。泉的上方有一平台，此地三面山体环绕，地形类似“太师椅”。苏洵认为这里凝聚着“精气势力”，是风水先生讲的“神之居”，于是，他在这里修建了双椁墓穴，作为自己和妻子将来的合葬之地。双墓中间还留一个小洞，称作“过仙桥”。

墓地选好后，苏洵连夜写就了一篇《祭亡妻程氏文》：

呜呼！与子相好，相期百年。不知中道，弃我而先……子去不返，我怀永哀。反复求思，意子复回……有子六人，今谁在堂？惟轼与辙，仅存不亡。咻呴抚摸，既冠既婚。教以学问，畏其无闻。昼夜孜孜，孰知子勤？提携东去，出门迟迟。今往不捷，后何以归？二子告我：母氏劳苦。今不汲汲，奈后将悔……二子喜跃，我知母心。非官实好，要以文称。我今西归，有以籍口。故乡千里，期母寿考。归来堂空，哭不见人。伤心故物，感涕殷勤。嗟予老矣，四海一身。自子之失，内失良朋。孤居终日，有过谁箴？……凿为二室，期与子同。骨肉归土，魂无不之。我归旧庐，无不改移。魂兮未泯，不日来归。

苏洵的亡妻之痛在祭文中得以体现，真是字字血、句句情，即便现代人读来也是催人泪下，感人肺腑。

安葬了程氏之后，苏洵又在老翁泉旁建了一座“忧游亭”，儿子丁忧三年间，三人经常来到这里追悼亡人。后来他们全家离开了眉山，只好出资让广福禅院的僧人，负责苏家的祭祀和管理。

三年“丁忧”期间，苏辙和苏轼足不出户，整日陪伴父亲谈诗论文，评经论道，在书山学海中遨游，父子三人心中的悲伤才得以稍减。

2

夏去秋来，蜀州新建的“绝胜亭”竣工了，剪彩盛典十分隆重。苏氏兄弟俩同榜中进士，已成为家乡的荣耀，自然是邀请的重要贵宾。

面对家乡的青山绿水，长天落日，苏辙触景生情。家乡的绝胜亭，可与洞庭湖上的岳阳楼有得一比：

夜郎秋涨水连空，上有虚亭缥缈中。
山满长天宜落日，江吹旷野作惊风。
爨烟惨淡浮前浦，渔艇纵横逐钓筒。
未省岳阳何似此，应须仔细问南公。

——《蜀州绝胜亭》

苏辙在三年丁忧期间，还撰写了《进策》二十五篇。

嘉祐三年（1058）冬十一月，朝廷诏命召苏洵赴京应试策论，准备录用，谁知他因为不善应试而心灰意冷，上书称病谢绝了。

第二年，朝廷又连发两次诏命，催苏洵赴京。好友国子监直讲梅尧臣也来信劝他入京应试，他在《题老人泉寄苏明允》中写道：

泉上有老人，隐见不可常。
苏子居其间，饮水乐未央。
渊中必有鱼，与子相徜徉。
渊中苟无鱼，子特玩沧浪。
日月不知老，家有雏凤凰。
百鸟戢羽翼，不敢言文章。
去为仲尼叹，出为盛时祥。
方今天子圣，无滞彼泉旁。

朝廷的三次下诏，好友推心置腹的劝进，两儿子为母亲服丧已经期满，也需要赴京候命任职。苏洵筹划再三，最后决定举家进京。苏洵父子三人带队，苏轼妻子王弗和长子苏迈、乳母任采莲，苏辙之妻史氏和保母杨金蝉，还有同去的家人仆从，全家一行人前往几千里之外的开封城！

这次进京的路线图与上一次不同，上次是北上走陆路，这次是南下东进走水路。这一次注定又是难得的人生旅途，苏氏父子三人因此又大览华夏的山山水水。

3

嘉祐四年（1059）的金秋十月，苏洵一家老小三辈十几口人，乘坐两条大船，浩浩荡荡沿岷江、长江而下，奔向一千一百里开外的汴京开封。

第一站是乐山。乐山大佛原称凌云大佛，高度天下第一，开凿于唐玄宗开元初年（713），历经九十年完工。大佛依凌云山坐东向西，弥勒坐像的头与山齐，脚踏岷江、青衣江、大渡河三江的汇流处。苏辙一行下船仔细观看，果然和他们在彭山看到的齐山双佛很相像，难怪有人讲乐山大佛是双佛二者合二为一。大佛仅头上的发髻就有一千零五十一个，一个脚背就有两丈六尺宽，能坐百人！据说佛脚是记录水文的标尺，如果江水淹没佛脚，不但对面的乐山城会被淹没，而且预示着大灾大难的来临。

苏辙在《初发嘉州》有大佛的记录：

飞舟过山足，佛脚见江浒。
舟人尽敛容，竟欲揖其拇。
俄倾已不见，乌牛在中渚。
移舟近山阴，峭壁上无路。

苏辙一家在乐山停留时，家人苏耀在岸边茶馆里，听了一个郝节娥的故事，一上船就讲给大家听：

郝家的小娥是妓女的女儿，五岁时被母亲卖给洪雅县的人家做养女。小娥本来生活安定，长到十五岁时，却被当妓女的生母夺回，逼她像自己一样卖身接客。小娥坚决不从，她从小接受过养母家的良好教育，也学会纺线织布，操持家务，认为自己可以供养母亲，清白做人。当妓女的母亲却对她又打又骂，坚持让女儿做皮肉生意，像她自己那样痛快地无本生财。

老妓女为了逼女儿就范，与老相好商定诡计，准备骗小娥失身。两人借祭祀蚕丛的机会，备好酒菜，频频劝小娥饮酒，企图将她灌醉后施暴。小娥见他们不怀好意，识破了母亲的阴谋诡计，就故意向菜肴中吐痰吐唾沫，引起恶心呕吐了一身，满身污秽的小娥保护了自己，终于脱身离开了酒桌。

小娥和母亲一起回家，经过鸡鸣渡时天已傍晚，想到自己的亲生母亲竟如此歹毒，以后也难逃做娼妓的命运，于是，她跃身跳进了波涛汹涌的大渡河！

当地的百姓敬佩小娥的气节，都称她为“节娥”。

4

苏辙一家乘船顺岷江而下，过宜宾，夜泊牛口渚。宜宾古称戎州，是少数民族杂居的地方，然而这里并不安定，民不聊生，环境恶劣。

苏辙连夜写了《夜泊牛口》，对这里的老百姓寄予了深深的同情：

行过石壁尽，夜泊牛口渚。
野老三四家，寒灯照疏树。
见我各无言，倚石但箕踞。
水寒双胫长，坏裤不蔽股。
日莫江上归，潜鱼远难捕。
稻饭不满盂，饥卧冷彻曙。
安知城市欢，守此田野趣。

只应长冻饥，寒暑不能苦。

苏轼对这段旅程的记忆也非常深刻，他后来也写道：“今来牛口渚，见月重凄凉。却思旧游处，满陌沙尘黄。”

苏辙一家水上行舟，当然也别有一番情趣。江水滔滔，秋风送爽，月明星稀，诗情画意。

父子三人每日里博弈、饮酒、品茶、吟诗、论道，既不辜负这金秋季节的良辰美景，又亲身领略了江山万里的美好画卷。

一天晚上，船家停泊，苏洵来了琴兴，在船头摆下琴案，他弹奏起古曲《高山流水》。

悠扬的琴声在河水上空飘荡，夜空下仿佛万物都在静听。

苏轼当即作了一诗《舟中听大人弹琴》。

苏辙听了立即用同一题目，也作诗一首：

江流浩浩群动息，琴声琅琅中夜鸣。
水深天阔音响远，仰视斗牛皆纵横。
昔有至人爱奇曲，学之三岁终无成。
一朝随师过沧海，留之绝岛不复迎。
终年见怪心自感，海水震掉鱼龙惊。
翻回荡潏有遗韵，琴意忽忽从此生。
师来迎笑问所得，抚手无言心已明。
世人嚣嚣好丝竹，撞钟击鼓浪为荣。
安知江琴韵超绝，摆耳大笑不肯听。

苏辙让父亲变成乐师俞伯牙，高雅的琴声让人如痴如醉，自己则变成知音钟子期，伴随着古琴的音韵，他们陶醉在天地山河之间。

船只顺江而下，过江安，经渝州（重庆），至涪州（涪陵），每到岸边码头，都有朋友和慕名的官员前来迎送。三年来，三苏大名已经传遍天下了！

船到忠县时，苏轼坚持要多住几日，因为当年白居易曾被贬为忠州刺史。白居易的《长恨歌》，写情缠绵悱恻，书恨杳杳无穷，文字哀艳动人，声调悠扬婉转，令人常读常新。白居易的《琵琶行》，更是古代感伤诗歌的巅峰之作。他与歌女都是天涯断肠之人，在清冷的秋江月夜，两个脆弱而忧伤的生命相遇，两种内容不同但形式相似的命运，撞击出诗人强烈的思想火花。苏轼和苏辙对这位唐代的杰出诗人十分敬佩。于是靠岸后，父子三人便离船登岸了。

白居易曾在忠县城东山坡上种花种橘，“持钱买花树，城东坡上栽”，他钟情于这里的花树，“朝上东坡步，夕上东坡步。东坡何所爱？爱此新成树”。他还特别喜爱这里的橘子树：“东坡春向暮，树木今何如？”东坡，东坡！白居易离开忠州时，曾感慨地说：“何处殷勤重回首，东坡桃李种新成。”这些东坡新栽的橙子树，就是今日驰名的忠县“忠橙”！

苏家父子在忠县逗留的几天里，苏辙和父亲游览了屈原塔、望夫台和严颜碑，了解少数民族的风情。而苏轼却整日寻找白乐天的遗迹，因为他的的确确是个“白粉”，在白居易的东坡橙子树下，他从午后一直逗留到月上柳梢头。“雨洗东坡月色清，市人行尽野人行”，就是描写他自己的月夜行程。

二十年后他自己被贬黄州，为生计所迫，也在城外的东坡上种粮种菜，并自号“东坡居士”，冥冥之中，可能与这次的忠州东坡之行大有关系。

苏辙在忠州也填了一阕《竹枝歌》：

舟行千里不至楚，忽闻竹枝皆楚语。
楚言啁哳安可分，江中明月多风露。
扁舟日落驻平沙，茅屋竹篱三四家。
连春并汲各无语，齐唱竹枝如有嗟。
可怜楚人足悲诉，岁乐年丰尔何苦。
钓鱼长江江水深，耕田种麦畏狼虎。

俚人风俗非中原，处子不嫁如等闲。
双鬟垂顶发已白，负水采薪长苦艰。
上山采薪多荆棘，负水入溪波浪黑。
天寒斫木手如龟，水重还家足无力。
山深瘴暖霜露干，夜长无衣犹苦寒。
平生有似麋与鹿，一旦白发已百年。
江上乘舟何处客，列肆喧哗占平碛。
远来忽去不记州，罢市归船不相识。
去家千里未能归，忽听长歌皆惨凄。
空船独宿无与语，月满长江归路迷。
路迷乡思渺何极，长怨歌声苦凄急。
不知歌者乐与悲，远客乍闻皆掩泣。

苏辙详细记录了民间的疾苦。尽管宋仁宗开创了所谓盛世，可基层许多老百姓仍然过着食不果腹、衣不遮体的悲惨生活。苏辙暗下决心，将来从政，定要“政无旧新，以便民为本”，为民服务，就是苏辙的初心！

5

数日后船到夔门，夔门是三峡西端的入口处，两岸断崖峭壁高约百丈，南山名“白盐山”，因岩石中含钙，光泽灰白而得名。北山名“赤甲山”，因岩石表面含红色氧化铁，巴国的赤甲将军曾在此屯营而得名。夔门南北宽不及三十丈，形同石头大门。杜甫的“赤甲白盐俱刺天，闾阎缭绕接山巅”，就是讲的这座夔门！瞿塘峡西起白帝城，东达巫山，属于长江三峡之首，这里江水呼啸奔腾，波涛汹涌，天下文人墨客莫不在此留下足迹，三苏下船自然也不例外。

浏览了前人的书法石刻，苏辙回到船上激情难消，立刻取出文房四宝，草就了《入峡》诗稿：

舟行瞿塘口，两耳风鸣号。
渺然长江水，千里投一瓢。
峡门石为户，郁怒水力骄。
扁舟落中流，浩如一叶飘。
呼吸信奔浪，不复由长篙。
椟柁破濆旋，畏与乱石遭。
两山夔相值，望之不容舠。
渐进乃可入，白盐最雄高。
草木皆倒生，哀叫悲猿猱。
白云缭长袖，零落如飞毛。
……

苏辙怎么也想不到，千年后三峡大坝的修建，水位提升了一百多米，使名人石刻、摩崖造像、悬崖栈道、古庙寺院等统统被淹没！历代的古迹和澎湃如千军万马的雄伟景观，很难再看到了！现在能看到的张飞庙等景点，都是移地仿建的，仿建再精美，也失去了原始的韵味和灵气。

夔州的白帝城，相传是西汉末年公孙述在此所建，因城中有井常冒白气，如同一条白龙，故名白帝城。城中有座永安宫，就是当年三国的蜀汉昭烈皇帝刘备向诸葛亮托孤的地方。这里的人文气息很浓，东西两处碑文，都是历代文人墨客留下的笔迹。“英雄割据非天意，霸主并吞在物情”，这是诗圣杜甫留下的诗句。三人在刻石前沉思了很久，又默默地拜谒了一会儿，然后退到江边，苏辙当即写了一首《读史》：

桓文服荆楚，安取破国都。
孔明不料敌，一世空驰驱。

待看了诸葛亮江边巨石垒成的八阵图后，苏辙更有感触了：

世称诸葛公，用众有法度。
区区落褒斜，军旅无阔步。
中原竟不到，置阵狭无所。
茫茫平沙中，积石排队伍。
独使后世人，知我非莽卤。
……

6

船到巫峡，他们停船上岸，苏辙看了巫山十二峰的秀丽之后，挥笔写下一篇《巫山赋》：

过瞿唐之长江兮，蔚巫山之嵯峨。……峰连蜀以十二兮，其九可见而三不知……惟神女之不可以求得兮，此其所以为神……朝云尉其晨兴兮，暮雨纷以下注……高丘深其苍苍兮，恍谁识其有无。

苏辙领着史氏进入巫山庙，见到隋代的神女塑像后，一位进香的妇人指着史氏惊呼："你，你与神女太相像了！"

含羞的史氏不好意思，她悄声告诉苏辙，让他为神女留诗。苏辙也正有此意，他即兴留下一首《巫山庙》：

山中庙堂古神女，楚巫婆娑奏歌舞。
空山日落悲风吹，举手睢盱道神语。
神仙洁清非世人，瓦盎倾醪荐麋脯。
子知神君竟何自，西方真人古王母。
飘然乘风游九州，揭渡西海薄中土。
白云为车驾苍虬，骖乘湘君宓妃御。

天孙织绡素非素，衣裳飘飖薄烟雾。
泊然冲虚眇无营，朝餐屑玉咽琼乳。
下视人世安可据，超江乘山去无所。
巫山之下江流清，偶然爱之不能去。
湍崖激作相喧豗，白花翻翻龙正怒。
尧使大禹导九州，石陨山队几折股。
山前恐惧久无措，稽首山下苦求助。
丹书玉笈世莫窥，指示文字相尔汝。
擘山泄江幸无苦，庚辰虞余实相禹。
功成事定世莫知，空山俄顷千万古。
庙中击鼓吹长箫，采兰为飧蕙为肴，玉缶荐芰香飘萧。
龙勺取酒注白茅，神来享之风飘飘。
荒山长江何所有，岂有琼玉荐沉寥。
神君聪明无我责，为我驱兽攘龙蛟。
乘船入楚溯巴蜀，濆旋深恶秋水高。
归来无恙无以报，山上麦熟可作醪。
神君尊贵岂待我，再拜长跪神所劳。

庙中道长常年与游客打交道，尤其注重收集名家诗词曲赋。听说四川眉山的三苏到了，他绝不放过这一难得的机遇。他除留下苏辙的诗稿之外，又拿出一副异字同音的上联，邀请苏轼对出下联，留下墨宝！

道长的上联是："无山得似巫山秀，"

苏轼不假思索，马上对出下联说道："何叶能如荷叶圆。"

道长连连称赞道："大苏真不愧才子，天下多少人都未对好，唯有你对的下联最工整！"

苏辙在一旁插言道："何水能如河水清。是否更好？"

苏轼和道长几乎同时赞许："妙！妙！妙！水对山，清对秀，珠联璧合呀！"

苏洵在一旁捻着胡须，微笑不语。

巫山十二峰上风来风去，云卷云舒，仿佛神女也在赞赏这苏门三学士，倾听人间的精彩对话。

7

路过秭归时，正值黎明，父子三人前往“屈原祠”祭拜。苏洵给儿子们讲起了秭归的历史，郦道元《水经注》中说：“屈原有贤姊，闻原放逐，亦来归……”“秭归”就是“姊归”，屈原的故乡因为他姐姐的归来而得名。苏辙和苏轼都被父亲的博古通今而折服。

苏辙在《屈原塔》中写道：

> 屈原遗宅秭归山，南宾古者巴子国。
>
> 山中遗塔知几年？过者迟疑不能识。

多年后，苏辙回忆他在秭归的经历，写了一篇《屈原庙赋》。他以曲折含蓄的笔法，追述了屈原“信而见疑，忠而被谤”的人生，“言出而无忌兮”的性格，曲折委婉地否定了贾谊“全身远害”的看法，赞扬了屈原高尚贤良的品德。

既然来到秭归，就不能不去昭君村看看，也就是王昭君的故乡秭归宝坪村。王昭君，名嫱，中国的四大美女之一。宝坪村是个山明水秀的地方，王昭君从这里远嫁匈奴和亲，当年是什么情况呢？苏辙在《昭君村》里写道：“峡女王昭君继屈须，入宫曾不愧秦姝。”“峡女”并非“侠女”，但“不愧秦姝”肯定不仅是赞美王昭君的漂亮，更是赞美她的和亲功绩。昭君出塞把中原文化带到匈奴，不但使汉朝与匈奴六十余年无战事，而且使文明之光普照到塞北，从此王昭君的美名传遍了华夏大地。

船到达西陵峡口时，已经是霜月仲冬季节了，苏轼和苏辙执意要上岸游览“三游洞”。苏洵拗不过两个儿子，便随同兄弟二人下了船，不料三苏这一去，却给当地的旅游文化增添了一抹亮色。

何为“三游洞”？公元819年，也就是唐宪宗元和十四年，白居易改任忠州刺史，他和弟弟白行简、好友元稹三人在此地寻幽探胜，在山崖上发现了一个三间屋子大小的天然洞穴。洞内有钟乳石绮丽多姿，三人各自在洞壁上书写了二十韵的古体诗。白居易后来又撰写了《三游洞序》，向世人介绍这处不可多得的仙境。

三苏就是慕白居易之名而来的，于是便有了“前三游”和“后三游”的典故。

父子三人同作一题《游三游洞》，题于洞壁之上。

洞门苍石流成乳，山下寒溪冷欲冰。
天寒二子苦求去，吾欲居之亦不能。

——苏洵

冻雨霏霏半成雪，游人屦冻苍苔滑。
不辞携被岩底眠，洞口云深夜无月。

——苏轼

洞前危径不容足，洞中明旷坐百人。
苍崖硉兀起成柱，乱石散列如惊麇。
清溪百丈下无路，水满沙土如鱼鳞。
夜深明月出山顶，下照洞口才及唇。
沉沉深黑若大屋，野老构火青如磷。
平明欲出迷上下，洞气飘乱为横云。
深山大泽亦有是，野鸟鸣噪孤熊蹲。
三人一去无复见，至今冠盖长满门。

——苏辙

8

当他们抵达江陵时，正值岁末。春秋时期，楚国建都郢城，即江陵。宋代属于荆湖北路，也就是现在的荆州。这里南邻长江，北依汉水，西控巴蜀，南通湘粤，属于“七省通衢”之地，自古兵家必争。

苏氏三人离开眉山老家已经两个多月了，他们在江陵结识了王荆州和王璋父子。他们性情相投，谈诗论文，相见恨晚，被真情挽留在此地过新春佳节。

苏洵一直忙碌着，在客居江陵的一个月时间里，他把父子三人的一百篇诗赋，整理成册，命名为《南行集》。《南行集》是三苏留给后世的一份珍贵文化遗产。

一天晚饭后，全家老少围坐一起，苏洵拿出《南行集》给家人展示。他语重心长地告诫后辈，中国文化源远流长，每代人都要做出每代人的贡献。他告诉大家，五百多年前，梁元帝承圣三年（554），就在此地的江陵，发生了一场中国文化史上的空前浩劫！梁元帝把宫中收藏的十四万卷图书全部焚烧了！他是为避免亡国后落入敌人西魏之手！

苏辙兄弟和父亲都写过《六国论》《春秋集》，对秦始皇焚书坑儒的历史了如指掌，那次浩劫使得中华经典未能保全，暴秦的罪行罄竹难书！后代的口头流传致使《书经》出现两种版本，《诗经》有四种版本，齐地和鲁地的《论语》也不相同，《春秋》更是数家版本各异。从汉代开始，国家收集整理图书，可是经过连年的战火、朝代的更迭，实际恢复的旧籍还不及秦前的一半！而“江陵焚书”烧掉的十四万卷图书，又整整毁灭了当时传世书籍的一半！而且是历代积累下的南北皇宫中的所有精华，文化损失不可估量。呜呼哀哉！

一家人听了，都唏嘘不已。我们后人听了，联想到古今中外的焚书事件，更是唏嘘不已。

一个民族的兴亡，都与文化有关，西夏灭亡后，鞑靼人焚毁了他们所有的书籍和文字，致使西夏国从历史上完全消失。焚书，焚掉了的是文明！

9

正月初五，苏辙父子与王荆州父子依依惜别后，一家人雇乘车马，沿着驿道，向开封方向奔去。

北行的第一站是荆门，又由荆门过汉水，到达了襄阳。襄阳是荆楚文化的发祥之地，正如王维所写：“楚塞三湘接，荆门九派通。”苏辙和苏轼各写了《襄阳古乐府二首》。

苏辙的第一首是《襄阳乐》，赞誉襄阳太守刘道产的政绩：

谁言襄阳苦，歌者乐襄阳。
太守刘公子，千年未可忘。
刘公一去岁时改，惟有州南汉水长。
汉水南流岘山碧，种稻耕田泥没尺。
里人种麦满高原，长使越人耕大泽。
泽中多水原上干，越人为种楚人食。
火耕水耨古常然，汉水鱼多去满船。
长有行人知此乐，来买槎头所项鳊。

苏辙写的第二首是《野鹰来》，拟人化地描写了荆州刘表刘琮父子的无能：

野鹰来，雄雉走。
苍茫荒榛下，毰毸大如斗。
鹰来萧萧风雨寒，壮士台中一挥肘。

台高百尺临平川，山中放火秋草干。
雉肥兔饱走不去，野鹰飞下风萧然。
嵯峨呼鹰台，人去台已圮。
高台不可见，况复呼鹰子。
长歌野鹰来，当年落谁耳。
父生已不武，子立又不强。
北兵果南下，扰扰如驱羊。
鹰来野雉何暇走，束缚笼中安得翔。
可怜野雉亦有爪，两手捽鹰犹可伤。

既然来到襄阳，自然不能不去隆中。诸葛亮本是山东琅琊人，十七岁起跟着叔父在襄阳隆中躬耕隐居十年，直到刘备三顾茅庐才出山。他的《隆中对》闻名古今。

苏轼曾赞他："人也？神也？仙也？吾不知之，真卧龙也。"

苏洵对诸葛亮的看法不同。他认为荆州北上可以威胁洛阳、许昌，东向可以威逼江东，南下可以控制交州，处于天下腹心的位置。将益州摆在荆州之上，是诸葛亮的战略失误。不懂得先制服弱敌，先与曹魏决战必然失败无疑。

苏辙则认为诸葛亮工作方法不对头，劳于军务，事必躬亲。北伐曹魏的将才、帅才很多，孔明完全可以放手他人，他却未能团结好蜀地的人才，致使每次都无功而返。

一家人又走了两个多月的陆路，终于在嘉祐五年（1060）二月十五日，抵达东京开封。路途中苏洵白天在车中休息，晚上在灯下整理书稿，将离开江陵后的诗赋七十三篇，汇成《南行后集》。他让苏辙题写了《南行后集引》，作为这四个多月的旅途总结。

第七章

高考竟为苏辙一人延期！他还在文章中骂了皇帝……

辙，西蜀之匹夫，往年偶以进士得一命之爵，今将为吏崤渑之间。闲居无事，闻天子举直言之士，而世之君子以其山林朴野之人，不知朝廷之忌讳，其中无所隐蔽，故以应诏。

——苏辙《上曾参政书》

1

宋仁宗赵祯是北宋的第四位皇帝，也是小说戏剧“狸猫换太子”里被换掉的主角，当然那是故事演义，真实历史并非如此。他掌权以来广施仁政，未处死过一位进谏的臣子，即使像包拯那样的谏官，争辩时的口水都喷到了他的脸上，他都能忍受并不追究。

史学家把他在位四十二年治理的功绩称为“仁宗盛治”，就连与宋朝为敌的元朝，也都评价他“为人君，止于仁”，“畏天、爱民、奉宗庙、好学、纳谏。仁宗能行此五者与天下，所以为仁也”。

宋仁宗是两宋时期在位时间最长的皇帝，也是历代帝王中唯一一个与士大夫共治天下的明君。在他的治理下，改革了政治体制，皇权、相权和台谏三权分立，互相制约，“宪政”这个现代尚未褪色的政治名词，其实早就在中国大地实践过了。看来一个国家的伟大与否并不在于它的疆域大小，而是民主和民生。

宋仁宗支持“庆历新政”的改革，虽然没有坚持到底。但“和而不同”

的庆历士风树立起来了，范仲淹、晏殊、欧阳修、韩琦、富弼、张方平、包拯等一大批名臣登上政治舞台，而司马光、王安石、苏轼、苏辙、程颐等一批新秀也崭露头角，这些名垂千古的名字，统统出现在宋仁宗一朝，不能不说这是一个名垂青史的文化盛世。

文人的伦理标志，就是范仲淹提倡的“先天下之忧而忧，后天下之乐而乐”，因为只有这样的仁人志士，才能“居庙堂之高则忧其民，去江湖之远则忧其君”。如果在上者只想集中自己的权力，不关心民生，不让下面发声；在下者不问政事，不敢发声，只想功名利禄和吹捧拍马，那么这江山社稷就没有救了。

宋仁宗时代，由于签订了“澶渊之盟”，北方无战事，天下享太平。这时的全国面积虽然比汉唐时期大大减小，可人口已达到一千二百四十六万户，仅男丁就有二千六百四十二万口。国家税收每年有三千六百八十多万缗（一缗相当于一两白银），宋代税收是唐代贞观年间的四倍，而且主要是靠发达的商业获取，农业税仅为三分之一，朝廷并未过多增添普通百姓的税收负担。后人多是从疆域大小评判帝王，却很少以百姓的民生视角看问题。

宋朝国家富了，老百姓的福利也就高了。朝廷设有慈幼局（孤儿院）、居养院（养老院）、漏泽院（公墓）、安乐庐（收容站）、安济坊（免费医院），还有免费的药铺给贫民发药。凡田产二十亩以下，或产业五十贯以下的家庭划为贫困户，按政策规定为贫民，可以享受国家的许多福利。甚至监狱里也设有安养院为犯人治病，宋人认为即便死刑犯，“当死于法，而不当死于病也”，体现了对人道人权的尊重。

宋代的活字印刷术大大加速了文化的普及和提升，航海用的指南针、战场用的突火枪、经商用的纸币交子……《梦溪笔谈》就一一记录了当时在天文、数学、物理、化学、生物等方面的成就，这都是政治改革带来的丰硕成果。

宋代依法治国，仅从汴京的城市管理就可了解大概。《宋刑统》规定，在城中乱倒垃圾者，杖六十；管理者如不认真执法，与犯法者同罪。还规定凡是向运河中倾倒粪土瓦砾者，杖八十。那时的“民告官”事件时有发生，朝廷规定官府不得既当被告又当裁判，必须由上一级部门审理才显公道。

不过，仁宗皇帝后期随着三个皇子的先后离世，没有自己的亲儿子继承皇位，他逐渐变得多疑寡断起来。他不但专宠张贵妃，而且重用身边宦官，虽说宦官已经从四千人减到了一百八十人，可为了打压制衡权臣，宋仁宗还是在宫中成立了皇城司。然而北宋的宦官并不能像唐朝那样专权，而且升职基本无望。宦官必须有在边疆工作五年的经历，有在皇帝身边工作五年的经验，年满五十岁没犯过错误才能升职，可即便进入内侍省，升到最高的都知，也只有从五品的官衔。

但作为皇帝的亲信耳目，皇城司宦官们的实际权力还是很大的。

2

宋仁宗嘉祐五年（1060）初春，苏辙一家水陆联乘抵达了京师汴梁。十几口人暂时在西冈租房居住，等待朝廷的任命。

宋朝规定，考中进士就可以做官，一般是从九品的小官职做起，最高也就是从八品。苏辙兄弟丁忧回来后，苏轼被诏为河南福昌县主簿，苏辙被诏为河南渑池县主簿，全是从九品的小官！兄弟两个都不想去赴任。

苏洵更无消息，虽然朝廷发了三次诏书，还有梅尧臣在朝中走动，可还是天天在租住的西冈待命。

阳春三月，和风送暖，也给苏家送来一个大好消息，明年是大宋王朝开国一百年，宋仁宗下旨：嘉祐六年（1061）八月举行制科考试。宋朝经常举行不定期的制科考试，是朝廷选拔“非常之才”的非常之策。

天章阁待制杨畋，负责考核政绩迁调官员。他素闻三苏之名，就主动推荐苏辙参加制科考试。苏辙大喜过望，将自己早已写好的《进论》《进策》各二十五篇送去杨府晋见杨畋。他在感谢信中写道：“今年春，天子将求直言之士，而辙适来调官京师。舍人杨公不知其不肖，取其鄙野之文五十篇而荐之。”

苏辙也给宰相富弼写信自荐，他在《上昭文富丞相书》中说：“我不自量力而自愿放弃吏部任职，参加制科考试……”

对这个无名小卒的自荐信，富弼却一直没有回应。

苏辙还将写好的《历代论》十二篇呈给参知政事曾公亮。《历代论》写了上自三皇下至五代，都是对治乱兴衰的个人政治见解。

《君术策》是研究君王的，“明于天下之情而后得御天下之术”，苏辙认为古代君臣之间信任如父子，相爱如兄弟，知无不言，言无不尽。而“后世君臣相虞（欺骗），皆有猜防之忧”，因为相互不相信，怎么能顾及天下的利害呢？应该信任武将，“为将者去其兵权而为兵者使不知将”，将无兵权，兵不认将，这哪能打胜仗？

在《臣事策》中，苏辙认为权臣是“内悦其君之心，外窃其生杀予夺之柄”，而重臣相反，“君有所为，不可，则必争；争之不能，而其事有所必不可听，则专行而不顾”。为官应做重臣不做权臣。

《民政策》中，他在政治、经济、军事方面提出改革的主张，并且强调必须以循序渐进的方式。苏辙的理想是耕者有其田，“当今之势，宜收天下之田而归上，以业无田之农夫”。他认为也可实行“官贷”，但应该“薄收其息而优之，使之偿之无难”。不能因为还不起贷款而沦为奴隶。王安石提出的青苗法就是官贷，与他的提议不谋而合。他后来与王安石的分歧就在于百分之四十的利息太高，国富了，而民却穷了。

苏辙在法治和人治问题上与哥哥苏轼是略有不同的，苏轼强调人治，“今世之患，失在于任人而非法制之罪”。苏辙则强调法治，“天下之事，任人不若任势，而变吏不如变法”，“当今之势，不变其法无以求成功”。苏辙是一位变法的倡导者！后来把他归于旧党，归于保守派，归于反对变法派，都是不公平的！

3

苏家父子三人都没有官职，自然也没有任何收入，仅从眉山老家带来的积蓄，全家住在京城必然坐吃山空，尤其是还碰上了京师地震，又有瘟疫流行，三个月后不得不搬到杞县去。他们在杞县城南庠斋替人看守墓地，一家人开荒种田，成为地地道道的农夫。

农耕社会土地就是人的命根子，脱去长衫，换上短袍，苏氏父子三人和家中佣人一起下地，耕耘、播种、锄草、间苗……直到收割。有了粮食和瓜菜，才勉强维持生计。苏辙记录：“居梁不耐贫，投杞避糠覈。城南庠斋静，终岁守坟籍。酒酸未尝饮，牛美每共炙。”

他们一家终日与坟为邻，看惯了阴币纸灰的飞扬，听惯了撕心裂肺的哭丧，人生天地万物间，面对生死更能体验到人生的意义。

苏辙曾写了人生的最后一篇文章《坟院记》。他在文中写到故乡的老翁泉日夜喷涌，“冬不涸，夏不溢”，待到他兄弟二人贬谪岭南时，泉水却枯竭了。等他们返回到北方之后，泉水又流淌如前。苏辙认为这就是自然界天人合一的征兆。

庚子年（1060）八月初七，这是个值得纪念的日子，朝廷总算给苏洵安排了一个九品小官，任命他为试秘书省校书郎。“试”就是临时的，不算正式录用，每月仅六七两银子的俸禄，维持全家生活实在困难。不过孟子说过：“天将降大任于斯人也，必先苦其心志，劳其筋骨，饿其体肤，空乏其身。”苏家父子正在实践着这位亚圣的教导。

杞县也是个文人荟萃的地方，后人称作“杞县五状元”，因为这里一共出了五位状元，仅在宋朝就有三位！宋太祖年间的宋准，宋仁宗时的宋庠、宋祁两兄弟，这兄弟俩的状元经历，还有一段佳话：

那是天圣二年的科考，本来礼部定弟弟宋祁为第一，哥哥宋庠为第三，可章献太后偏偏改宋庠为状元！兄弟二人同负盛名于天下，当时以大小宋并称，只不过没有后来的大小苏出名罢了。

杞县人杰地灵，还有更厉害的“一门四宰相”，那就是出身寒门，宋仁宗年间的参知政事（副宰相）韩亿，他八个儿子韩纲、韩综、韩绛、韩绎、韩维、韩缜、韩纬、韩缅全部高中进士，还有三个儿子先后担任过宰相和副宰相。父子两代九人中竟诞生了四位宰相，最出名的就是接替王安石为相的韩绛。有副对联赞美他家：

兄弟同胞八人三学士，

祖孙共列一朝四国公。

日月如梭，从春分，经立夏，到秋分，临冬至，苏辙一大家不知不觉在杞县住了一年。嘉祐六年（1061），一家人在异乡已过了第二个春节。每逢佳节倍思亲，离开故乡四川眉山，王弗妯娌两人自然想念自己的父母兄弟姊妹，而苏氏父子已无眉山的牵挂，可谓四海为家了。

这年的正月初六，苏洵领着全家人，去了繁华的开封城，观看了舞长龙、扭秧歌、跑旱船、踩高跷……品尝了汴京的各类菜肴：烹、烧、烤、炒、爆、溜、煮、炖、卤、蒸……不但大大开了眼界，也一饱了口福。小孙子苏迈和母亲、婶婶一样，被京城的许多西洋景吸引着，第一次看到赤身露背的男女相扑，小孩子特别好奇，久久不愿离开勾栏瓦舍。

上元节过后，苏辙和苏轼为了秋季的制科考试，移居到怀远驿复习功课。

4

嘉祐六年（1061）七月，宋仁宗下诏起居舍人、同知谏院司马光，起居舍人、翰林学士范镇，龙图阁直学士、同知谏院杨畋，知制诰沈遘四人为秘阁考官，制科考试定于八月开考。朝廷规定，参考者需有两位大臣举荐，先呈送个人的策、论五十篇，优者可参加阁试，最后才能参加天子的御试。

当时准备应考的大有人在，宰相韩琦曾问其他人说：“今岁制科考试，有苏轼、苏辙兄弟参加，别人也敢与他们同场争个高下，这是为什么呢？”

一听宰相都这样讲，已报考的应试者立即十去八九！他们不敢同考了。

谁知就在考试之前，苏辙突然患病，不能应试了！宰相韩琦得知详情后，上奏官家说：“今岁召制科之试，惟苏轼、苏辙最有声望，今闻苏辙偶病未可试，如此兄弟有一人不得就试，甚非众望。欲将考期后延等待苏辙愈后参加。”

没想到求贤若渴的仁宗皇帝连忙应允，制科之试延后二十天！

为了一个考生，延期了全国的高考，这真是亘古未有的罕事，中国科举史上唯一一次！难怪这件事被载入了大宋史册！

这次的秘阁策试共有六论：《王者不治夷狄论》《刘恺丁鸿孰贤论》《礼义信足以成德论》《形势不如德论》《礼以养人为本论》《既醉备五福论》。每篇规定答卷不得少于五百字，并必须在一天之内完成！因苏辙和苏轼是有备而来，他们洋洋洒洒写好策论，呈上试卷，仅用了半天时间。

八月二十五日午后，宋仁宗亲自来到崇政殿，他坐在西廊正在答卷的苏辙前面，苏辙有幸“瞻望天表”！这也是他唯一一次见到仁宗，因为这位官家在嘉祐八年（1063）三月就驾崩了！

仁宗现场策试《贤良方正能直言极谏》的策题，长达五百余字，要求对策不少于三千字。苏辙、苏轼各写一篇《御试制科策》答卷，苏轼的策论“直言当世之故，无所委曲”，条条对应，洋洋五千五百多字，文章一腔忠诚，议论国事，直述己见。

二十三岁的苏辙这次却一反常态，他胆大妄为，在答卷中他先指责官家怠于政事，“陛下无事则不忧，有事则大惧”，这与圣人的做法完全相反。苏辙又以历史上好色误国的六个昏君为例，告诫皇帝不能“惟妇言是听”，听闻“陛下自近岁以来，宫中贵姬至以千数，歌舞饮酒，欢乐失节，坐朝不闻咨谟，便殿无所顾问”，“好色于内而不害外事”。他还指责官家滥用民财：“陛下赋敛繁重，百姓日以贫困，衣不遮体，是陛下未得以财结民也。吏之不仁，尚可以为吏之过，赋敛之不仁谁当任其咎？”他甚至将苛捐杂税民不聊生的矛头直指朝廷！最后竟然还指责官家好大喜功：“臣观陛下之意，不过欲使史官书之，以邀美名于后世耳，故臣以为此陛下惑于虚名也！”

苏辙在洋洋六千多字的文章中，不但斥责皇帝，还涉及宰相，批评了三司使，他的这些言论果然引起了轩然大波！若苏辙生在中国古今的其他任何朝代，不但难获官位，甚至连脑袋都难保住！

初考官胡宿，一看到试卷，就马上否定了苏辙！

主考官司马光不愧是正义的化身，皇帝不是要选拔敢说真话的人吗？苏辙不但不能落选，还要和他的哥哥苏轼一样，列为第三等！

范镇同意司马光的意见，不过要改为第四等。

考官们意见分歧，而且是天壤之别，争论不得结果，最后考卷送到宋仁宗的龙案上。

仁宗这位官家不但不恼，反而肯定苏辙“知爱君”：“其言直切，不可弃也！”“吾以直言求士，士以直言告我，今而黜之，天下其谓我何？”用现在的话说，若是那样，我岂不成为言而无信的伪君子了吗？

推荐苏辙的杨畋对仁宗说：“苏辙，臣所荐也，陛下赦其狂直而收之，盛德之事也，乞宣付史馆。”

宋仁宗答应了，盛德之事应该发扬光大！结果，苏辙的这次应试之事，传遍朝野，还载入了宋史！

处理完了苏辙的事情，仁宗又调来苏轼的考卷阅读，看罢龙颜大悦，他下朝后对曹皇后说：“朕今日为子孙得两宰相矣！”

翻阅历史典册，二十三岁的苏辙可谓胆大包天，前朝的包拯都没有这样指名道姓数落官家，后代最出名的海瑞也不敢如此肆无忌惮地骂皇帝！

这次制科考最后仅有十五人参加，三人被录取：苏轼第三等，王介第四等，苏辙第四等次。苏轼是宋朝百年以来的冠军，因为在他之前，只有一个叫吴育的考入过第三等次，在他之后，还有一个叫范百禄的考过第三等。

宋朝三百多年间，录取了进士四万余名，可制科考试仅举行了二十二次，共录取了四十一名！嘉祐三年（1058）朝廷曾下诏："自今制科入第三等，与进士第一，除大理评事、签书两使幕职官；代还，升通判；再任满，试馆职。制科入第四等，与进士第二、第三，除两使幕职官；代还，改次等京官。制科入第五等，与进士第四、第五，除试衔知县；代还，迁两使职官。"这是当年任命官职的对应规定，"代还"就是任满回朝廷候职。这样相对照，苏轼应该相当于状元待遇。

苏辙先授过河南渑池县主簿，后又试秘书省校书郎、充商州军事推官。然而为皇帝起草诏书的知制诰是王安石，他认为苏辙攻击圣上，不肯撰写制词。对苏辙的评语一直拖到第二年秋天，由宰相韩琦改命另一位知制诰沈遘起草了制词，此事才算了结。可苏辙并不买账，他辞职不赴任，理由是要留在京城照顾父亲。

5

苏门三学士与王安石的过节，还要从三年前苏辙、苏轼进京考进士说起。

嘉祐元年（1056）五月，苏洵父子三人来到京城汴梁，通过张方平的推荐结识了大文豪欧阳修。欧阳修很赏识王安石，介绍苏洵与王安石结交。苏洵听说王安石待人接物不拘小节，平时蓬头垢面，衣衫不整，在友人聚餐时，不与同桌客人交谈，不看桌上菜肴，只吃自己眼前的那盘菜。他对这样的青年人并不"感冒"，认为这种不近人情的人，必是天下的祸害！不久，王安石的母亲因病去世，在京的官员及朋友都去王府吊唁，唯独苏洵不但不去，反而写了一篇《辨奸论》影射王安石："今有人口诵孔老之言，身履夷齐之行，收招好名之士、不得志之人，相与造作言语，私立名字，以为颜渊孟轲复出；而阴贼险狠，与人异趣，是王衍卢杞合二为一人也，其祸岂可胜言哉！”“夫面垢不忘洗，衣垢不忘浣，此人之至情也。今也不然，衣臣虏（罪犯）之衣，食犬彘（猪狗）之食，囚首丧面而谈诗书，此岂其情也哉？凡事不近人情者，鲜不为大奸慝，竖刁易牙开方是也。”

苏洵用历史上的王衍、卢杞、竖刁、易牙、开方这些著名的奸佞之徒来比喻王安石，这岂能不在王安石心中埋下仇恨的种子？王安石与苏洵结下的梁子，自然会波及苏辙和苏轼！

对制科考试第三等的苏轼，王安石认为他的制策：“全类战国文章，若安石为考官，必黜之！”

对待第四等次的苏辙，王安石就更不客气了，对他的任命他干脆不肯撰词。不写评语你就无法走马上任。

对王安石的为人，制科考试第四等的王介非常了解，他早年与王安石交往密切，互为挚友，知根知底。王安石被朝廷连连诏授参知政事，但他却认为时机未到，决不出山参政。王介曾作“草庐三顾动幽蜇，蕙帐一空生晓寒”的诗句，讥讽过王安石，成语“草庐三顾”的典故即来源于此。

宋仁宗当政时，宋英宗和宋神宗初立之时，王安石一直都拒绝到京任职，其实他不是不想，而是心中无底。一旦得知年轻有为的宋神宗完全信赖自己，授予他有决断杀伐之权时，他立即走马上任了，轰轰烈烈实施了史无前例的“王安石变法”。

当然，这也是后话了。

6

嘉祐六年（1061）七月，苏洵终于被任命为霸州文安县主簿，还未上任，朝廷又命他去礼部，与陈州项城县令姚辟同修《太常因革礼书》。没中过进士的苏洵，终于在五十三岁当上了一个从八品的小官，直到去世。

八月的制科考试，苏门双星一齐闪耀，苏家真是好事连连，多喜临门。八月二十五日，也就是苏辙见到宋仁宗那一天，苏辙的儿子出世了，全家人都欣喜无比。爷爷苏洵自然分外高兴，按苏轼儿子苏迈的辈分，他给这个孙子取名苏迟，小名虎儿，希望他乐观开朗，有所作为。

九月，苏轼终于当官了！宋朝官员也有“职称”和“职务”两重身份，大理寺评事相当于今天的最高法院的庭长，正七品，他属于京官外放锻炼。这年十一月他便带着夫人王弗、儿子苏迈和乳母任采莲，乘一辆带篷的马车去凤翔上任了！

苏辙与哥哥恋恋不舍，长这么大这还是第一次分离，他送了一程又一程，一直从开封送到一百四十里外的郑州西门。正值满天下着鹅毛大雪，兄弟二人不得不分手了。苏轼恋恋不舍望着行走在雪地里的苏辙，轻声咏出一首诗：

登高回首坡陇隔，惟见乌帽出复没。
苦寒念尔衣裘薄，独骑瘦马踏残月。

苏辙也不胜悲伤，含泪望着西去的兄长，回家后也写了一诗：

相携话别郑原上，共道长途怕雪泥。
旧骑还寻大梁陌，行人已过古崤西。

苏轼后来依韵和了一首寄回，这首七绝也成为历代文人探讨人生，阐述哲理的名句：

人生到处如何似，应似飞鸿踏雪泥。
泥上偶然留趾爪，鸿飞哪复计东西。

苏辙因为王安石不写制词不能去任职，夫妻俩只好留在京城陪伴老父。

虽然苏辙不能去商州任职，却在寓所写了商州的《孟德传》，《孟德传》全文分三段，第一段介绍孟德：“孟德者，神勇之退卒也。少而好山林。

既为兵，不获如志。嘉祐中，戍秦州。秦中多名山……”一个禁军的逃兵，哪能有游山玩水的志向？嘉祐年间，在戍守秦州时，孟德休了妻子，把儿子也送给别人，自己逃到华山下，用衣服换了一把刀和十个饼，然后进山了。他想：“我是个禁军，事已至此，被抓住也是死，没吃的也是死，遇到虎狼毒蛇也是死，面对这三种死亡，我还有什么忧虑害怕的呢！他在山里饥寒交迫，就采集草根和野果充饥，曾在一天里呕吐、腹泻、腹胀十多次，后来也都痊愈了。几个月后，他慢慢适应了这种生活，就和吃五谷杂粮一个样了。历尽了千辛万苦，在山中生活了两年。他多次遇到猛兽却没有丧命，因为猛兽能识别人的气味，当它离孟德不到百步时，就会趴在地上吼叫，响彻山谷，孟德毫不畏惧，不为所动。一会儿猛兽就跳过来，准备与他搏斗，离孟德十几步时它又停步坐下，迟疑不决，最后掉头走了！孟德多次遇到野兽的结果都是这样的。

苏辙文章的第二段写孟德：“后至商州，不知其商州也，为候者所执，德自分死矣。”他以为必死无疑，可商州知州宋孝孙却说：“我看你不像个坏人，好像是有道之人。”孟德坦白了自己的全部经历，宋知州就以自首情节安置他到秦州去。碰巧秦州知州张方平更是位大好人，孟德自称有病，于是让他复员为民。孟德至今仍然以自己的所好，在各处山林中来往，其实也并没有其他特别奇异的本领。

苏辙最后写道，孟德可以说是个有道之人。世上的君子内心都有所顾虑，对有的事仰慕，对有的事畏惧，仰慕和畏惧交织在心，必然从面部流露出来。所以弱者受人轻视，强者受人讥笑，没有一人能够超凡脱俗。孟德心中没有眷念，盛大刚直之气的外在表现，虽自己意识不到，可外边的众人却能看得到。延伸了这个道理，具有了这种气概，即使挺立于天地之间，也是可以的，在猛兽和困难面前又何足道哉！

这也正是苏辙制科考了四等次，却不能做官的真实心理写照。

苏轼收到苏辙寄来的文章后，马上写了一篇《书孟德传后》寄给了弟弟，他对老虎吃人的心理，也做了一番探讨。

苏轼说，世上还没有见到老虎不害怕的人，听说有个妇人白天把两个小孩放在沙滩上，自己在河中洗衣服。有老虎从山上下来，妇人慌忙潜入水中躲避，可两个小孩仍然在沙滩上戏耍如故。老虎细看了很久，还用头去触碰他们，大概希望他们害怕，可小孩天真烂漫，不知害怕，老虎最终还是走开了。

还有个人深夜回家，见有东西蹲在他家门口，还以为是猪狗之类的畜生，用手杖打它，待它逃走后才看清是只老虎。老虎吃人，必先使人遭受威吓，而像婴儿、喝醉的人、不认识老虎的人，不是因为有胜过老虎的本事，而是气势超过了老虎而已。老虎的威风没有施展的余地，它便反过来害怕了，这就没什么怪异的了。所以应该相信苏辙所说：老虎害怕不惧怕它的人！

苏辙认为，文章应“言当世之要”，是为了“施之于今”而写。苏辙博学多才，文章淡泊沉静，集叙事、抒情、议论于一体，以“策论”最著名。他的散文“汪洋淡泊”，有“秀杰之气”，具有一种独特的风格。

第八章

京城房贵，借钱买园，三苏成了房奴

倒囊仅得千竿竹，扫地初开一亩宫。
千里故园魂梦里，百年生事寂寥中。
晏家不愿诸侯赐，颜氏终成陋巷风。
洗竹移花吾事了，子孙他日记衰翁。

——苏辙《初得南园》

1

苏洵一开始被任命为霸州文安县主簿，主簿就相当于县政府的办公室主任，比芝麻还小的官吏，而且离开封一千多里！幸亏还没启程赴任，就来了新的任务：去太常寺修史。此事也得益于欧阳修，因为他在太常寺任通判。太常礼院中的资料散失杂乱，难以提供检索，礼官们的工作繁忙，无暇整理，于是让两个局外人姚辟和苏洵来干这个营生。

姚辟是宋仁宗皇祐元年（1049）的进士，很有文才，善写散文，从项城县令任上调来修史，说明欧阳修的眼光独到。姚苏二人合作了几年，相互默契，特别投缘。

《太常因革礼书》是一部北宋重要的礼仪典籍，是因袭与变革的礼仪著作，也是赵家皇室宗族的传记。修书的本意曾有争议，有人认为，应该把宋朝开国以来的社文仪制，经过太常寺进行是非校考后，再去粗取精，用作后世的模板。而姚辟和苏洵二人，“皆善文而非专于礼者”，不适合此项工作。

苏洵反驳说："洵等所编者，是史书之类也，遇事而记之，不择善恶，详其曲折，而使后世得知，而善恶自著者，是史之体也。若夫存其善者，而去其不善，则是制作之事，而非职之所及也。"也就是说，他们编写的是历史，并不是制定的典则，并没有让后世照此刻板遵行。

"班固作汉志，凡汉之事悉载而无所择也。欲如之，则先世之小有过差者，不足以害其大明，而可以使后事无疑之。"苏洵这种以史为鉴，实事求是的精神，一直影响着苏辙和苏轼的一生。

苏洵和姚辟以宋初《开宝通礼》的五礼为参考，从开国以来礼法的实施情况，一直总结到嘉祐元年（1056）。分为总例、吉礼、嘉礼、军礼、凶礼、废礼、新礼、庙议八个部分，共一百卷，前后历时四年，成为礼书的集大成者。

2

有一天，苏洵写书累了，起身去活动筋骨，见儿子与儿媳正梁孟相敬，一起切磋楷体书法，苏辙书写一副条幅：

读史明今，修史警世。

苏辙见父亲来了，就恭敬地说道："请父亲评判一下这八个字如何？"

苏洵仔细端详了一会儿说道："笔画少者最难写，今字写得不怎么样，史字写得最好。"

一旁的史氏高兴地说："父亲说得对，我说这是我们家的字，官人自然写得最好。"

苏洵打趣地问："你家姓史，可知道史姓的来历吗？"

苏辙见史氏并未回答，马上解围说："我给她讲过，大概又忘了。"

史氏反驳说："我没有忘，你不是说史家的先祖和公公一样，都是修史的史官吗？”

苏辙接过话说：“对！夏商周三代的史官称太史，西周有个太史叫尹佚，与太公望、周公、召公并称‘周初四圣’。”

史氏抢着说：“尹佚说过‘君无戏言’。”

苏辙：“不错，‘君无戏言’就是他对周成王说的，人们称这位史官为史佚，于是他的后代就都姓史了。”

苏洵在一旁插嘴说道：“原姓阿史那的突厥人，也改为姓史了。”

史氏高兴了：“哈！我们先祖还是个大人物呢，四圣中的一个。”

苏辙讥笑地说：“历史上还有一个大人物也姓史哪。”

史氏立即问：“谁？”

苏辙：“安史之乱的史思明！”

史氏听了要上前捶打，但在公公面前又不好意思，只是白了丈夫一眼，便不作声了。

苏洵看儿子和儿媳斗嘴，忍不住也哈哈大笑起来。

苏洵日夜伏案工作，劳累自不必说，关键还要操心生计，幸亏有苏辙夫妻在身边照顾，尤其还有杨金蝉贴身服侍左右。杨金蝉与程氏同岁，她善良和顺，三十岁来到苏家，苏辙碰巧就是那年出生的，从此再没有离开过苏门。杨金蝉对外一直称作苏辙的保母，当年的保母不等于现在的保姆，是庶母的意思。后有史书称，她和苏轼的乳母任采莲都是苏老泉之妾；日本的一位学者甚至说苏辙是杨金蝉所生。在那个一夫一妻多妾的时代，谁又能说得清楚呢？

3

衣食住行是人类的基本需求，有了赖以生存的必要食物之后，住房便是最为迫切的需要。苏门一家子来到京城后，第一需求就是房子。在老家眉山这不成问题，即便像杜甫那样“茅屋为秋风所破”，也能修缮一下，有个遮风挡雨的地方，可在京城汴梁不行，外来户没有立锥之地。

宋代和千年后的现代一样，有着严格的房产政策。

其一，平民有公平的科考机会，可以“朝为田舍郎，暮登天子堂”，但当官后限制官员购房，尤其在京城汴梁。虽然朝廷也经常出让国有的房地产，而且采取“实封投状”的方式拍卖，但为防止舞弊，朝廷规定只有普通居民和不在任的官员可以投标，现任官员是不能购买的！官员在一个地方的任期很短，两三年就要换地，买房建房也实在不划算。

其二，宋朝有免费的官舍和公房出租，虽然没有分房政策，可地方官员有官舍免费居住，还带有生活设施与家具，何乐而不为？虽然只有居住权和使用权，可这也免去了离职后的麻烦。当然低级闲职和被贬的官员享受不到这些福利，他们需要租住公房。

宋代的公房分两类：一类是从中央到地方的直管房，由类似于现在房管局的“楼店务”负责，收纳的租金上交三司，也就是归中央财政管理。另一类是学校、寺庙、道观、社会福利机构的自管房，房租收入不上交，自行支配以及用于社会福利等。

宋代的政策后来也放宽了，允许官员在任职所在地置买房产，但官员的考核严格，他们怕给谏官落下口实，除在自己家乡外，一般不在异地置房，而朝廷为了反腐，又不让官员在自己家乡任职。

宋代的财政管理也很严格，各级政府严控开支，从制度上杜绝官员贪腐，民间流传着“官不修衙，客不修店”的说法。客人住店，客店自然不能让客人来修缮，可官府里的官员，也没有钱修缮官府的衙门。

外地如此，要在京城置房产就更困难了。宋朝的著名宰相寇准、韩琦等官员，都有在京城“僦舍而居”的生活经历，“僦”就是租赁。大文豪欧阳修也因买不起房子，在小胡同里租房居住。他曾写信告诉朋友：“嗟我来京师，庇身无弊庐。闲房僦古屋，卑陋杂里闾。”“出门愁浩渺，闭户恐为潴。”他说租住的房子狭小破漏，一下大雨就积水难以出门！

《宋史》记载，有一年开封流行瘟疫，宋仁宗下令，无论是朝廷的公房还是个人的私房，均免除十天的房租！宋英宗也曾下诏，每遇到大的雨雪天气，要给房客免除三天的租金。久居深宫的君王能够以人为本，也让疫情中的平民百姓们得到了些许的安慰。

在开封，许多人蜗居在小房子里，生活十分不便，为了扩大生存空间，有的人就想方设法改造现有住房。如加一层吊铺，或将箱子柜子拼凑起来，作为床铺，好让子女与父母分床睡觉。“四邻局塞，半空架板，叠垛箱笼，分寝儿女”，说的就是此事。

宋朝官员的子弟要参加科举，没有房子没有户口就得偷偷走“寄应”这条路。再说官员的升迁和调动，需要经常来京城公干，那些拖家带口的又不能老住驿站，于是就想方设法在汴梁买房子。朝廷又明文规定：大小官员不准买公房，买私房也只能买一处，想想就知道京城的房价会有多高，成千上万贯，一般人也只能望房兴叹了！

苏洵当了个从八品的小官，每月仅有六七贯铜钱的薪水，好在工作还算称他的心意。到礼部修史，就要常年住在京城伏案工作。而苏辙由于王安石的阻挠，官没当成，只能一家人陪着父亲往返跑动，十几口人不能长住杞县，于是，只好在开封租房居住。

父子二人在开封内城的西门看好一处闲房，西门称宜秋门，俗称老郑门，房子在竹竿巷，位于皇宫西南，故称作“南园”。这是一座私宅，带有很大的园子，紧靠城墙，休闲时可登城观光，很合苏家父子心意，虽然租金不菲，好在苏轼已经赴任，房租还是付得起的。

4

岁月悠悠，修书碌碌。一家人在南园不知不觉租住了两年。苏洵考虑，两个儿子是回不去老家眉山了，自己和苏辙一家在京城也已居住习惯，再说苏轼明年任期满了，也要解官回京，一大家子人怎么安置？于是动了在京城买房的念头。然而京城的房价确实太贵了，没钱的买不起，有钱的也不一定买得到。

当时京城一套带院的豪宅市场价五千贯以上。宋真宗的宰相向敏中，曾以五千贯购买了薛安上的旧宅，结果被薛安上的继母柴氏告了御状，最终宰相的乌纱帽都丢了！

另一位刘保衡欠朝廷的钱急于出手房产，将货栈以一千贯贱卖，三司使张方平接手买下来，结果御史包拯不干了，直接上疏弹劾张方平，还牵连了宰相富弼。张方平因为买房子晚节不保，这位三司使最终也被贬官外放了！

现在说起宋朝那些事，好比天方夜谭。汴京城的房子真不是那么好买的！

苏洵想买自己租住的南园，可房东报价八千贯，苏洵一算，自己就算卖了眉山的房产，也凑不够啊。苏轼虽然当官了，可每月仅有二十贯钱的收入，当然还有四百亩的职田，算起来每年的收入有一千贯左右，这些钱租房没问题，买房可就差远了。怎么办？于是，苏洵想向范镇借钱。

范镇何许人也？他是四川籍的翰林学士，《新唐书》就是他和欧阳修、宋祁共同修成的。宋代成都“三范修史”传为史界的千古佳话，就是指范镇和儿子范祖禹、孙子范冲三代人。在制科考试中，就是他和司马光反对将苏辙黜落不入。因为都是四川老乡，范镇又十分赏识苏洵父子，见苏洵经济确有困难，二话不说，立即解囊相助，借钱给苏家买房。

宋英宗治平元年（1064），五十五岁的苏洵终于在汴京有了自己的房产，不过从此苏门三学士也都变成了房奴，他们借范镇的钱可是一笔不小的数目。不过竹竿巷南园的房舍的确物有所值，房间多地盘大不说，正房南边还有一个大花园，既可养花又可种菜。院外就是宜秋门，城墙下有高高的槐树，有年久的古柳，一家人团聚，其乐融融。

南园圆了三苏的购房梦。多年后苏轼在杭州当官，曾经亲自判了一桩偷税公案。一个自称南剑州的吴味道，进京赶考路过杭州，拿着二百匹建阳产的纱被税务官员扣下，他说是苏轼让他捎给弟弟苏辙的东西，不信就看看地址，果然是寄往“东京竹竿巷苏侍郎宅”的。

这案子恰巧犯在苏轼自己手里，仔细审问详情，原来吴书生家贫，乡人集资赠送他当地产的纱，让他路上变卖做盘缠。他担心沿路抽税盘剥，到达京都就剩下不到一半了，天下人都仰慕苏轼和苏辙兄弟二人心胸豁达，提携后进，为了逃税，他才有了冒二苏之名的下策。

苏轼大人大量，没有追究吴味道的冒名顶替之罪，何况此时的南园早已变卖还账了。

5

苏辙在家陪伴父亲三年，也是他静下心来读书写文章的三年。他先跟着父亲研读《周易》，苏洵一面修《太常因革礼书》，一面撰写自己的《易传》；苏辙一面把制科考试中的《进策》进一步完善总结，一面又重新写了三篇《新论》。

《新论上》写道："当今天下之事，治而不至于安，乱而不至于危，纪纲粗立而不举，无急变而有缓病，……今世之弊，患在欲治天下而不立为治之地。"他分析宋朝的当时政局，一针见血，直达要害。他提出的"为治之地"，就是要有完善的法制。对于用人制度，他认为应该"惟其才之不同，故其成功不齐"，就是要根据不同的业绩，采取不同的激励手段，不可以统一奖励，他反对吃大锅饭。

《新论中》写"欲筑室者，先治其基"，想盖好房子，当然要先治理好地基，打好基础。对于违法之人，"惟教之不改，而后诛之"。要先进行教育，假如教育仍然不改，最后再处罚他。国家"居之以强力，发之以果敢，而成之以无私"，一个国家平时要有实力，官员办事要坚决果断，要取得成功，必须无私才行。

《新论下》谈论为政者应该"宽则得众，信则人任焉"。宽大能得民心，建立了威信人们才能信服你。

苏辙写于嘉祐七年（1062）的三篇《新论》，当时并未引起朝廷重视，"近成《新论》无人语"，可对后代的施政影响却很大，意义深远。现在仍然是我国公务员考试的辅导资料，也是管理系统奖惩手段的参考。苏辙的远见卓识，历经千年仍旧放之四海而皆准，他被列为唐宋八大家之一，实至名归。

6

嘉祐七年（1062）秋天，苏辙的商州军事推官的任命才正式下达，时隔近一年，苏辙仍然“上书求免”，“辞官不出意谁知，敢向清时怨位卑”，他说自己不是嫌弃官小，其实明眼人都知道，他是抱怨对他不公平。苏辙可是元祐六年制科考试录取的三人之一，他不是一个普普通通的进士！

自从有了儿子以后，苏辙的心情也慢慢平复下来。虽然哥哥去凤翔上任，从小到大这是第一次与哥哥分别，心中依恋难舍，可自己一家与父亲天天生活在一块，上有老下有小，天伦之乐也是对心灵最好的安慰。

他每天除了读书写作，大部分时间是为生计操劳，没有官职自然就没有收入。他在院子里种粮种菜，天旱时雇人打了一口水井浇地，还作了一首《种菜》诗，描述了当年种菜的情景，感慨自己的遭遇。没有甘雨的滋润，自己只能随着菜茎的生长而消逝年华：

久种春蔬旱不生，园中汲水乱瓶罂。
菘葵经火未出土，僮仆何朝饱菜羹？
强有人功趋令节，怅无甘雨困耘耕。
家居闲暇厌长日，欲看年华上菜茎。

自从买下了南园，苏辙对自己的产业自然也特别上心，除了种菜他还要美化园林，让生活更美妙，让自己活在诗情画意之中。他沿墙种了一排翠竹，因为这里是竹竿巷嘛！

寒地竹不生，虽生常若病。
劚根种幽砌，开叶何以猛。

婵娟冰雪姿，散乱风日影。
繁华见孤淡，一个敌千倾。
令人忆江上，森耸缘崖劲。
无风箨自飘，策策鸣荒迳。

苏辙还在后院种了一棵石榴树，虽然背阴，生长得也不茂盛，但在他眼中却有顽强的生命力：

堂后病石榴，及时亦开花。
身病花不齐，火候渐已差。
芳心竟未已，新萼缀枯槎。
谁言石榴病，乃久占年华。
邻家花最盛，早发岂容遮。
残红已零落，婀娜子如瓜。

院中的蒲桃，是原来房东留下的旧树，也叫香果，既能制作蜜饯，据说还可以酿酒。他也作了一诗：

蒲桃不禁冬，屈盘似无气。
春来乘盛阳，覆架青绫被。
龙髯乱无数，马乳垂至地。
初如早梅酸，晚作醲酪味。
谁能酿为酒，为尔架前醉。
满斗不与人，凉州几时致。

松竹梅兰是植物界的四君子，栽种松柏是羡慕它的四季常青，可苏辙种的两棵柏树，生长得却不及野草蓬麻旺盛：

南园地性恶，双柏不得长。
蓬麻春始生，今已满一丈。
柏生嗟几年，失意自凄怆。
有子压枝低，已老非少壮。
尤柏柏已冤，尤地亦恐妄。
两既无所尤，高枝几时放。

苏辙感慨自己空有松柏志，不知何日才能大展宏图。

反观园子里的野草野花，却不怕“地性恶”，在阳光下茁壮生长，绚丽开花：

萱草朝始开，呀然黄鹄觜。
仰吸日出光，口中烂如绮。
纤纤吐须鬣，冉冉随风哆。
朝阳未上轩，粲粲幽闲女。
美女生山谷，不解歌与舞。
君看野草花，可以解忧悴。

还有那野生的牵牛花，也有顽强的生命力：“牵牛非佳花，走蔓入荒榛。开花荒榛上，不见细蔓身……”

苏辙想将井边的芦苇移植到院中：

芦生井栏上，萧骚大如竹。
移来种堂下，何尔短局促。
茎青甲未解，枯叶已可束。
芦根爱溪水，余润长鲜绿。
强移性不遂，灌水恼僮仆。
晡日下西山，汲者汗盈掬。

然而移植后的芦苇根凋叶枯，苏辙总结，如果违背了自然界的规律，目的就很难达到！

苏辙在南园种瓜种豆，种花种树，虽然生活困苦，但精神淡泊。“室幽来客稀，尘土积不扫。邻翁笑我拙，教我种蘘草……有用皆勿轻，吾师灌园老。”

苏辙愿意和平民百姓打交道，他谦虚地拜园丁为师，不再去攀附权贵。

果裸就是瓜蒌，是入肺经胃经的药物，苏轼知道苏辙幼年常犯哮喘和胃病，所以寄来瓜蒌仁种植，苏辙每当看到墙头爬满的瓜蒌藤蔓，就会想到哥哥的手足情意！

吾兄客关中，果裸施吾宇。
兄虽未得还，我岂如妇女。
呦呦感微物，涕泗若零雨。
但爱果裸茎，屈曲上墙堵。
朝见缘墙头，莫已过墙去。
物生随年华，还日何足数。

南园中最让苏辙记挂心头的是葵花。叠积在墙角的葵花杆子，让苏辙记起了从种到收，从开花到结果的葵花一生，他感叹漫漫人生之路不也是如此吗？

葵花开已阑，结子压枝重。
长条困风雨，倒卧枕丘垄。
忆初始放花，岌岌旌节耸。
得时能几时，狼藉成荒冗。
浮根不任雪，采剥收遗种。
未忍焚枯茎，积叠墙角拥。

苏辙经常引水过假山浇菊：“引水穿墙接竹梢，谷藏峰底大容瓢……瓦盆一斛何胜满，溢去犹能浸菊苗。”

虽然南园的假山比庐山小了许多，可在这里种瓜种豆种菊花，也自得其乐。苏洵和苏辙悠悠然然，感觉也似陶渊明一般，只要心中有山水，身居南园仍感到浪漫惬意。

第九章

递铺和诗筒，传递二人的手足情深

楼上青山绕四垂，画桥百步引朱扉。
落成当与公同上，一看长江白练微。
——苏辙《再和十首》

1

秦朝统一实行郡县制后，全国各地都融合到一起，到了唐宋时期，交通更加便利。北宋时期，以京城汴梁为中心，修建了通往各路、府、州、县的官道，全国相连，官员和百姓出行十分方便。官道设路标“堠子”标计里程，修驿站方便住宿饮食和车马更换。朝廷设“递铺”，承接通信邮递工作。递铺根据距离、时间和经费分为三种：近距离或慢邮属于“步递”；远距离或快递称“马递”；最快最贵的属于“急脚递”，即昼夜不停地接力传送。不过这都是用于皇帝诏书、国家公文邸报或战事急报的传递，普通百姓则不许使用。

为了文化交流和诗词唱和，白居易还发明了“诗筒”，它用竹子做成，竹心掏净，打磨光滑，将写好的诗卷装进去，然后封筒、题签，花钱交递铺邮走。收筒人收到诗筒后，拿出诗卷阅读，可以留下保存，也可以转寄他人，还可以回复信函诗句，避免了纸质、布质信封在路途中遭到破损。白居易在他的《醉封诗筒寄微子》中写道：

一生休戚与穷通，处处相随事事同。
未死又怜沧海郡，无儿俱作白头翁。
展眉只仰三杯后，代面唯凭五字中。
为向两州邮吏道，莫辞来去递诗筒。

诗筒除能邮寄外，还类似现代的公文包，内盛诗词文稿，在家放于书案旁，外出挂在马鞍上。后人考证，在唐朝阎立本的《步辇图》画面上，吐蕃使者禄东赞腰带上垂挂的长方形筒子，就是唐代传入吐蕃的诗筒。

苏辙兄弟都是白居易忠实的粉丝，他们接下白居易的衣钵，用诗筒传递着书信，唱和着诗句，即便天南地北，即便阴晴圆缺，喜怒哀乐仍然可以随时随地交流。

2

苏轼一开始在凤翔做官，苏辙留在南园书耕，这三年二人通过递铺，用诗筒不断地书信往来，不断地以诗赋唱和。分手的第一年春节，苏辙写了《辛丑除日寄子瞻》：

一岁不复居，一日安足惜。
人心畏增年，对酒语终夕。
夜长书室幽，灯烛明照席。
盘飧杂梁楚，羊炙错鱼腊。
庖人馔鸡兔，家味宛如昔。
有怀岐山下，展转不能释。
……
浊醪幸分季，新笋可饷伯。
巑巑嵩山美，漾漾洛水碧。
官闲得相从，春野玩朝日。

安知书阁下，群子并遭馘。
偶成一朝荣，遂使千里隔。
何年相会欢，逢节勿轻掷。

苏轼见到弟弟的诗句，马上依韵和了一首寄回：

薄宦驱我西，远别不容惜。
方愁后会远，未暇忧岁夕。
强欢虽有酒，冷酌不成席。
秦烹惟羊羹，陇馔有熊腊。
念为儿童岁，屈指已成昔。
往事今何追，忽若箭已释。
……
兄今虽小官，幸忝左方伯。
北池近所凿，中有汧水碧。
临池饮美酒，尚可消永日。
但恐诗力弱，斗健未免馘。
诗成十日到，谁谓千里隔。
一月寄一篇，忧愁何足掷。

一月能寄一次，十天就能看到，的确方便！于是兄弟二人就利用诗筒唱和起来。

宋代文人很喜欢这种步韵唱和，就是根据别人诗句所用的韵脚，并且依照原韵先后次序、韵脚的固定用字来和诗。苏辙兄弟经常采用和韵、次韵、用韵、依韵，甚至限韵、分韵来彼此唱和，既是二人兴趣爱好，又是文采斐然的生动表现。

苏轼每次有旅游的机会，都会第一个想到弟弟苏辙。第二年他在凤翔四县押送释放的囚徒，公事完毕借机旅游了一番。《壬寅二月有诏令郡吏分往属县减决囚禁十三日》的诗中，还想到“昔与子由游蟆培，时方冬，洞中温温如二三月”：

远人罹水旱，王命释俘囚。
分县传明诏，寻山得胜游。
……
最爱泉鸣洞，初尝雪入喉。
满瓶虽可致，洗耳叹无由。
忽忆寻蟆培，方冬脱鹿裘。
山川良甚似，水石亦堪俦。
惟有泉傍饮，无人自献酬。

苏辙看了，马上依韵和诗让递铺寄回，希望后会有期：

山川足清旷，阛阓巧拘囚。
安得纤阿御，同为穆满游。
……
适性行随足，谋生富给喉。
今游虽不与，后会岂无由。
昼出同穿履，宵眠共覆裘。
弟兄真欲尔，朋好定谁俦。
试写长篇调，何人肯见酬。

“岐阳九月天微雪，已作萧条岁暮心。”下雪了，千里之外的苏轼又怀念起弟弟来，想起在长江三峡的雪中，想起在郑州西门分手的雪中，揣测苏辙在家正读《易经》，一首七律又寄回到南园：

江上同舟诗满箧，郑西分马涕垂膺。

未成报国惭书剑，岂不怀归畏友朋。

官舍度秋惊岁晚，寺楼见雪与谁登。

遥知读易东窗下，车马敲门定不应。

苏辙见了大雪也怀念哥哥，为二人难以共同饮酒赏雪感到遗憾：

吾兄笔锋雄，诗俊不可和。

雪中思清绝，韵恶愈难奈。

……

尔来隔秦魏，渴望等饥饿。

徒然遇佳雪，有酒谁与贺。

苏辙兄弟二人互敬互爱，但是性格各异，自然对一些问题的看法也不尽相同，苏轼的《调水符》和苏辙的《无忧符》就大相径庭。

苏轼游终南山下的玉女洞，见其泉水甘甜，回去后常派士卒专程前来取水。他担心士卒偷懒，用其他地方的水来冒充，自己又和古人一样，分辨不出淄水和渑水。于是和寺中僧人约好，破竹为符，各藏一半，作为每次取泉水的凭证，戏称为《调水符》。苏轼写诗感慨道：

欺谩久成俗，关市有契繻。

谁知南山下，取水亦置符。

古人辨淄渑，皎若鹤与凫。

吾今既谢此，但视符有无。

常恐汲水人，智出符之余。

多防竟无及，弃置为长吁！

苏辙对苏轼的乐于享受，不信任士卒，持有不同看法！他的《和子瞻调水符》诗句，写成了清心寡欲的座右铭，成为影响后人的“无忧符”：

多防出多欲，欲少防自简。

君看山中人，老死竟谁谩？

渴饮吾井水，饥食甑中饭。

何用费卒徒，取水负瓢罐。

置符未免欺，反复虑多变。

授君无忧符，阶下泉可咽！

3

几年间两人往来唱和的诗作竟达一百多首，最终汇集成《岐梁唱和诗集》。这也是苏氏兄弟亲自编辑的唯一一部唱和诗集。

苏轼在凤翔三年任满回京。老少三辈的团圆饭桌上，苏洵说：“我老了，你们都还年轻，生命中除敬天法祖、传宗接代外，还要把我们的文化传承下去。”

苏轼说：“父亲修史，就是在做这份工作嘛！”

苏洵：“你们的唱和诗集也要校对好，仔细抄录，保存下去。”

苏辙摇头说：“兄长回来了，也该我出仕养家了，以后恐怕再也没有充满闲情逸致的日子了。”

王弗在一旁指着史氏接话说：“这事我和弟妹来做，我抄写子瞻的，你抄写子由的。”

史氏推托道：“我不行，我可没有嫂嫂的学问和文笔。”

王弗说：“你跟子由练了多年书法，小楷写得比我都好。这是抄写他们的旧作，又不是让我们出诗答对。”

乳母任采莲看着王弗插话说：“在西北凤翔这几年，夫人你体弱多病，回京城还是先好好调养身子要紧！”

王弗说：“身子不打紧，我和弟妹慢慢抄写。我们又不是上考场，没有时间限制的！”

苏洵在一旁捻着胡子笑道："王弗说得对，你们妯娌俩就把这份工作包下来吧！"

于是流传后世的《岐梁唱和诗集》，就有了两个版本。

4

进入官场后，苏辙兄弟俩便聚少离多了，苏轼去凤翔时，第一次在郑州分别；苏辙去大名府时，第二次在汴京分别；苏辙到陈州赴任，第三次又在京师分别；苏轼后来去杭州赴任，第四次又在颍州分别。

兄弟俩分别时都十分伤感，苏轼说："近别不改容，远别涕沾胸。"

苏辙说："我兄东南游，我亦梦中去。"

幸好宋代有了专门承担通信的机构递铺，苏辙兄弟彼此寄信，写诗唱和，难以计数。《颍州初别子由》苏轼写道：

我生三度别，此别尤酸冷。
念子似先君，木讷刚且静。
……
始我来宛丘，牵衣舞儿童。
便知有此恨，留我过秋风。

苏辙回诗云：

泛舟清淮上，荡潏洗心胸。
所遇日转胜，恨我不得同。

苏辙的《柳湖感悟》，诗中讽刺变法派人物，像柳花一样趋炎附势：

……

开花三月乱飞雪，过墙渡水无复还。

穷高极远风力尽，弃坠泥土颜色昏。

偶然直坠湖水中，化为浮萍轻且繁。

随波上下去无定，物性不改天使然。

……

苏轼收到诗筒后，深有同感，立即次韵唱和：

……

子今憔悴众所弃，驱马独出无往还。

惟有柳湖万株柳，清阴与子共朝昏。

胡为讥评不少借，生意凌挫难为繁。

柳虽无言不解愠，世俗乍见应抚然。

……

苏轼作为杭州的地方官，对新法的弊端非常了解，对不顾民生，妄开运盐河的做法深恶痛绝，他对雨中劳役的老百姓，寄予了深深的同情：

天雨助官政，泫然淋衣缨。

人如鸭与猪，投泥相溅惊。

下马荒堤上，四顾但湖泓。

线路不容足，又与牛羊争。

苏辙也在地方为官，很了解老百姓的疾苦，深有同感，以诗呼应：

兴事常苦易，成事常苦难。

不督雨中役，安知民力殚！

递铺不但传递着兄弟两人的诗文唱和，而且传递着兄弟两人彼此的关怀和深情。

5

元符二年（1099）闰九月，一年两度重阳节！

一贬再贬的苏辙，与龙川的父老没有去登山，却坐下来一起饮白酒、品黄鸡。虽是异域他乡，可心中十分高兴。想到可憎的朝堂朋党争斗，在京城伴君如伴虎，还不如这万里之外的父老乡亲厚道朴实，可亲可爱。在欣喜之余，他提笔作了四首绝句寄给苏轼：

其一

九日龙山霜露凝，龙川九日气如蒸。
偶逢闰月还重九，酒熟风高喜不胜。

其二

获罪清时世共憎，龙川父老尚相寻。
直须便作乡关看，莫起天涯万里心。

其三

客主俱年六十余，紫萸黄菊映霜髭。
山深瘴重多寒势，老大须将酒自扶。

其四

尉佗城下两重阳，白酒黄鸡意自长。
卯饮下床虚已散，老年不似少年忙。

第十章

阴间路上无老少，苏门亡了王弗又故了苏洵

君恩赐告许归来，雨后中庭有绿苔。

起问日高三丈久，卧闻车过九门开。

泥封连日传新语，腕脱知君有轶才。

待得晴干追后乘，未应尘土热如灰。

——苏辙《得告家居》

1

宋嘉祐八年（1063）三月，在位四十一年的宋仁宗驾崩了。消息传到西京洛阳后，市民自动停市哀悼，焚烧的纸灰满天飘扬，致使“天日无光”。有人在剑阁的深山沟里，都看到妇女为宋仁宗戴孝冠烧纸哀悼。就连敌国大辽的皇帝耶律洪基都伤心地痛哭！“燕境之人无远近皆哭”。

因为感恩宋仁宗的仁政，苏轼的文章里说：“宋兴七十余年，民不知兵，富而教之，至天圣、景祐极矣。”在宋仁宗施政的天圣、景祐年间，宋朝国富民强达到极致，政通人和，关键是没有大的国内外战争，达到了“帝制时期政治文化里的最好成绩”。

仁宗皇帝驾崩后，宋英宗继位，他是大宋朝的第五位皇帝。

宋英宗原名赵宗实，是宋仁宗堂兄濮安懿王赵允让的儿子，在二十八个儿子中他排行第十三，还是庶出的。因为仁宗的三个儿子都先后夭折了，

赵宗实过继给仁宗改名赵曙。宋仁宗一直幻想将帝位留给自己亲生的儿子，所以赵宗实进进出出皇宫许多次，迟迟未被立储。直到三十一岁了才正式坐上了龙椅。由于赵曙精神上反复多次受到刺激，内心深处拒绝认仁宗为父，结果四月初一继位，初四就犯了疯病，借此不愿参加仁宗的葬礼。曹太后不得不在四月十四日垂帘听政，近一年后才撤帘归政。

宋英宗执政后要尊过世的生父赵允让为皇考，皇考是对已经逝世皇帝的称呼。英宗将议案送至太常礼院让大臣们讨论，岂料由此引发了一场持续十八个月的论战，这就是北宋史上有名的“濮议”！看来宋朝的皇帝并不是金口玉言，真龙天子也不能说一不二！

台谏司马光和范镇、范纯仁等人认为这不合礼法，宋英宗已经过继给仁宗了，宋仁宗才是他的父亲，凡是以嗣子的身份继承皇位的，凡是生父没做过皇帝的，两个“凡是”都应该称他生父皇伯才对。宰相韩琦和欧阳修等人却认为，英宗虽然继承了皇位，可不能否定他与生父的亲子关系，从人伦讲仍应该称濮安懿王赵允让为皇考。

曹太后一开始当然不同意称皇考，逝去的只有一个皇帝仁宗，而且她是仁宗仍然活着的皇后，不过后来又莫名其妙地亲笔手书同意了，其中缘由传得五花八门，成了历史上一个未解之谜。

“濮议”论战宰执派最后胜利了，“凡是派”等于失败了！这也对后代的“凡是派”敲响了丧钟。

宋英宗一上台就削弱了台谏的实力，将权力逐渐集中到自己手中。不过因为内部争斗，造成结党成风，官员开始站队并相互打压，这不但留下了隐患，也阻碍了朝政的改革。有人总结这是一场未完的政治运动，皇帝、宰相大权独揽，延续着后来的纷乱党争。

宋英宗赵宗实的皇后高滔滔，是宋仁宗曹皇后的外甥女，曾祖和祖父都是立有战功的宋朝名将。赵宗实和高滔滔都是三岁时进宫，跟着没有孩子的曹皇后长大，当时宫中称他俩为“官家儿”和“皇后女”。两人青梅竹马两小无猜，从小到大在一起生活，彼此感情深厚。在他俩十六岁时，宋仁宗与曹皇后为他们做主成婚，此事被叫作“天子娶儿媳，皇后嫁闺女”，婚礼空前风光有排场。据说赵宗实在洞房花烛夜还悄声答应过高滔滔：一生只娶她一个女人。

皇后高滔滔为宋英宗一共生了四儿四女八个孩子，老大就是后来的宋神宗。据说宋英宗当了皇帝后兑现不要嫔妃，专宠高滔滔一人，他要忠于青梅竹马的爱情。其实真实的历史也并非如此，除高皇后外，他还有修容张氏、昭仪鲍氏和贵仪张氏，不过这三人都没有为宋英宗生过一男半女（但有史书记载长公主并非高滔滔所生）。对贵为一尊的宋英宗来说，不要三宫六院七十二妃，这已经是个令人难以置信的专情皇帝了。

宋英宗的龙椅仅坐了三年零八个月，高滔滔就成了寡妇；儿子继位后，她的名分变成太后；可宋神宗也不长寿，三十八岁就驾崩了，十岁的宋哲宗继位，她又变成了太皇太后。徐娘半老的太皇太后，五十四岁垂帘听政，她起用老臣，反贪减税，停建府衙宫殿，勤俭节约，拒用皇亲国戚，这个时期就是苏氏两兄弟在朝的黄金时代。

《宋史》评价这位高太皇太后是：“临政九年，朝廷清明，结夏绥安，杜绝内降侥幸；文思院奉上之物，无问巨细，终身不取其一，人以为女中尧舜。”

世上之事没有绝对，有褒即有贬，也有史学家批评她阻碍变革，是个因循守旧的老太婆。

2

治平元年（1064）十二月，苏轼任满回京。苏洵一家人欢聚一堂，在南园里热热闹闹，过了一个团团圆圆的新春佳节。

宋人的春节属于国家节日，和元宵节、寒食节、天庆节、冬至节一样，五大节日各放假七天。宋朝的节假日很多，二十四节气也都放假，每月还有三天旬休，有人统计每年一共有一百一十三天的假期。难怪宋朝的官宦学仕有时间游山玩水。这里还没有算上探亲假，国家规定官员的父母如果住在三千里外，每三年即有三十天的探亲假。一千年前的大宋朝能以人为本，是一种多么人性化的政策！苏轼因为离京才一千里，所以享受不到这个探亲假的待遇。

苏门一家人相聚，最高兴的除了苏迈、苏迟两个孩子外，就是王弗和史氏两个妯娌了。分开三年，两人有说不完的话题，聊不完的内容。王弗是中岩书院王方老师的爱女，十七岁嫁给十九岁的苏轼，两人卿卿我我，十分恩爱。苏洵对这个儿媳的评价是“敏而静”。史氏也是眉山望族之后，十五岁嫁给十七岁的苏辙，两人夫唱妇随，相伴白头。史氏因为和公公苏洵相处时间最长，自然感情深厚，这让做儿子的苏辙十分满意。

一进腊月门，苏家几十口人马上忙碌起来。一大早，家人苏耀在大门口碰到三五一伙的尼姑化缘，赠送了一碗“七宝五味粥”，这就是当年的“腊八粥”。王弗和史氏见了，立刻想起当年全家进京路过江陵时吃过的八宝饭，她在苏轼指导下熬了一大锅，全家围坐一块，痛痛快快地喝起腊八粥来了。

腊月二十三这天是“祭灶”日，也就是延续至今的“辞灶”。

在南园的花园里，苏迈和苏迟围坐在爷爷苏洵身边吃糖瓜。年幼的苏迟问爷爷：“爷爷，今天为什么要吃糖瓜呀？”

苏洵捻起了胡须说：“这是给灶神的供品。”

年长的苏迈说：“听我母亲讲，今天灶神要上天去见玉皇大帝，汇报我们家一年做的好事坏事。”

苏迟问：“我们又没做坏事，给他吃糖瓜干什么？”

苏迈：“粘住灶神的嘴和牙，要么上天言好事，要么闭嘴莫说话。”

听着两个孙子的对话，苏洵哈哈大笑起来。转头对一边浇花的苏辙说道：“你看看这传统的陋风习俗，下对上，要么尽说好听的，要么装哑巴。这都影响到孩子娃了！”

苏辙会意地微笑，继续浇花。

苏洵问两个孙子：“灶神上天去，你们知道路有多远吗？”

苏迟眨巴着小眼说：“肯定很远，很远！”

苏洵接着说：“年三十的除夕之夜，家家还要请各路神仙从天宫回来呢。”

苏迈拍着小手说：“噢！我知道了，灶王爷上天的路程，往返有七天的时间，这就是人间与天上的距离。”

“是吗？”苏迟歪头问爷爷。

苏洵笑着点头说：“小进年腊月二十九是除夕，少了一天，他们还要紧赶慢赶，才能赶回来哪！”

除夕守岁，南园比往年人多，比往年也更有生气。全家老少上上下下都换了新装，尤其受到京城妇女的影响，妯娌俩也开始追逐新潮。苏轼是个思想开放的老公，王弗身着内衣是粉红色的抹胸，外边套着直领对襟、两腋开衩、长短过膝的大红色褙子，显得十分苗条端庄；史氏在嫂子鼓动下，也制作了时髦的新装，淡黄色抹胸，配上淡绿色的褙子，因为身材比王弗丰满，所以不像王弗那样不系带，不扣纽，更不像王弗那样褙子敞开，胸间还有刺绣的内衣略略外露。

杨金蝉和任采莲也都换了新装，依然是传统打扮，抹胸是棕橙色。任采莲穿紫色襦裙，杨金蝉穿黄色的襦裙。

彻夜不眠的大年夜，全家人围炉团坐，“守岁”就是达旦不寐。两个孙子在园中燃放爆竹，苏洵品尝着两个儿媳烹饪的佳肴，与两个儿子举杯共辞旧岁，尽享天伦之乐。

苏辙写了一首五律，道出了除夕家庭生活的自由自在，没有客人骚扰，连帽子都不用戴了：

年年赋除夜，一赋一衰残。
家有三斗醖，春余半月寒。
鸡豚不改旧，邻里自相欢。
元日应无客，萧然不著冠。

一年一度热闹的元宵节又接踵而至，因为有盛大的元宵灯会，上上下下期待着天子与民同乐。苏辙兄弟多年前就来过京城也看过花灯，可他们的夫人和孩子没见识过，于是结伴来到灯山前观灯。汴京大街上绑扎好的灯山、棚楼，东西南北“灯烛数十万盏”，火树银花不夜天，焰火和宫灯交相辉映。灯市上竟然还有人工瀑布，“用辘轳绞水上灯山尖高处，用木柜贮之，逐时放下，如瀑布状”。看灯的人声鼎沸，奏乐的响遍十里长街，开封城是地地道道的人间仙境。

街市的小吃比比皆是，两个小孩一手拿着煎夹子，一手拿着烤兔腿，边吃边看。最喜欢的是“奇术异能，歌舞百戏”，看到戏法表演就更挪不动腿了。妯娌俩觉得没有故乡眉山有趣，在老家扎彩车、舞钱杖、耍牛灯、偷青菜比这里好玩得多。她俩感兴趣的是巷口所设的小影戏棚子，这里是走丢儿童的认领处，“游人小儿相失，以引聚之”。大人的频频道谢与小儿失散的哭闹交织在一起，给节日的汴梁增添了别样繁闹的气氛。

3

苏轼任满回京等待新的任命，二十七岁的苏辙白丁三年陪伴着父亲，现在也该换换班了，于是上书朝廷求职，结果被任命为大名府推官。

苏轼一家为苏辙一家送行，二人在门外的车马前分手时，都依依不舍，苏洵也倚门远望不语。

颧高脸长的苏轼握着苏辙的手说：“对床两兄弟，一路多保重。”

高大圆脸的苏辙低头回答：“对床两兄弟，梦中仍相聚。”

貌美瘦弱的王弗也拉着史氏的手说：“外放生活艰辛，官场应酬复杂，弟弟虽然有酒量，也要注意脾胃健康。”

丰满矮胖的史氏回应说：“他不像兄长那样豁达，平日里话语不多，太倔强了。”

王弗：“别这样说，贵人话语迟，他这人厚道，厚德载物嘛！”

史氏：“公公这两年身体也不如以往，你多费心了。你自己也要多注意保重，看你瘦的？”

王弗：“放心吧！南园这么好，我们回来也要好好享乐一番啦。”

苏迈和苏迟两个小孩子，年幼不知愁滋味，仍然一起打打闹闹……

大名府可不是一般的州府，是北宋四大京城之一。北宋四大京城的东京开封、西京洛阳都是历史上著名的都城，而南京应天府（商丘）是赵匡胤陈桥兵变的发祥地，唯有大名府是后来命名的北京。大名府在唐朝就是重要军事重镇，号称“控扼河朔，北门锁钥”的地方。辽国崛起后，大名府控扼着黄河以北的大片疆域，守卫着大宋的北大门，可以阻挡契丹人南渡黄河，这里称作陪都的意义特别深远，是一种战略高招。

当年大名府十分繁华，人口最多时达到过百万。外城周长五十里，内建宫城也有三里周长，是“城高地险，堑阔濠深”的一座碉堡式御敌城堡。“澶渊之盟”后宋辽和平共处许多年，所以大名府才逐渐繁华起来，“千百处舞榭歌台，数万座琳宫梵宇”，出现了一派盛世景象。

从东京开封府去北京大名府全是陆路，《水浒传》里描写要经过赤松林、野云渡、白沙坞、黄泥岗、伞盖山、桃花山、二龙山、紫金山这些地方，都是险峻的旱路山道。苏辙一行人走了大半个月，直到三月底才来到大名府，幸好一路并未遇上响马劫道。

推官只是“府中之末吏”，属于府中的幕僚，也就是秘书人员，负责勘问刑狱，没有什么实权。

当年大名府连年遭灾，生活无望的百姓往往以盗窃谋生。有个道人不但盗窃而且伤了人，如判为强盗就是死罪！苏辙的顶头上司王贶却说，这道人是个疯子，命苏辙将其释放！

看来古今往来，精神病人都是不负刑事责任的。救人一命胜造七级浮屠，王贶认为修道之人性本善良，应该还他清白，不要轻易动刑。

这是苏辙任推官以来，第一次审判案子，而且是人命案！这给他上了一堂人生的善恶课。

可能朝廷的确感到对苏辙大材小用了，不到一个月又改任他为大名府路安抚总管司机宜文字，就是提升他为大名府路安抚使王贶的机要秘书。

王贶是掌管大名府路民政军事的一把手，很欣赏苏辙的才干，无论是办案，还是练兵，或者宴会，都邀请苏辙参加。然而苏辙对繁忙的书案工作却不感兴趣，“暮归何暇食，堆案薄书高”，“薄书填委休何日，学问榛芜愧古人”。苏辙让上司王贶的工作轻松了许多，可每日安排满满的案牍之劳，他自己就没有时间读书研究学问了，这不是他想要的！

苏辙在大名府任职期间，曾去魏县考察过“大名决口”。那是五年前的仁宗庚子五年，黄河在魏县第六埽决口，原来向北流的黄河，向东冲出了近二十丈宽的岔流，这东流一支经沧州、乐陵、无棣入海，这样黄河入海就形成了北流和东流“二股河”了。新旧河道经常泛滥成灾，给老百姓带来家破人亡的苦难，苏辙面对残酷的现状，曾与王贶讨论过治水的意见，还设计过不少防范的措施。

4

苏辙去大名府做官，苏轼在京城也得了个殿中丞的闲差。殿中丞掌管着官家的御食、医药、服饰、舆辇、舍次等项目，也就是管理皇帝的衣食住行，然而这些工作都有专职官员分管，所以他仅仅是个有官无职的虚名而已。这对苏轼来说得其所哉，五品官的俸禄，可以帮父亲还清买房时的借款了！还有时间看书写文章，更有时间和志同道合的朋友们谈古论今，赋诗填词，聚会吟唱了。

苏轼每天在南园优哉游哉，和王弗、苏迈母子一起享受着天伦之乐。当然家中还有母亲的随嫁婢女、自己和姐姐八娘的乳母、一直随任看护着自己的儿子、一生不离苏家悉心照顾父亲的任采莲。

王弗嫁给苏轼以后，夫妻相濡以沫，和如琴瑟，生活得美满幸福。当年他们二人是在中岩书院相识的，一个是眉山才子，一个是中岩佳人，其实不单单是郎才女貌，主要是有共同语言。两人为中岩山的鱼潭共同起名为“唤鱼池”，是不谋而合，还是心有灵犀？反正这段姻缘好似天成一般。

结婚近十年了，王弗的确是个贤内助，苏轼初次入仕，俸禄微薄，还要替父亲还债，近十口人的日常消费也是不小的负担，王弗精打细算，倒也让日子过得还算滋润，然而却积劳成疾。

治平二年（1065）五月，苏辙刚刚去大名府赴任不久，突接急信：年仅二十七岁的嫂子王弗突然暴病身亡！

苏轼没有丝毫心理准备，如同天塌地陷一般，他握着王弗冰冷纤细的手，望着她双目紧闭苍白的脸，听着六岁儿子嘶哑的哭喊，他有千言万语来不及诉说，一千个不相信，一万个期盼她苏醒过来……苏轼泪流满面，却说不出半句话来，这对恩爱夫妻竟然在转眼之间阴阳永诀了！

苏轼一直念念不忘发妻王弗，十年后他写的一首《江城子》，断肠处就是他们月夜约会的短松冈。这首悼亡词，一直在华夏大地流传了近千年，成为爱情的经典之作：

十年生死两茫茫，不思量，自难忘。千里孤坟，无处话凄凉。纵使相逢应不识，尘满面，鬓如霜。

夜来幽梦忽还乡，小轩窗，正梳妆。相顾无言，惟有泪千行。料得年年肠断处，明月夜，短松冈。

5

苏辙听说嫂子去世，心中特别难过，因为他和王弗的性格相近，处世也是一样的谨言慎行，这么多年一起和谐相处，不料一分手就是永别！因为他刚到任大名府不久，不能回京参加王弗的丧葬，只能书信安慰兄长，让苏轼节哀。

苏辙深受道教的影响，信中谈论最多的是老子的《道德经》，这方面苏轼也是行家，所以相互交流，彼此心通。根据道法自然的道家理论，人也是自然的一部分，人来自自然，最后又回归自然，所以苏辙劝说哥哥不要太伤心。人，无论是谁，都要顺应自然才是。

苏轼回信告诉苏辙，王弗已经“殡于京城之西”，以后再迁葬于眉山母亲的墓旁，让她继续与母亲做伴。古代殡和葬是有区别的，殡是将灵柩暂时停放，葬是将灵柩下土埋葬。苏轼写了对王弗的怀念，也引用了《庄子》：“死生，命也。其有夜旦之常，天也。”知道生死由命，就像日夜永恒的交替一样，这是大自然的规律。

苏辙说既然谈到庄子，就应该知道庄子丧妻后鼓盆而歌的故事。然后抄了庄子的歌词：“生死本有命，气形变化中。天地如巨室，歌哭作大通。”开导苏轼对待死亡要坦然面对，不因生而喜，不为死而哀，生与死都是“道”的转化而已。于道而言，死是一种新的开始！

苏辙最喜欢老聃和庄子的文章，他说：“道书世多有，吾读老与庄。老庄已云多，何况其骈傍！所读嗟甚少，所得半已强。”苏辙读书少却精，和苏轼的泛览涉猎不同，然而两兄弟和而不同，却传为千古佳话。

6

苏洵与姚辟一起奉诏修撰《礼书》，废寝忘食五年，治平二年（1065）的九月终于完成使命。修书完毕，苏洵也累倒在病床上。窗外的秋风秋雨扑打着窗棂，夜间的秋虫断断续续鸣叫，枯叶飘落的南园，不似以往，显得毫无生气。书案上散落着苏洵的《易传》草稿，这是他在修礼书之余，一直在书写的最后一部著作。

自学成才的苏洵认为《周易》是圣人为道而作的。“圣人之道，得《礼》而信，得《易》而尊。信之而不可废，尊之而不敢废。”苏洵认为《周易》与《礼》是两种相辅相成的统治之术。“《易》之道因天以言人事”，就是圣人以讲天道来说明人事。苏洵创立了天人合一的易学体系，这对苏轼、苏辙两个儿子影响很大。苏洵认为《周易》的每一卦爻，都是对自然界物象的深入观察，每一卦爻都代表了自然界的阴阳变化，天地鬼神都孕育其中。

苏洵写的文章论点鲜明，论据充分，言语犀利，纵横上下，左右出入，具有深刻的说服力。难怪当年张方平拿左丘明、司马迁和贾谊三人的文章和他比较，雷简夫也说他有“王佐之才”，欧阳修更把他比喻成荀子。苏洵不但是个文学家、史学家、军事家，还是一个思想家，这不但让他位列到唐宋八大家之中，而且也培养和成就了两个儿子——苏轼和苏辙。

苏洵患病期间，欧阳修十分关心他的病情，亲自推荐看病的郎中，并和苏轼一起拟定用药的方案。然而苏洵服药后一直未见好转，尤其年后的春季，病情一天比一天严重，刚刚任官职一年的苏辙，在寒食节后不得不匆匆从大名府赶回来。

治平三年四月二十五日，苏洵从昏睡中醒来，他让杨金蝉将两个儿子叫到床前，说要交代四件事情。

苏洵说：“《易传》还未写完，这是我最后的心愿，你俩要帮我完成。”跪在身边的两个儿子满口答应，一定完成父亲著书立说的心愿。

他接着说道：“我的长兄苏澹早逝，要好好照顾他家的子孙后代，尽你们的能力去帮助他们。”

见他上气不接下气喘息起来，杨金蝉给他喂了一口人参汤，他才继续说下去：“第三件事，是你们姑姑的后事，我这姐姐死后尚未安葬，你们一定要帮忙料理好。”见儿子点头应允，苏洵的喘息慢慢平息下来，睡了过去。

如同风前蜡烛一样的苏洵，突然又挣扎着睁开眼，断断续续说起来：“还有最重要的一件事，我要和王弗回眉山，回眉山！回……”说完又卡壳了。

苏轼、苏辙一齐答应：“回眉山！回四川！回老家！”

最后，苏洵无力地说出：“我要与你们母亲合葬在老翁泉，一定，一定……”声音越来越弱了。

苏洵交代完后事便溘然长逝，享年五十八岁。苏辙、苏轼哭着让父亲放心，一左一右拉着父亲渐渐变凉的大手！母亲去世时他们未在身边，父亲去世虽然都在他的身边，可仍然无能为力。

刚与苏洵修完《礼书》的姚辟，第一时间赶到南园吊丧，留下一首《挽老苏先生》：

持笔游从已五年，忽嗟精魄去茫然。
茂陵未访相如藁，宣室曾知贾谊贤。
薤露有歌凄晓月，绛纱无主蔽寒烟。
平生事业文公志，应试乡人白玉镌。
羁旅都门十载中，转头浮宦已成空。
青衫暂寄文安籍，白社长留处士风。
万里云山归故国，一帆江月照疏篷。
世间穷达何须校，只有声名是至公。

苏门三学士的苏洵去世了，对朝野上下影响很大，同为唐宋八大家的曾巩，写了千字文《苏明允哀辞》：“……自天子辅臣至闾巷之士，皆闻而哀之……既请欧阳公为其铭，又请予为辞以哀之……嗟明允兮邦之良，气甚夷兮志刚强……”

因为三苏文章早已誉满天下，而且苏洵又刚刚修完《礼书》，所以宋英宗赐银百两、绢百匹，并敕令有关部门用官船将苏洵的灵柩运回四川老家。

苏氏兄弟知道，父亲一生追求的是“学而优则仕”，可满腹学问只混了个从八品的霸州文安县主簿，死了也心中不甘。兄弟俩将银两退回，乞求官家为父赠官，宋英宗痛痛快快地答应了，追赠苏洵为光禄寺丞。这是个从五品的空头官衔，苏洵如果地下有知，也许能含笑老翁泉了吧？

发现并提携苏洵的伯乐、宋代的文坛盟主欧阳修，很快为苏洵题作了墓志铭，可能当时获得追封光禄寺丞的诏书未到，所以还是“故霸州文安县主簿苏君墓志铭”。墓志铭最后写道：“君生于远方而学又晚成，常叹曰：‘知我者唯吾父与欧阳公也。’然则非余谁宜铭？铭曰：苏显唐世，实栾城人。以宦留眉，蕃蕃子孙。自其高曾，乡里称仁。伟欤明允，大发于文。亦既有文，而又有子。其存不朽，其嗣弥昌。呜呼明允，可谓不亡。”

应苏辙兄弟的请求，司马光也为他们的母亲程氏夫人写了《苏主簿夫人墓志铭》，两大文豪为一家夫妻分作墓志铭，这可是历史上从未有过的事。

7

治平三年（1066）六月，苏氏兄弟俩载着父亲的灵柩，乘官船走水路回故乡四川。同船的除两人的家小仆人外，还有王弗的灵柩，这是原有的计划，也是苏洵生前的叮嘱，就是送他们一起魂归故里。

这次水路是从汴水到淮河，然后经运河到长江，从长江逆流而上去西蜀。因为是逆水行舟，没有顺风的时候，全靠纤夫拉纤而进，所以行动特别缓慢。行程中又经常遇大风停泊，有时一停就是三五日，好在丁忧三年不用上班，苏辙、苏轼不急不躁，以船为家。

他们一家人走了半年才到达三峡，回想几年前的场景历历在目，当时父子三人意气风发，对未来充满憧憬，现在虽然目标都已实现了，可老少三辈全家团聚的日子却一去不复返，留下的唯有船中的棺椁和一江东流的春水。

苏辙和苏轼沿途停舟登岸，重去了巫山庙和丰都城等地，然而游兴全无。苏辙没有了父亲相伴谈古论今，苏轼没有了妻子温柔贤淑的陪伴，好像人生之路断了道，不知东南西北，不知应该走向何方。

丰都鬼城的阴曹地府是人类亡灵的归宿之地，苏辙、苏轼二人下船登岸祭拜。进了仙都观，一位长眉道人听说二苏返乡，赶紧出门接待，因为几年前三苏曾来光临过。

苏辙说："上一次来去匆匆，未及细问，阴府就是阎罗殿吗？"

老道回答："阴府是阴间的泛称，道家的阴曹地府也可称作阴府。"

苏轼问："那么阴王就是阎罗了？"

老道答道："不是。阴王是指汉代阴长生和王方平二人，他们在这里修道成仙，白日飞升，一阴一王两个姓，人们合称阴王。"

苏辙点头："哦！原来如此。"

老道拿出一部《阴真君长生金丹诀》说："这就是阴长生所著'调养精气'的养生之道。凡来此地的人都要寻求此书。"

苏辙反问："真有长生不老的金丹吗？"

老道摇头说："我真不知道！"

苏辙、苏轼二人见老道实话实说，都哈哈大笑起来。

苏轼说："想长生，人生短暂要及时行乐，让一天变成两天过。"

苏辙说："要长生，多生子嗣多繁衍，家族兴，预兆生命永远延续不断。"

游人当着老道面不敢说的话是：期望长生不老，炼丹延寿是做梦，千岁万岁都是梦境。

兄弟俩护送两副灵柩，整整走了十个月，治平四年（1067）四月，终于回到了四川眉山老家。

在故乡，苏轼、苏辙二人又按礼仪停柩祭奠，重修了老翁泉边墓穴旁的忧游亭。八月，将苏洵与妻子程氏合葬，王弗也葬在他们的墓旁。欧阳修司马光两大文豪书写的墓志铭，刻石分立墓地两侧。

第十一章

谁反对变法谁走人，苏辙躺枪了

方今之计莫如丰财，然臣所调丰财者，非求财而益之也，去事之所害者而已。……害财者三：一曰冗吏。二曰冗兵，三曰冗费。

——苏辙《上皇帝书》

1

宋神宗赵顼是位很有作为的君王，十九岁一登基，就大刀阔斧地改革。从他爷爷宋仁宗起，就发现国家经济问题严重，存在着三冗——冗官、冗兵和冗费的弊病。他爷爷仁宗起用范仲淹改革，结果没有全力支持他，使得“庆历新政”半途而废。他父亲英宗本想继续改革，不料英年早逝，仅仅做了不到四年的皇帝。

神宗的理想是开疆拓土的帝王伟业。他上位后，对西夏用兵打了败仗追究责任，决定斩杀一名转运粮草的漕官，以儆效尤。官家第二天上朝问宰相蔡确是否执行了？蔡确回答说没有！官家追问缘由。

蔡确说：“祖宗以来，从不杀志士，我们不希望从官家这里开头破了这规矩。”

官家沉默半天说：“那么就刺面发配边疆吧！”

门下侍郎章惇说：“这样还不如杀了他。”

官家不明白，又问：“为什么？”

章惇回答说：“士可杀不可辱！”

官家声色俱厉地说：“痛快的事一样也做不成吗？”

章惇回话：“这种痛快事，不做也罢！”

杀头之罪都免了，看来宋神宗一开始还是很大度的，也有点他爷爷仁宗的仁慈之心。

面对朝廷内部的财政困境，外部辽国和西夏的不断侵扰，宋神宗决定起用王安石进行变法。

王安石是位少有的人才，他曾给朝廷上过“万言书”，可感到时机未到，所以三朝皇帝给他三次机会他都拒绝出山！宋神宗见过王安石的上书，同意他的观点，朝政窘困的原因是“不知法度，不法先王之政”，决定重用王安石改革朝政，解决三冗问题。王安石见神宗年轻有为，还抄写过法家韩非子的文章，感到大展宏图的机会到了，于是毅然决然入朝为官，而且一来就当上了副宰相——参知政事。

这一年他刚刚四十八岁。

2

“变风俗，立法度”，这是王安石一上任就要干的事。不是“国用不足”吗？先解决经济问题！变法首先是实施经济强国的青苗法、免役法、均输法、农田水利法、方田均税法和市易法。

青苗法：原来朝廷的长平司直接管理长平仓，存的粮食遇到粮价贵时，低于市价出售，遇粮价贱时，高于市价收购，用杠杆作用平抑社会的粮价，历代以来的长平仓制度都是这样。青苗法是用官府所积的现钱，在每年正月播种和五月夏秋未熟、青黄不接的时候，分两次贷款给农户，收成后加息十分之二或十分之三返还。先借钱借粮，后还钱还粮，是希望用官府的农业贷款，取代民间的高利贷，防止农户因破产引起土地兼并。

免役法：废除了原来按户轮流充当州县差役的办法，改由官府出钱雇人当差，不过这份经费还是按户分摊给老百姓。过去不需要负担差役的女户和庙观出家人，现在也要缴纳半价的“助役钱”。这样增加了官府收入，表面好像也减轻了农民的劳役负担。

均输法：朝廷出钱设立六路发运司，总管全国的物资供应，采用“徙贵就贱，用近易远的原则”，稳定了物资价格。这节省了国家开支，减轻了农牧负担，打击了不法商贾垄断市场。

农田水利法：规定各地兴修水利工程，用工的材料费由当地居民，按照每户等级高下分派。靠民力不能完全兴修大的水利工程，其不足部分可向政府贷款，取息一分。如一州一县不能胜任的，可联合若干州县共同负责兴修。其中的“淤田法”，就是人为地让河水泛滥，淤积荒地改良土壤。

方田均税法：“方田”是每年九月，由县令举办土地丈量，按土地地势、土质分为五等。“均税”是以“方田”丈量的结果为依据，制定纳税数量。方田均税法清理出豪强地主隐瞒的土地，大大增加了国家的财政收入。

市易法：官府设“市易务”，出资平价收购商贩滞销的货物，市场缺货时再平价卖出，政府出面调节物价，避免市场垄断。国家向商贩发放贷款，以财产抵押，五人以上互保，每年纳息二分，避免高利贷造成的家破人亡。

王安石变法另一项重要内容就是对付契丹、西夏的北方侵扰，实施增强军备的保甲法、裁兵法、保将法、保马法和军器监法。

保甲法：乡村住户，每五家组一保，五保为一大保，十大保为一都保。凡有两丁以上的农户，选一人来当保丁。保丁平时耕种，闲时要接受军事训练，战时便征召入伍。住户中最富有者担任保长、大保长和都保长。保甲法用以防止农民的反抗，并节省了军费开支。

裁兵法：规定士兵五十岁后必须退役。按标准测试士兵是否合格。禁军是正规的中央军，负责打仗。厢军属于地方部队，负责治安和劳役。禁军不合格的降为厢军，厢军不合格的改为民籍。宋朝的军人都要脸上刺字，脱离生产，国家供养。

保将法：也称置将法。把各路的驻军分成若干单位，每个单位设置将与副将各一人，专门负责操练军队，以提高军队的战斗力。

保马法：因为宋朝缺少战马，而且私人养马比官养的死亡率低。官府鼓励住户代养官马，官府或供给马匹，或出钱购买，每户代养一匹到两匹。养马户可减免部分税赋，但马匹生病死亡必须赔偿。

军器监法：官府设置军器监，负责监督制造武器，招募工匠，改良兵器。

王安石变法的内容广泛，除此以外，还要改革教育和科考制度，实施太学三舍法和贡举法。

太学三舍法：以学校平时考试的成绩来取代科举考试，把太学按成绩分为外舍、内舍、上舍三等，“上等以官，中等免礼部试，下等免解试”。其中学行卓异的上等，可直接被推荐给中书省任命官职。王安石与子弟门人撰著了《诗义》《书义》《周礼义》，合称“三经新义”，作为统一教材。也以此作为科举取士的依据，反而把《春秋》取缔了。朝廷还设立武学、律学、医学等专科学校，增设地方学官，充实师资，拨发学田，收入的经费用来发展教育。

贡举法：废明经、存进士，进士殿试取消了诗、赋、论三题而改试时务策。另设“明法科”，考查律令和断案。提倡唯才用人，凡是有志于改革的人才都被委以重任，不少人成为改革的中坚力量。

宋神宗还制定了《市舶条法》，这是中国第一部“海外贸易法”。当年西夏和吐蕃阻断了丝绸之路，宋朝贸易不得不向海外发展，广州、泉州、明州、杭州、密州五个“市舶司”与海外六十多个国家进行贸易。

宋朝虽然打仗不行，搞经济却是强项。商船和货场十分繁荣，工商税逐渐超过农业税，这是历朝历代难以企及的一段历史，国富民强有案可查！

3

熙宁二年（1069）二月，苏氏兄弟二人服丧期满回京了。他们借住在范镇的东园，看来他们的南园已经变卖用以还清范镇的借款了。

这年的三月，苏辙撰写了一篇《上皇帝书》，他说："……害财者三：一曰冗吏。二曰冗兵，三曰冗费。"

宋神宗刚刚说过："今世之患莫急于无财而已。财者为国之命而万事之本，国之所以存亡，事之所以成败，常必由之。"

苏辙与宋神宗的见解可谓不谋而合。官家批复说："详观疏意，知辙潜心当世之务，颇得其要。郁郁下僚，使无所伸，诚亦可惜。"

宋神宗亲自在延和殿召见了苏辙，苏辙这九品官第一次与官家"登对"，让他感激涕零！

宋神宗为了支持王安石的变法，刚刚下诏成立了"制置三司条例司"，这是由皇帝特命设置的！是制定户部、度支、盐铁三司条例的专门决策机构，权力集中，抛开原来的领导机构，历朝历代都没有过！这就是大宋之变的开始！

刚回京报到的苏辙，有"贤良进卷"《民政策》，论述的土地和借贷问题与王安石大意相合，于是马上被安排进来检详文字。他和吕惠卿的工作是不断草拟新法，并和章惇、曾布一起制定政令文告，他们直接归参知政事王安石领导。

苏辙在制置三司条例司上任，首先接触的是青苗法，这也是王安石变法中最重要的一条。青苗法是政府贷款给农民度过荒年的，前瞻性地用信贷搞活经济，出发点很好，可一执行就走样了，因为不是自愿而是强迫贷款！并且成为考核官员的政绩指标，农民借债每期三个月，一期的利息税是十分之二，加上申请登记等手续费就是十分之三，一年两期合计是十分之六，借十贯钱要还本加息十六贯，遇到灾年本利不能缴还的话，等待的就是牢狱之灾！它与现代的"小额信贷"绝对不是一码事，它是完全为了国家增收，而不顾民生。

青苗法不但没给百姓带来好处，反而造成许多家破人亡的惨剧。因为还有个保甲法，一家出事，大家连坐，百姓被治得苦不堪言！曾在基层做过官员的苏辙，很了解其中利弊，“以钱贷民，使出息二分，本以救民，非为利也。然出纳之际，吏缘为奸，虽有法不能禁”；“设青苗法以夺富民之利，民无贫富，两税之外，皆重出息十二”。苏辙尖锐地指出：青苗法高利息是与农民争利！上等户能还得起利息，却不需要贷款；下等户需要贷款，却还不起高利息。官府和官员的考核挂钩，硬性摊派，基层官员利用变法变肥了自己！官员丧失操守，促使大面积贪腐。社会失去了公平和正义，虽然国库增收银子，却致使大批农民躲税逃亡，其后果还是土地被大量兼并。

因为苏辙反对官府的这种牟利手段，于是站到了王安石的对立面，从新法的参与者，变成了反对者！反对青苗法的大有人在，不但老宰相韩琦、司马光等人反对，就连王安石的两个弟弟也反对。他们看到的不光是朝廷与民争利，还有社会风气的败坏、礼仪秩序的瓦解。

苏轼的好友黎子云，曾经讲过一段自己的亲身经历：

海南有一个唐村，村中老樵夫允从七十多岁了，他问黎子云一个问题：“王荆公何苦用青苗法，使得大家长久贫困？”

黎子云回答说：“不对吧？宰相是怕老百姓贫富不均，青苗法就是为了共同富裕嘛！”

允从笑了，说：“贫富不均，古来如此，上天也不会让贫富全都平均。青苗法的结果适得其反。”

黎子云说：“你一个砍柴人也懂得国法？”

允从不慌不忙地答道：“百姓有贫富之分，就像一件陶器的胎壁有薄有厚，你想把厚的打磨得和薄的一样，结果厚的地方还没变薄，原来薄的地方就可能磨出窟窿来了！”

砍柴老人质朴的比喻，让黎子云这位儋州第一文士也佩服得五体投地。

朝廷的三司管盐铁，变法中严禁私人煮盐贩盐，可朝廷屡禁不止，王安石认为是执法不严的原因，如果用保甲法使二三十家一起连坐，“则不敢贩矣”！

而苏辙坚决反对，他怕严刑会引起民变，会妨碍社会的安定团结。

在铸钱问题上，两人意见也不一致，苏辙反对滥铸铜钱，要立法严控盗铸。可王安石却主张“官勿铸钱而铸器”，因为铸铜器比铸铜币值钱。王安石的着眼点，一直放在增加国库的收入上，因为急功近利，这个效果倒是很快达到了，宋神宗自然兴高采烈！

古代的土地税分夏、秋两季征收，称作两税，宋代平均每亩纳税一斗。免役法表面废除了按户轮流当差，实际上是在两税之外，又另加了当差的费用！贫民能够出力却要被逼出钱免役；原来免服劳役的鳏寡孤独，以及和尚道士，现在都要缴钱了！国家财政是富足了，官员也从中捞取了好处，加重了老百姓的负担。苏辙和司马光一样，坚决反对这种做法，引来王安石和吕惠卿等人的强烈不满。

均输法和市易法由发运使和市易司掌控，相当于现在的国企。新建的机构庞大，雇员众多，反而效率极低，贪腐风盛。小民商贩皆以为苦，那些挑水、理发、卖粥、卖茶的小商小贩，不缴税钱就不能营业，但民企无法和国企竞争，结果私人营业几乎全部停顿下来。苏辙极力反对市易法，因为税收层层加码，致使蓬勃发展的商业逐渐萎缩下来了，而所谓的国企却亏损严重，利润全落入贪官污吏的腰包。这就是国进民退的深刻历史教训。

王安石变法的决心很大，施行的力度也很大，提出“天变不足畏，祖宗不足法，人言不足恤”的三不怕政策，以此统一全国的思想！先是制造舆论，大肆宣传新法的好处，构建百姓发财的梦想。继而严厉禁止反对的声音，更换了十四个御史，而所制定的贷款税收任务，仍然逐级一一摊派，违反规定者，官府严加惩处！王安石以变法划线升降官员，将权力从笼中放出来拒绝约束，这就是权力的傲慢！

苏辙原计划与王安石循序渐进地进行国富民强的改革，不料王安石一味与民争利，于是在当年八月写了《制置三司条例司论事状》，对新法提出全面批评，认为如此下去即便国家富了，但是人民穷了，不安定的因素增加了。苏辙还以暴秦引起陈胜吴广造反的例子，来警告朝廷，不要官逼民反！他知道王安石此时权势如日中天，一些蝇营狗苟的奸佞小人，聚集在王安石的周围，像吕惠卿、李定、章惇、邓绾、曾布、蔡京、蔡卞之流个个激进，而自己属于以人为本的稳健改革派，难以继续与他们共事，所以决定辞职。他希望离京外任，去社会基层为民服务。

王安石的愤怒可想而知，他自然要加罪于苏辙，再说自从苏洵写了《辨奸论》影射他，他早已和三苏结下了梁子！

国库有钱有粮，宋神宗当然义无反顾地支持王安石，但他也认为苏辙是个人才，于是让他到河南府担任留守推官，去负责审判罪犯！

当时担任殿中丞、直史馆、判官告院闲差的苏轼，四个月后也上书反对王安石的新法，他认为科举制度的变革，应该慢慢来。他劝告宋神宗不要“求治太急，听言太广，进人太锐”。他对王安石将“三经新义”定为科考的官定标准特别厌恶。不过苏轼是两年后才要求离京外任的，他的政治态度没有苏辙那样尖锐，政治眼光也没有弟弟那样敏锐。

苏辙没有去河南府上任，自己忠心耿耿地参与变革倒成了保守派！苏辙心中郁闷，春节时大雪纷飞，他写的《南窗》，道出了他的愁苦和哀怨：

京师三日雪，雪尽泥方深。
闭门谢往还，不闻车马音。
西斋书帙乱，南窗初日升。
展转守床榻，欲起复不能。
开户失琼玉，满阶松竹阴。
客从远方来，疑我何苦心。
疏拙自当尔，有酒聊共斟。

4

熙宁三年（1070），春暖花开，韶华难留，三十一岁的苏辙随张方平来到陈州。

今人一听陈州，马上会联想到戏曲“包公陈州放粮”，那是《三侠五义》中的故事。相传宋仁宗年间陈州大灾，春蚕遭害，二麦不熟，饿殍遍野，而曹国舅等却趁机搜刮民财，鱼肉乡里，欺男霸女，草菅人命。包拯查清国舅的罪行，在金龙桥铡了十恶不赦的国舅爷，陈州开仓放粮，救了数万生灵。百姓感恩包拯就把汴河改名为包河了。其实历史上包拯并没有来过陈州，更没有在这里放粮，是民间希望有位不畏权贵、公正廉明的包青天而已。

陈州是河南周口淮阳县的古称，宋代陈州的所在地是宛丘，太昊伏羲氏的陵墓就在此地，他是中华民族的人文始祖，是三皇五帝之首。

陈州还是秦末陈胜吴广农民起义的都城。

陈州现在的七台八景，记载了中华历史的漫长印记，因此有“一千年看北京，三千年看西安，六千年看淮阳”之说。

苏辙正月初九被改任中书省试点检试卷官，恰逢当时张方平丁忧复职。他是理财高手，要不是王安石作梗不能回朝，神宗朝的历史可能会重写！这位观文殿学士兼判尚书省奉旨改知陈州，他举荐了苏辙为陈州教授，相当于教育局局长的职务，于是二人一起走马上任来到陈州。

张方平也是反对王安石的某些变法措施而被排挤出朝的。苏辙一直感恩张方平的举荐，“一见以忠人相勉”，也深受他的思想影响，他曾写道：“予年十八与兄子瞻东游京师。是时张公安道守成都，一见以国士相许。自尔遂结忘年之交。”能与张方平一道工作，是他当时最好的选择。虽然这里的待遇很低、工作环境很差，就像苏轼说的那样：

宛丘先生长如丘，宛丘学舍小如舟。
常时低头诵经史，忽然欠伸屋打头。
斜风吹帷雨注面，先生不愧傍人羞。

苏辙因为政治主张不合时宜，辞官归田又无生活着落，不得已只能出来教书。然而闲居也挺好，安贫乐道，在外可以不受朝廷约束。他写了《初到陈州二首》：

一

谋拙身无向，归田久未成。
来陈为懒计，传道愧虚名。
俎豆终难合，诗书强欲明。
斯文吾已试，深恐误诸生。

二

久爱闲居乐，兹行恐遂不。
上官容碌碌，饱食更悠悠。
枕畔书成癖，湖边柳散愁。
疏慵愧韩子，文字化潮州。

苏轼当时任杭州通判，路过陈州时，兄弟俩相聚了七十多天，二人聊了多少相思，叙了许多别离。既留下了诗句，又拜访了故友，兄弟俩的情深谊长也留在了宛丘。

苏轼是七月来到陈州的，两人一起游览了号称铁墓的太昊伏羲陵，还有伏羲养白龟、画八卦的“画卦台”。陈州弦歌书院中的“弦歌台”，是孔子当年在陈国“绝粮七日”，仍然弦歌讲诵儒学的地方，“中庸之道”就是孔子在这里提出来的。

这里还有死后葬于陈州的北宋第一名将狄青。传说他是闻名遐迩的美男子，如此的美貌不能威慑敌军，所以就披头散发，戴着凶恶面具出战。其实他是因为替哥哥顶罪，脸上有刺配的黥文，所以有人讥他为“斑儿”。因为佩戴面具作战，左右视线被遮挡住，所以狄青大战二十五次，中箭八次，却重伤不下火线。狄青身先士卒冲锋陷阵，他凭借赫赫战功，从一介小兵升到了将军。虽然宋仁宗力排众议，后来封他为枢密使，成了国家最高的军事首脑，但在文官社会中，还是处处遭受排挤，最后因病郁郁而终。

狄青被贬回乡后，经常登高台远望战斗过的西北边境，后人建“梳洗台”，纪念这位戍边抗击西夏的北宋英雄，这座台也成为陈州的一景。

陈州的柳湖风光旖旎，也是文人墨客常来聚会的地方。苏氏两兄弟或来柳湖游玩，或沿湖散步，或依枕读书，常常乐而忘返。苏辙后来在湖边高埠上修建了一座庵船形的书屋，寓意“宦海扁舟”，后人命名为淮阳七台之“读书台”，并还栽种了许多紫荆树。

紫荆树同根共本，后人称作“兄弟树”，紫荆花也称“兄弟花”，用来纪念苏轼和苏辙这对感情深厚的兄弟俩。

八月十五中秋节，这是个难忘的团圆节日，尤其兄弟两家人相聚陈州更十分不易。兄弟俩一年半未见面了，苏轼与第二任妻子王润之的儿子苏迨刚刚一岁，苏辙虽然只有一个妻子，可却为他生了男男女女一大群孩子，他的长子苏迈，也已经十二岁了。

晚上拜月，木案上摆满了橘、橙、梨、枣、石榴、葡萄等水果，几个孩子手拿“小饼如嚼月，中有酥和饴”的月饼，蹦蹦跳跳、吵吵闹闹，留下多年来少有的欢乐。

宋代中秋的赏月玩月是重头戏。苏辙兄弟请来张方平、张耒，一起在楼台饮酒、品蟹、赏月。月夜中的苍穹恍若仙宫，天上人间，充满了诗情画意。陈州夜晚也不宵禁，“玩月游人，婆娑于市，至晚不绝”。

5

王安石是出名的“拗相公”，听不得反对者的合理建议，他有宋神宗这个后台的绝对支持，凡是反对新法者统统靠边站，原来朝廷的元老重臣一个也不例外。老宰相司马光回家写《资治通鉴》去了，范镇、富弼辞职归隐了，韩琦、张方平下放了。苏辙、苏轼的老师，大文豪欧阳修自然也逃脱不掉，六十五岁时被贬到颍州。颍州距离陈州不太远，苏氏兄弟俩一大早就从陈州出发，前往颍州去拜见自己的恩师。

九月的颍州西湖，天高气爽，云淡风轻，欧阳修与苏辙兄弟泛舟湖上，尽情欢宴，尽叙师生情谊。

欧阳修神采奕奕，滔滔不绝地说：“吾自信，活到百岁无疑。”

苏轼帽子上插着鲜花，为老师翩翩起舞。他气喘吁吁地讲：“祝吾师欧阳公长命百岁。”

苏辙在一旁也频频饮酒助兴，击掌作乐，高声吟唱即兴写下的诗句：

酒行乐作游人多，争观窃语谁能呵？
十年思颍今在颍，不饮耐此游人何！

不料这却是三人的最后一次相聚，不到一年，欧阳修就在家中去世了，不但没过百岁，连六十六岁这一关都没挺过。

苏辙得到消息后痛不欲生，提笔写下：

辙官在陈，于颍则邻。拜公门下，笑言欢欣。杯酒相属，图史纷纭辩论不衰，志气益振。有如斯人，而止斯耶？书来告哀，情怀酸辛。报不及至，凶讣遄臻！

他还写了挽词：

念昔先君子，尝蒙国士知。

旧恩终未报，感叹不胜悲。

文坛上一颗巨星陨落了，他是大宋朝的骄傲，他是唐宋八大家中宋朝的六人之首，是他奖掖推荐了苏洵父子三人，也是他提携了曾巩、王安石二人，他为中国文学史做出了贡献！

6

苏辙在陈州任职期间，还被调到洛阳妙觉寺担任举人科举的考官。苏辙曾写诗讥讽王安石对科举考试的改革：

“登科岁云徂，旧学日将落……群言久纷荡，开卷每惊矍……朝廷发新令，长短弃前矱。缘饰小学家，睥睨前王作。声形一分解，道义因附托。”王安石以“波为水之皮”这样的观点强解经书，苏辙认为这样的“三经新义”作为考试标准难以服人。

“……新科劝多士，从者尽高爵。徘徊始未信，炫诱终难却。嗟哉守愚钝，几不被讥谑。……敢言折锋芒，但自保城郭。”按王安石观点取士，服从的获得高官，怀疑者也只能跟着胡说八道了。

“……群儒谁号令，新语竞投削。……谁能力春耕，忍饥待秋获。……”

按王安石的办法录取，对走后门的官二代大开方便之门，以后朝廷中真正有能力的人才越来越少！

苏辙、苏轼与王安石的政治观点越来越格格不入，然而他们还算聪明，选择在野，到基层为官，避免了在朝廷上的明争暗斗。

在陈州三年多的时间里，苏辙一方面担任学官，负责陈州的教育系统；另一方面负责张方平的奏折文告起草，是个贴心秘书。日子虽过得淡泊清贫，心情却还算轻松快乐。在陈州，苏辙还遇到了张耒。

张耒自小聪明好学，十三岁会写文章，十七岁能作赋，早年在陈州的外公家游学，苏辙见其《函关赋》写得很有文采，所以十分欣赏他。苏轼来陈州时，他把张耒介绍给哥哥。苏轼也看好张耒，于是让他成为自己的门下客。张耒二十岁时中了进士，最后成为苏门四学士之一，与黄庭坚、秦观、晁补之三人齐名。

张耒因为年轻英俊，身材又魁梧，所以有“肥仙”的称号，苏轼称赞他的文章“其文汪洋淡泊，有一唱三叹之声”。他晚年居住在陈州，人们称他为宛丘先生，《少年游》《风流子》等都是他流传后世的代表作。

第十二章

从密州的《超然台赋》，到徐州的《黄楼赋》

始余在京师游官，贫困思归而不能，闻济南多甘泉，流水被道，蒲鱼之利与东南北，东方之人多称之。会其郡从事阙，求而得之。

——苏辙《舜泉诗叙》

1

北宋的官职三年一调，苏辙在陈州三年半后，被任命为齐州掌书记，属于从八品的军政机要秘书，仍然是个不起眼的小官。与他同榜进士的曾巩，两年前就任齐州知州了，曾巩在齐州政绩不错，建了“泺源”和“历山”二堂，建成后还特意写了一篇《齐州二堂记》流传后世。

苏辙到了齐州，前后三个上司李师中、李肃之、李常都姓李，还都是被王安石排挤下来的官员，他们政见相同，意气相投，彼此相处得都不错。

苏辙刚上任时，正逢齐州大旱，久晴无雨，田地无收，灾民流离失所，社会骚乱不安。苏辙在赈灾救民时，既看到执行新法给老百姓带来的苦难，又看到县官狱吏趁机敲诈勒索的丑陋。饥寒交迫的流民，为了生存而铤而走险，最倒霉的永远是社会底层的民众！他在诗句中记录了当时的困境：

我生本西南，为学慕齐鲁。

从事东诸侯，结绶济南府。
谁言到官舍，旱气裂后土。
饥馑费囷仓，剽夺惊桴鼓。
缅焉礼仪邦，忧作流亡聚。
君来正此时，王事最勤苦。
……

不过，宋代官府面对天灾的应对措施还是可圈可点的。朝廷赈灾的主要措施是赈粮、施粥、施药、免税、减赋等，尽量让百姓生存下去。对无家可归的灾民，朝廷设有福田院、居养院、安济坊、养济院、婴儿局、慈幼局等，尽量收容那些流离失所的灾民。

除官方的福利举措外，佛道寺观等慈善机构也发挥着济贫、赈饥、养老、医疗等社会功能，基层的宗法家族起着稳定社会的作用，用礼仪来抵御权势，这是文明社会的基础！义庄、义田也可照顾着鳏寡孤独。

齐州就是济南，舜帝“躬耕于历山”，历山就是济南的千佛山。公元前二十多世纪就已经很有名了。到了汉代，这里改称为济南，隋朝称齐州，这名称一直沿袭到宋朝。大明湖原称西湖，物产丰富，盛产莲藕和鲤鱼。湖上画舫点点，四周绿柳翠烟，寺院隐隐可见，湖面上倒映着千佛山，一幅绝佳的湖光山色画卷！

“流泉海内无”，一点不假，苏辙一来齐州，就被无处不在的涌泉所吸引，他带着史氏和孩子一起浏览：

连山带郭走平川，伏涧潜流发涌泉。
汹汹秋声明月夜，蓬蓬晓气欲晴天。
谁家鹅鸭横波去，日暮牛羊饮道边。
滓秽未能妨洁净，孤亭每到一依然。

济南到处有泉水，不愧泉城之名。苏辙一家子来到被誉为天下第一泉的趵突泉旁。苏迟招呼弟弟妹妹说："快来看呀！水底下冒出来三个泉窟窿！"

孩子们跑过去，只见有三股大泉水，翻上水面有三尺多高，声如隐雷，跳跃奔突，喷涌不息。

苏辙告诉史氏说："趵突泉是上一任知州曾巩命名的。"

史氏问："是曾巩曾南丰吗？"

苏辙："正是！"

史氏："他和夫君兄弟俩好像是同榜进士？"

苏辙点了点头。

他一边点头，一边沉思。曾巩三十九岁才中进士，却很快做到知州的位置，是一方大员了。自己十九岁中了进士，制科考试列四等次，现在却仍然是个八品小吏，怎能不感到窝囊？不过他憋在心里不说罢了。

一家人又来到大名鼎鼎的舜泉。这时的舜泉却因大旱，井水几乎干枯了，井口挂着一把大锁，大旱也不开锁，传说这是大禹治水时将蛟龙锁在井中的缘故。

苏迟趴在漏着大方孔的井盖上向下张望。

苏辙六岁的次子苏适说："看到蛟龙了吗？"

"没有！只看到水影。"

"是不是在井底不出来？"

苏迟回答："下面太暗，看不清楚！"

大姐二姐也凑到井边，向下张望。

史氏笑着说："傻孩子，哪有什么蛟龙？这都是传说，不是真的。"

几个姑娘抢着问："那为什么还要井盖上锁呢？"

"不上锁，你怎么能知道这个故事？"

苏迟说："这样不但能骗骗我们小孩子，其实你们大人也都被骗了！"

苏辙欣赏儿子们能有自己的想法。他曾在《舜泉诗并叙》中写道："其神在天。其德在人，其物在泉。"

2

泰山称作“五岳独尊”，被皇帝认为是最接近上天的地方。天子是上天的儿子，他要代表上天在人间行使权力，封禅泰山就是祭祀天地，就是要确定皇帝的权威。历史上只有六位皇帝封禅过泰山，宋朝唯一的一位是宋真宗。

到齐州一年后，苏辙终于登上了泰山，实现了他多年的夙愿。

他在泰山下见到了老百姓朝拜泰山的盛况：

……

车徒八方至，尘坌百里内。

牛马汗淋漓，绮纨声綷縩。

喧阗六师合，汹涌众流汇。

……

在岱庙里，善男信女们心诚意实，尽其所有施舍给佛祖，一个个顶礼膜拜，一步一叩首，烧纸焚香，虔诚万分。

在荒凉的四禅寺，苏辙寻觅着唐代高僧义靖的足迹，他与法显、玄奘合称中华三大求法高僧，为佛教文化的交流传播，做出了重大贡献。

苏辙初游泰山，迈进山门，“步步登高”后“渐入佳境”。脚下流水潺潺，头上古树参天，百花齐放争艳，百鸟争鸣婉转，令人心旷神怡。走到歇马亭，山路变得更陡峭，峰峦起伏。翻过似壶的山坳，绕过回马岭，乘兴力登，终于到达中天门。抬头仰望，南天门映入眼帘，似垂挂的一架九重天梯，让人望而生畏。

“天门四十里，预恐双足废。”苏辙此时三十四岁了，已过了争强好胜的年龄，十八盘的天梯、三千级的石阶，让他心生畏惧，于是在中天门歇息半晌，便从西路经黑龙潭下山了。

深潭碧水，冰凉彻骨，石桥飞瀑，彩虹依涧，眼前自是一番别样的境像。

苏辙因未登泰山顶看日出深感遗憾。他未能体会杜甫“会当凌绝顶，一览众山小”的心境。连哥哥苏轼都为他抱憾说：“恨君未上东封顶，夜看金轮出九幽。”苏辙总以为身在济南，总能再有机会，岂不知“人生错过就不会再得到”，“归来欲谁怼”？这是他唯一一次登泰山。

十五年后，苏辙在朝中任龙图阁直学士、御史中丞，这年大旱，皇帝派人到泰山祈雨，命苏辙写三篇祈雨谢雨文，而他却再也未去过泰山。

苏辙幼年时仰慕过石介，却无缘相见，不料却在“泰山书院”碰到石介的女婿徐遁，他是书院创始人之一，也是一位名医。两人一见如故，惺惺相惜。两人游大明湖时，徐遁赠苏辙一册石介遗书，苏辙作诗《题徐正权秀才城西溪亭》一首：

竹林分径水通渠，真与幽人作隐居。
溪上路穷惟画舫，城中客至有罾鱼。
东来只为林泉好，野外从教簿领疏。
不识徂徕石夫子，兼因女婿觅遗书。

多年之后，南宋女词人李清照一首《如梦令》闻名于世：

常记溪亭日暮，沉醉不知归处。兴尽晚回舟，误入藕花深处。争渡，争渡，惊起一滩鸥鹭。

据考证，这溪亭就是苏辙所写大明湖畔的“城西溪亭”，这也是李清照描写济南的唯一词作。

3

熙宁八年（1075），齐州知州李常兴建闵子祠，他命苏辙题记。苏辙在家写《齐州闵子祠堂记》时，苏迟和苏适都围绕在身边，他一边撰文书写，一边给儿子讲述这个历史故事。

闵子骞是《二十四孝图》中第三名“单衣顺母”故事的主人公。原来闵子骞母亲早丧，父娶后母后又生了二子。后母给两个亲儿做厚棉絮的衣服，给闵子骞用芦苇花填充衣服。父亲让闵子骞驾车，他因天寒手冷握不住缰绳而翻车了，父亲发怒鞭打儿子，衣服破了，露出芦苇花，父亲知道了缘由后坚决要休妻！闵子骞哭劝说：“母在一子寒，母去三子单。”后母听了，十分后悔，自此以后，视闵子骞为己出。

苏迟听了说：“闵子骞真孝顺，如果他父亲休了他的后母，三个孩子就都没有母亲了！”

苏适也接着说：“有后娘也比没有娘强。”

历史典故“曹溪一滴”也与闵子骞有关。

孔子广纳门生，弟子三千，然而学生是要交学费的，称作“束脩”，也就是肉干。闵子骞家庭贫穷，交不起肉干，于是用一杯曹溪之水代替美酒献上。同窗讥笑他用溪水替代束脩，孔子却表扬闵子骞说：“曹溪一滴，远胜束脩百条。”赞扬他千里求学，精神可嘉。

苏辙撰写了五百多字的《齐州闵子祠堂记》，并邀请苏轼书写了碑文，一时传为佳话。

苏辙的文章分两部分，第一部分记述闵子祠堂的修建缘起及第一次祭祀活动的情况：“城之东五里有丘焉，曰闵子之墓。坟而不庙，秩祀不至，邦人不宁……”孔子认为德行见长的弟子是颜渊、闵子骞、冉伯牛、仲弓四人。孔子曾赞誉说：“孝哉闵子骞！人不间于其父母昆弟之言。”

文章的第二部分是对闵子骞不肯做官的原因进行分析。孔子是圣人，也不排斥做官，而以道德高尚称道的四位得意门生，除了仲弓，其他三人为什么都不愿做官呢？其实不是缺乏社会责任感，而是“止而有待”，在等待机会而已。

苏辙说东海辽阔无边，深不可测，所以航海的大船要造得像山一样，船帆像云朵一样，这样才能乘风破浪。如果用江河上的船只渡海，就经不住狂风巨浪。闵子骞他们不是不想做官，而是要有孔夫子那样的大船，才能考虑远航。

苏辙还写了一篇《齐州泺源石桥记》。

第一段是简介："泺水之源，发于城之西南山下……取石于山，取铁于府，取力于兵。自九月至十一月而桥成，民不知焉……"

第二段叙述修桥过程："方其未成也，太守李公日至于城上，视其工……明年，水复至，桥遂无患。"

第三段是作者的议论："桥之役虽小也，然异时郡县之役，其利与民共者，其费得量取于民，法令宽简，故其功易成……夫桥之役虽小，然其劳且难成于旧则倍，不可不记也。遂为之记。"

工程虽然小，可建好它的困难比从前要难上几倍，不能不记录下来，作为纪念。

这两篇近千年前的文章，淡泊沉静，叙事议论共为一体，简洁明了，流传至今，没有文言文基础的人仍然念得通、读得懂，苏辙真不愧是古文运动的散文大家。

4

苏辙在齐州任职的第二年，苏轼上书朝廷，"请郡东方，实欲昆弟之相近"，要求离弟弟近一些。于是朝廷任命他为密州知州，九月离开杭州到山东赴任。原以为齐州与密州相距不远，不料一个属于京东西路，一个属于京东东路，辖区不同，两人各自公务忙碌，始终没有机会相聚。

苏轼在密州做官虽然辛苦，可终究是一方大员，俗话说：宁为鸡头，不做凤尾。从他的《江城子·密州出猎》中可以看到他意气风发的万丈豪情：

老夫聊发少年狂，左牵黄，右擎苍，锦帽貂裘，千骑卷平冈。为报倾城随太守，亲射虎，看孙郎。

酒酣胸胆尚开张，鬓微霜，又何妨！持节云中，何日遣冯唐？会挽雕弓如满月，西北望，射天狼。

苏轼自称“老夫”，其实当时还不到四十岁，是从五品的太守。苏轼所在的密州，“负山面海，饶渔盐之利，又为海外贸易重之港”，它包括现今的胶州，设有市舶司与海外通商。

密州也就是后来的诸城，这里曾诞生一位轰动全球的大画家，那就是著名的张择端。他的《清明上河图》把汴京的繁华浓缩在一轴画上，八百二十四个人物小者如豆粒，个个形神必备，活灵活现。“以图证史”，这幅画是宋代社会的小百科全书，大大丰富了世界的美术宝库。

不过苏轼任父母官时还没有他，苏轼离任十年后张择端才出生。

苏轼在密州修复了一座北城墙上的废台，自述：“台高而安，深而明，夏凉而冬温，雨雪之朝，风月之夜，余未尝不在，客未尝不从。”知兄莫若弟，苏辙认为苏轼能“无所往而不乐”，在于他能超然物外，所以帮哥哥起名为“超然台”，并且还写了《超然台赋》寄去：

东海之滨，日气所先……诚达观之无不可兮，又何有于忧患？顾游宦之迫隘兮，常勤苦以终年。盍求乐于一醉兮，灭膏火之焚煎……惟所往而乐易兮，此其所以为超然者耶？

一年前的旱灾，影响到朝廷的官场，王安石没能超然，先罢官，后复相，又罢官，还不如那些被排挤在外的官员逍遥自在呢！

其实苏轼的性格比苏辙乐观，用“达观”“超然”的态度看世界，是苏辙自己对自己说的。他现在还是个从八品的芝麻绿豆官，用“超然”开导自己才对！

“远游既为东鲁，迁居又爱南山。齿发自知将老，心怀且欲偷安”，这就是他的心态。而苏轼新建的“快哉亭”倒是适合苏轼自己的心态，苏轼是个秉性难改的乐天派，没心没肺，快哉！快哉！

光阴如白驹过隙，转眼又到了八月十五中秋节，身在密州的苏轼，本以为和苏辙同在齐鲁大地，兄弟见面不是难事，不料却没有这种机会。“明月四时有，今又中秋圆，楼台樽举邀拜，银镜海天悬。”苏轼站在超然台上吟道，“望穹谷，光若昼，忆流年。”举杯狂饮，想念弟弟，写下了那篇著名的《水调歌头·丙辰中秋欢饮达旦·大醉·作此篇·兼怀子由》：

明月几时有？把酒问青天。不知天上宫阙，今夕是何年。我欲乘风归去，又恐琼楼玉宇，高处不胜寒。起舞弄清影，何似在人间？

转朱阁，低绮户，照无眠。不应有恨，何事长向别时圆？人有悲欢离合，月有阴晴圆缺，此事古难全。但愿人长久，千里共婵娟。

千百年来，许多人都把这首词看成情人间的柔情蜜意，愁闷相思，岂不知这既是苏轼因与王安石不和离开朝廷，壮志难酬的苦闷，又是与弟弟多年不见，两地相望的思念，是无可奈何的自我安慰。

苏轼酒后大醉，狂吐真言：上阕是问皇帝，下阕是想苏辙！

5

远游既为东鲁，迁居又爱南山。
齿发自知将老，心怀且欲偷安。
舜井溢流陌上，历山近在城头。
羁旅三年忘去，故园何日归休。
……

苏辙在齐州三年多，虽然官不大，作为不多，却远离了政治旋涡。“辞家四千里，恃此慰穷独”，生活虽然平淡穷困，但是家庭和睦，小儿子苏远也降生了。

从熙宁七年（1074）开始，朝中官员不断变换，王安石被罢官了，新法实施中出现了许多弊端，上上下下争斗不断。得知王安石被罢官，苏辙比苏轼还高兴，喜悦之情溢于言表：“得请外补，于今七年，而天下之治安终未可见。今者皇天悔祸，启道圣意，易置辅相，中外踊跃，思睹宽政。”他给宋神宗上书建议：“青苗之既散者要之以三岁而不收息，保甲之既团者存其旧籍而不任事，复差役以罢免役之条，通商贾以废市易之令……”

熙宁九年十月，苏辙回京候职时，又大力抨击变法，逐条反对。“青苗行而农无余财，保甲行而农无余力，免役行而公私并困，市易行而商贾皆病……”“水旱连年，死者将半，遗民饥困，盗贼满野，疆场未宁，军旅在外，府库空竭，边馈寡少……”

然而坚决主张变法的宋神宗，哪能听得进他的上书？苏辙没盼来宽政，等待他的仍然是冷遇。他被任命为著作佐郎，是负责文书书写的从六品官员。苏辙不愿留在京城，这时张方平要去南京（应天府）任职，上书力荐，改他为签书判官，苏辙作为幕僚又跟着老恩师张方平走了。

苏轼被任命为徐州知州，是熙宁十年（1077）二月的事，兄弟俩七年未见面了，苏辙执意亲自送哥哥去徐州上任，也好多一些相处的时间。两人先在应天府张方平处待了不少日子，然后一起打道南行徐州。

古九州之一的徐州也称彭城，项羽曾在此建都，楚汉相争了五年，这里既是古战场，又是历史文化名城。苏辙兄弟一起参观了汉高祖庙，苏辙为庙中的刘邦试剑石作了《彭城汉祖庙试剑石铭》：“维汉之兴，三代无有。提剑一呼，豪杰奔走。厥初自试，山石为剖。夜断长蛇，旦泣神母。指麾东西，秦项授首……”

徐州的石经院闻名于世，石经院内多是罕见的隋代石经幢。

苏辙二人进山门游览，方丈介绍说：汉唐的佛教密宗盛行，信徒认为密宗咒语——陀罗尼的经义深奥，为使陀罗尼经永存，就刻在上有顶下有座的八棱锥形石柱上，这些石经就称作石经幢。

庭院中有桧柏和水井，山上有寺庙，寺内有修行的和尚，可听闻晨钟暮鼓。苏轼先作诗一首：

葱蒨门前路，行穿翠密中。
却来堂上看，岩谷意无穷。

苏辙次韵和诗一首：

岧峣山上寺，近在古城中。
苦恨河流近，长教眼力穷。

苏轼再作第二首：

夭矫庭中桧，枯枝鹊踏消。
瘦皮缠鹤骨，高顶转龙腰。

苏辙再步韵和之：

盘曲山前路，流年向此消。
兴亡须一吊，范叟卧山腰。

苏轼作第三首诗：

窈窕山头井，潜通伏涧清。
欲知深几许，听放辘轳声。

苏辙次韵和他第三首：

孤绝南山寺，僧居无限清。
不知引道处，空听暮钟声。

苏轼的三首诗作于去程，从山下写到山上；而苏辙的诗是写于回程，从山上写到山下。兄弟二人的唱和，是地地道道的千古绝唱，令后人望尘莫及！

在徐州相聚的日子里，苏辙和苏轼也拜见和结识了不少朋友，有父亲的老友颜太初之子颜复，有旧友李邦直、道士吴子野，还有新交的朋友陈师钟、张天骥等人，大家一起游山玩水，诗词唱和，不知不觉就又到了中秋佳节。想到去年中秋，苏轼在密州为自己写的《水调歌头》，苏辙感慨万分，于是在徐州也提笔写了一首《水调歌头》：

离别一何久，七度过中秋。去年东武今夕，明月不胜愁。岂意彭城山下，同泛清河古汴，船上载《凉州》。鼓吹助清赏，鸿燕起汀州。

坐中客，翠羽被，紫绮裘。素娥无赖西去，曾不为人留。今夜清樽对客，明夜孤帆水驿，依旧照离忧。但恐同王粲，相对永登楼！

这是苏辙仅存的四首词之一，上阕写七年别离，今朝共同泛舟，欣赏歌女清唱着《凉州词》，十分快乐。下阕写一个个座中客，光阴逝去，盛时难再，明夜将要分别，可能像怀才不遇的建安七子王粲那样，永久地去写《登楼赋》吧！

苏轼认为弟弟太伤感了："歌君别时曲，满座为凄咽！"不过一贯乐观的苏轼写的《中秋词》，也并不乐观：

暮云收尽溢清寒，银汉无声转玉盘。
此生此夜不长好，明月明年何处看？

苏辙和苏轼两家老老少少在徐州相聚的日子里，有喜也有悲。从小照顾苏辙的保母杨金蝉六月去世了，享年六十八岁。她一生跟随苏辙，奔波于天南地北，史氏生的三个儿子、七个女儿，都是杨金蝉帮助带大的。苏辙让哥哥为她写了《保母杨氏墓志》，苏轼在给侄子的信中称她为老奶二姨，说她是苏家的干奶，感恩之情流注笔端。

不料几年后，苏轼的乳母任采莲也在黄州病故了，享年七十二岁，感恩她在苏家五十三年的无私奉献，苏轼又写了《乳母任氏墓志》。据说苏轼虽然写了四千多篇文章，一生却只给七个人写过墓志铭。

6

苏辙八月十六日离开徐州，八月二十一日决口的黄河水就淹到徐州城下。苏辙后有诗云：

我昔去彭城，明日洪流至。
不见五斗泥，但见二竿水。
……

苏辙沿路已经见到了灾情的严重：

黄河东注竭昆仑，钜野横流入州县。
民事萧条委浊流，扁舟出入随奔电。
……

黄河是中国的母亲河，也是频频泛滥的灾难河，有文字的历史记载，黄河决堤一千五百多次，有过二十六次大改道。嘉祐五年（1060）黄河发生“大名决口”，形成了北流和东流的“二股河”入海。苏辙在任大名府推官时，曾经实地考察过黄河。

宋朝治理黄河历来有两种主张：一种是维持北流的河道，修堤防汛，减缓水灾。另一种是堵塞北流旧道，断绝与辽国相通，稳定东流河道。宋神宗和王安石倾向于后者，在二股河口建造了水坝，迫水东流，并且急急忙忙闭塞了北流的河道。结果如司马光预料的那样，在闭口以南的地方多次溃决，后经汴水入泗水，又夺淮河入海，这样徐州就跟着遭殃了。

徐州城北五十里的黄河向东决口，到九月，徐州城南就水深两丈九了。苏轼刚刚到任，就组织徐州百姓抗洪，没白天没黑夜地奔波在泥水之中。他先后住在窝棚两个多月，修筑了长九百八十四丈、高一丈、厚二丈的防洪堤坝。看到苏轼知州亲临现场，驻扎徐州的禁军也纷纷投入抗洪救灾中，经过四十五天的昼夜奋战，苏轼终于保住了徐州城，黄河在十月初五又回归旧道，奔腾向东，在海州（连云港）入海了。

苏轼在徐州的抗洪政绩，得到官家的嘉奖，于是在东门外围城墙上建了一座百尺高楼，五行之中“土克水”，土为黄色，所以起名为黄楼。元丰元年（1078）的九月初九，黄楼举办盛大的落成典礼，弟弟苏辙虽然未能亲临开幕式，却写下了闻名于世的《黄楼赋》：

熙宁十年秋七月乙丑，河决于澶渊，东流入钜野，北溢于济南，溢于泗。八月戊戌，水及彭城下，余兄子瞻适为彭城守……辙方从事于宋，将登黄楼，览观山川，吊水之遗迹，乃作黄楼之赋……

……东望则连山参差，与水背驰。群石倾奔，绝流而西。百步涌波，舟楫纷披。鱼鳖颠沛，没人所嬉。声崩震雷，城堞为危。南望则戏马之台，巨佛之峰，岿乎特起，下窥城中，楼观翱翔，巍峨相重。激水既平，渺莽浮空。骈洲接浦，下与淮通。西望则山断为玦，伤心极目，麦熟乔秀，离离满隰，飞鸿群往，白鸟孤没，横烟澹澹，俯见落日。北望则泗水湠漫，古汴入焉，汇为涛渊，蛟龙所蟠，古木蔽空，乌鸟号呼，贾客连樯，联络城隅。送夕阳之西尽，导明月之东出……战马成群，猛士成林。振臂长啸，风动云兴。

朱阁青楼，舞女歌童。势穷力竭，化为虚空。山高水深，草生故墟……知变化之无在，付杯酒以终日。

当年范仲淹看到滕子京送来的《洞庭晚秋图》，未临其境却写下“不以物喜，不以己悲”的千古名篇《岳阳楼记》。而今苏辙也没有见过黄楼，只是黄河决口前到过徐州。他在《黄楼赋》中叙事抒情，回顾了历史，赞扬了抗洪，描写了水灾后东西南北四方的景物，抒发天意难测，人生多忧！

苏辙还通过子瞻之口告诉世人，求安乐者，不知道安乐是什么，经过天灾之后就会明白安乐的真实内涵了。

苏辙所作《黄楼赋》，苏轼亲自书写，刻石立碑。苏辙之文，苏轼之书，当时即称天下二绝，许多人争相拓印收藏，还演绎出不少故事流传到后世。

当年秦观亲自去过黄楼，也写了一篇《黄楼赋》，他也是文采出众的高手，却没有苏辙的文章出名。

千年之后，人们一谈起《黄楼赋》，只知道是苏轼所书，却很少有人知道是苏辙所作，但他却毕生无缘见过这徐州的黄楼。这篇一千多字的《黄楼赋》，正如作者所述，“知变化之无在”。苏辙被苏轼的光芒笼罩着，月明星稀，河倾月堕，斗转星移，历史长河与人间长河一样，都在不断地变幻着！

第十三章

哥哥自称东坡居士，弟弟自称东轩长老

雪霜何与我，忧思自伤神。

忠信亦何罪，才名空误身。

归来聊且止，老去莫逢嗔。

樽酒它年事，相看醉此晨。

——苏辙《腊雪五首》

1

元丰二年（1079）二月，苏轼被调任湖州知州。湖州因太湖而得名，“苏湖熟，天下足”，这里是江南的粮仓。苏轼的前任文同，是一位著名的画家，他也是苏辙长女的公公，上任几个月就去世了。

苏轼赴任前，绕道去南京应天府看望了弟弟，苏辙这几年心情十分郁闷，任幕僚小吏，俸禄微薄，三子六女，生活特别艰辛。尤其是因为政见不同，仕途失意，中进士二十多年了，却至今壮志未酬，心中实在不甘！

兄弟二人见面，谈论最多的还是政事，因为这里离洛阳不远，消息特别灵通。苏辙告诉哥哥，由于反对王安石的变法，朝廷一批重臣像文彦博、司马光、范纯仁等人已先后被罢官，但他们与洛阳名士邵雍、程颢、程颐等道学家相投。富弼、司马光经常将大家聚在一起，不按官职高低论资排辈，只按年龄大小排列顺序，后来王拱臣也加入进来，十三人的画像挂于耆英堂上，一起赋诗取乐，世人称作“洛阳耆英会”。

这些人也经常聚餐，轮流坐庄。然而每次“菜肴不得过五样”，酒酣耳热之时，议论一些家国大事，或者八卦一下社会趣闻，自称“直率会”。宋代有言论自由，太祖遗训“不得杀士大夫及上书言事人”，保证不以言治罪，不以言杀人！当时的知识分子认为，天下兴亡匹夫有责！批评朝政直言不讳，所以酒馆不用张贴“莫谈国事”。士大夫治国如同医生治病，医生见病不治，只讲好听的，说明这病就没治了！

苏轼来到湖州不久，没想到大祸已经临头，原因还是谈论了国事！

王安石已经下台，新党群龙无首需要树立权威，于是便拿旧党人物开刀。文坛盟主欧阳修死后，苏轼成为最有影响的代表人物，于是新党的急先锋李定、舒亶等人，在苏轼刚上的《湖州谢上表》中鸡蛋里挑骨头，牵强附会找证据。因为苏轼说神宗“知其愚不适时，难以追陪新进；察其老不生事，或能牧养小民”。李定等人认为，“新进”是在影射那些靠变法上来的无能之辈，“生事”是暗示他们喜欢惹是生非，因为老的都已经不在朝中了嘛！这些成了两党互攻的惯用词汇。

苏辙经常劝诫苏轼要以言为戒，避免祸从口出，应该“言词欲吐聊复吞”，该咽的要咽回去！王弗活着时也经常规劝苏轼慎言，她有知人之明。不料还是因为苏轼写了这种敏感词汇，惹出一场弥天大祸！

宋代实行“二府三司”制，宰相管政府，枢府管军政，盐铁司、度支司、户部司称计相，管财政。二府三司互不统属，唯有皇帝集权于一尊，又设监察司制约高官。监察司的机关称御史台，御史也称台臣，虽说官职级别不大，却可以与宰相同朝议事。台臣忠于江山社稷，纠正君臣的错误是他们的本职任务，监督机制是封建君主制度中，长治久安的一大进步。

御史台园中有高大的柏树，参天蔽日，上边栖息着几百只乌鸦，每日里“呱呱呱”的聒噪之声不绝于耳，所以人们都把御史台称作“乌台”。

御史中丞李定，是在王安石变法过程中起来的新秀，早已把苏轼视为眼中钉，肉中刺了。起因是他不报母丧丁忧，苏轼在他人面前斥责他是“不忠不孝之人”。坐在一旁的司马光，更是怒骂他“禽兽不如”！

李定是王安石的学生，原是秀州的一个小判官，他拒绝承认自己是庶母所生，庶母去世他就可以不用丁忧了。宋神宗和王安石要提拔他做监察御史，中书舍人宋敏求知道他是个反复无常的小人，拒绝为他草诏，结果被逼辞职了；宋神宗命第二位中书舍人苏颂起草诏书，苏颂也了解李定，还是坚决不干；皇帝和宰相却坚持任命李定，没想到第三位中书舍人李大临仍然拒绝起草任命状；最终中书舍人全部换人！看来，李定这人的确不是个好东西！

宋朝的确是君臣共治天下，官家也不像司马迁说秦始皇的那样，“别黑白而定一尊”，祖宗家法约束着官家。宋朝的皇帝不像电视剧中表演的那样，一道圣旨就可随意任免，一个口谕就可随意打杀！但“濮议”论战使政治风气受损，尤其王安石变法后，宋神宗强化了皇权，朝廷形成了“惟上是从”的官本位思想，台谏敢争是非的独立精神崩解了，御史台的官员，也随着官家的意愿随时更换。

2

御史台的李定，从苏轼诗文中，定了他该杀头的四大滔天罪状：

一是不学无术：“苏轼初无学术，滥得时名，偶中异科，遂叨儒馆。”

二是谩骂朝廷：“有讥切时事之言。”“怨望其上，讪渎谩骂而无人臣之节。”

三是蛊惑人心：影响教化，对全国影响甚大，“忠义之士无不愤惋”。

四是诽谤圣上：苏轼说过“古之君子不必仕，不必不仕。必仕则忘其身，必不仕则忘其君”。

其实，第一个告发苏轼的并不是李定，而是写《梦溪笔谈》的沈括，他和苏轼曾经在史馆共事过。沈括支持王安石变法，他曾去浙江考察新法，见到了在杭州做官的苏轼。苏轼不但诚心诚意地招待了这位同事，还作诗赠送于他。沈括将苏轼的诗词抄录一些，说要带回去拜读。谁知他回京后，便把诗中词句贴上标签，“词皆讪怼”，然后打了小报告，向宋神宗告发了苏轼。

宋神宗本不想惩治苏轼，一是他准备“元丰改制”，恢复三省六部制，调整新党和旧党的矛盾；二是因为十分喜爱苏轼的文才，每次吃饭前他都要阅读苏轼的诗文。李定上报了如此大罪，他不得不来个敲山震虎，下旨给御史台：调查此案！

七月二十八日，苏轼从湖州被押解进京，关进乌鸦满天飞的御史台。李定到处搜罗罪证：驸马王诜是苏轼的朋友，他刊印的《苏子瞻学士钱塘册》已成为文字狱的主要证据；还有七年前他的一首《独乐园诗》，也成为办案证据。因活字印刷术的出现，打开了宋代文化传播的方便之门，天下人都认识了苏轼，不料书册的白纸黑字，却给政敌留下了把柄！

八月二十日，在“乌台”开始审问苏轼。

问：“苏轼，你的诗文是如何讥讽新法的？”

答：“没有！”

问：“你的同党都有谁？”

答：“没有同党！”

问：“你认不认罪？不认就大刑伺候！不信你能受得了皮肉之苦！”

答：“欲加之罪，何患无辞！”

问：“‘赢得儿童语音好，一年强半在城中。’是不是影射青苗法？”

答：“是。”他心里暗自觉得好笑，这与青苗法何干？

问：“‘岂是闻韶解忘味，尔来三月食无盐。’是不是讥讽盐法？”

答：“是。”——因为有个盐字。

问：“‘东海若知明主意，应教斥卤变桑田。’是不是反对水利法？”

答：“是。”——海中能没有水？

问：“‘读书万卷不读律，致君尧舜知无术。’是不是污蔑贡举法？”

答：“是。”——这也算污蔑？

问：“‘儿童诵君实，走卒知司马。’是不是预言司马光当政，要推翻新法？”

答：“是。”——有个司马。

问：……

答：“是……是……是……”

……

文字狱就是要找碴儿！秦二世胡亥就制定了一项“非所宜言罪”，禁止言论，随意解释，莫须有，从古至今都是如此。苏轼明白了这一点，为免皮肉吃苦，一概承认是，是，是！

就是让你们再找不到碴儿！

苏轼有一首描写两株松柏的诗句：“根到九泉无幽处，世间唯有蛰龙知。”李定认定这是对圣上的大不敬，把御龙在天的真龙天子，说成地下的蛰龙，简直十恶不赦！

李定等人最后将苏轼定了个“谤讪朝廷，大逆不道”的死罪！

3

四十四岁的苏轼在监狱中折磨受苦，弟弟苏辙在狱外却手足无措，他本来一贫如洗，现在又要照顾哥哥一家大大小小十几口人的生计。

苏辙认为自己唯一能够拿出来的，就是头上这顶小小乌纱帽。原来宋代有个以官抵刑的制度，称作“抵徒”。规定官员犯私罪时，五品以上官吏，一官可抵徒二年，九品以上官吏，一官可抵徒一年。

苏辙向宋神宗呈上了《为兄轼下狱上书》：“困急而呼天，疾痛而呼父母者，人之至情也……臣欲纳在身官以赎兄轼。”他想用自己的官职去顶哥哥的罪。其结果是泥牛入海，始终没有回音。

七十岁的张方平，还有司马光、范镇、王巩等人也都上书为苏轼讨公道，连政敌章惇都为他打抱不平……

卸任的宰相王安石也向神宗上书，劝告官家莫要杀士。

宰相吴充提出曹操赦免祢衡的例子，劝告官家效法尧舜。但对立面的蔡确、李定、舒亶、何正臣、张璪等人坚持要判苏轼死刑，而副宰相王珪的态度则模棱两可，他是被称作取旨、领旨、传旨的“三旨宰相”，别看此人谦卑柔媚，可他在位时间最长，这就是历来官场的为官之道。

这时太皇太后病入膏肓，她就是电视连续剧《清平乐》中宋仁宗的曹皇后，她要求孙子赦免苏轼。朝野都明白："苏轼何罪？独以名太高！"

太皇太后动情地说："当年你祖父讲：'今日放贤良榜，又为子孙得两员好宰相，大者苏轼，小者苏辙也。'"

回顾了几十年前的往事，这位德高望重的太皇太后，流着眼泪抽抽噎噎道："适闻其名，感当日事，故不觉哽咽耳！"

史书上有过这段记录："神宗色为之动，自是制狱渐宽，苏轼得不死矣。"这说明，还是这位太皇太后救了苏轼一命。

宋神宗还是不放心，他派贴身的小黄门到了狱中苏轼身边，亲自调查。苏轼真是世间的乐天奇才，人家都要判他死刑了，他却心中坦然，视死如归，夜间鼾声如雷。神宗听了小太监的汇报后，对左右说："朕知苏轼胸中无事者。"

这时，狱卒又转呈上来苏轼写给弟弟苏辙的诀别诗：

圣主如天万物春，小臣愚暗自亡身。
百年未满先偿债，千口无归更累人。
是处青山可埋骨，他年雨夜独伤神。
与君今世为兄弟，更结来生未了因。

人之将死其言也善，鸟之将死其鸣也哀。一看苏轼临死都是忠君的，宋神宗被彻底感动了，十二月二十九日下达了圣谕：

苏轼责授检校尚书、水部员外郎充黄州团练副使，本州安置，不得签署公事。令御史台差人转押。

绛州团练使、驸马都尉王诜，追两官，勒停。

秘书省正字王巩，监宾州盐酒务，押送。

著作佐郎、签判应天府判官苏辙，监筠州盐酒税务。五年不得调任。

这就是历史上著名的“乌台诗案”，有三十九人受到牵连，二十二人受到处罚。张方平、李邦直各罚红铜三十斤；司马光、范镇、黄庭坚、曾巩等十八人各罚红铜二十斤！

苏轼出狱了！诗人的积习不改，立即作诗两首寄给了苏辙：

百日归期恰及春，残生乐事最关身。
出门便旋风吹面，走马联翩鹊啅人。
却对酒杯浑似梦，试拈诗笔已如神。
此灾何必深追咎，窃禄从来岂有因。

平生文字为吾累，此去声名不厌低。
塞上纵归他日马，城中不斗少年鸡。
休官彭泽贫无酒，隐几维摩病有妻。
堪笑睢阳老从事，为余投檄向江西。

4

“乌台诗案”历时四个月又十二天。苏辙人在应天府，心却在汴京。有一天下雪了，“飞霙迫残梅，愁想度今年”，“霜雪何与我，忧思自伤神”。幸好兄弟俩最后只是贬往黄州和筠州，两地相隔八百余里，也算是不幸中的大幸了。

苏家经过这次折腾，总算逃过了一劫。过了年，苏辙二月二十日又过了生日，一家人卷起铺盖去筠州上任。

苏辙与退休在家的张方平告别时，据说这位一生从未于人前流泪的老人，分别时竟然老泪纵横，泣不成声了！

苏辙先送嫂子、侄子去黄州，然后全家去筠州。经过这场大灾大难后，他反而看得开了，本来官职就不大，现在降到不入流的盐酒税，也就更无所谓了。

“南迁私自喜，看尽江南山。”在赴任途中，山水纪行，怀古伤今，写诗唱和，填词赋文，大大激发了苏辙的创作欲：

先有《放闸二首》，描写运河，闭闸“渊渟初镜净”，开闸“势转忽云崩”。

再写《游金山》，远景是“隐隐大如幞”，像头巾大小，近看“孤高二千丈”，太阳出来金碧辉煌。

来到金陵又作《游钟山》：“石梯南下俯城闉，松径东盘转山谷。”

过九华山时，他写道：“忽惊九华峰，高拱在我前。萧然九仙人，缥缈凌云烟。碧霞为裳衣，首冠青琅玕。挥手谢世人，可望不可攀。”

游览庐山瀑布时，他写下：“山上流泉自作溪，行逢石缺泻霓虹。定知云外波澜阔，飞到峰前本末齐。入海明河惊照耀，倚天长剑失提携。”他此时的心情，如同当年江州司马在《琵琶行》中所写，“同是天涯沦落人，相逢何必曾相识”。

苏辙一路诗如泉涌，文如其人，这正如张耒对他的评价：苏辙诗高雅闲淡，有如崇山茂林，幽深难测。

5

苏轼和长子苏迈，二月初一已经到达黄州，路上整整走了一个多月！

四个月后，苏辙带着苏轼的家眷前来黄州与苏轼相会。死里逃生的苏轼，现在担任无职无权的武装部副部长，犯官无工资，无官舍，一开始暂住在定惠院。据说苏轼和寺院的一棵山楂树结缘，这棵枝干扭曲的山楂树长在废墟旁，茂密的白花开满枝头，他每天饭后都要到树下散步。这棵老山楂树似乎提示他：要顽强地活下去！

妻儿老小来到黄州后，钱袋空瘪。知州徐大受，不但敬重这位走下坡路的诗人，而且同情他的不幸遭遇，他将城东山坡上荒废了的练兵营地，拨给了苏轼，让他自己动手，自给自足。

苏轼在东坡上垦荒种粮种菜，不仅向老农请教了如何春耕夏播，秋收冬储的农事，还与普通百姓结下了友谊。自由自在的生活也改变了他的人生，他的乐观精神表现在给朋友范子丰的信中。他说，身旁的长江水，一半是从四川融化的雪水，自己时时刻刻亲近着故乡的山水，何必要归乡呢？苏轼从此也改变了他的文风，他自号“东坡居士”，苏东坡这个名字，由此闻名天下。

苏辙曾多次到黄州看望兄长，他还和苏东坡一起乘船，游览了一江之隔的鄂城，这里曾是三国时东吴的都城。苏辙赋诗道：

千里到齐安，三夜语不足。
劝我勿重陈，起游西山麓。
西山隔江水，轻舟乱凫鹜。
连峰多回溪，盛夏富草木。
杖策看万松，流汗升九曲。
……

初到鄂城的西山，他们看到吴王的试剑石和比剑石，黑褐色的初笋，能长到一人多高，竹子顽强的生命力，给苏辙留下了深刻的印象。

苏东坡还请苏辙品尝了武昌鱼，苏辙赞不绝口地说：“这鱼肉质洁白若雪，细腻若玉，软糯嫩滑，似乎入嘴便会融化了。”

苏东坡：“味道十分鲜美可口吧？”

苏辙点头称赞说：“不错！”

苏东坡一边给苏辙斟着稻糠酒，一边指着武昌鱼对苏辙讲：“杜甫诗中的‘漫钓槎头缩颈鳊’，就是指这武昌鱼，它的原产地就在黄州。”

今人大都读过苏东坡元丰五年（1082）年写的《赤壁赋》，却不知苏辙写的《赤壁怀古》，要早他哥哥两年多！苏辙借古讽今，王安石为了成就皇帝开疆拓土的野心，在国力不足时对西夏轻率用兵，结果事与愿违：

新破荆州得水军，鼓行夏口气如云。
千艘已共长江险，百胜安知赤壁焚。
觜距方强要一斗，君臣已定势三分。
古来伐国须观衅，意突成功所未闻。

苏辙诗中的赤壁，是指苏东坡所在黄州的赤壁。他不会知道后代又出现了多个赤壁。除了黄州的赤壁外，还有蒲圻的赤壁。三国时的赤壁大战，到底发生在黄州长江北的赤壁呢，还是发生在上游长江南的蒲圻赤壁？人们争论了几百年，也没争出一个令所有人都信服的结论。不过蒲圻县现在已经更名为赤壁市了。

6

筠州又称高安，是个偏僻的山城。苏辙初到这里正逢洪水，城内水深丈余，苏辙一家人连个住的地方都没有，到了年底，才从借住的房子搬到修好的盐酒税官舍中。官厅之东修建了一个开敞式的廊榭，苏辙称作东轩。

盐和酒都是国家高税收的行业，所以他的工作特别繁忙，原来有三人当值，现在只剩他一个人上班了，他在那篇出名的散文《东轩记》中，记录得一清二楚：

余既以罪谪监筠州盐酒税，未至，大雨。筠水泛溢，蔑南市，登北岸，败刺史府门。盐酒税治舍，俯江之漘（江边），水患尤甚。既至，敝不可处。乃告于郡，假部使者府以居。郡怜其无归也，许之。岁十二月，乃克支其欹斜，补其圮缺，辟听事堂之东为轩，种杉二本，竹百个，以为宴休之所。然盐酒税旧以三吏共事，余至，其二人者，适皆罢去，事委于一。昼则坐市区鬻盐、沽酒、税豚鱼，与市人争寻尺以自效；莫归，筋力疲废，辄昏然就睡，不知夜之既旦。旦则复出营职，终不能安于所谓东轩者。每旦暮出入其旁，顾之，未尝不哑然自笑也。

余昔少年读书，窃尝怪颜子箪食瓢饮，居于陋巷，人不堪其忧，颜子不改其乐。私以为虽不欲仕，然抱关击柝，尚可自养，而不害于学，何至困辱贫窭自苦如此。及来筠州，勤劳盐米之间，无一日之休。虽欲弃尘垢，解羁絷，自放于道德之场，而事每劫而留之，然后知颜子之所以甘心贫贱，不肯求斗升之禄以自给者，良以其害于学故也。

嗟夫！士方其未闻大道，沉酣势利，以玉帛子女自厚，自以为乐矣。及其循理以求道，落其华而收其实，从容自得，不知夫天地之为大与死生之为变，而况其下者乎！故其乐也，足以易穷饿而不怨，虽南面之王不能加之，盖非有德不能任也。余方区区欲磨洗浊污，睎圣贤之万一，自视缺然，而欲庶几颜氏之乐，宜其不可得哉！

余既以谴来此，虽知桎梏之害而势不得去，独幸岁月之久，世或哀而怜之，使得归休田里，治先人之敝庐，为环堵之室而居之。然后追求颜氏之乐，怀思东轩，优游以忘其老。然而非所敢望也。

元丰三年十二月初八日 眉山苏辙记

苏辙来筠州才知道，颜回为什么甘于贫穷卑贱？他不肯谋求一斗一升的俸禄来养活自己，是因为那样妨碍他读书学习，学而优并非为仕！等到他闻了道，追求理想时，就会有快乐的人生。苏辙希望能达到颜回那样忧道不忧贫的快乐境界。

苏辙被贬筠州不得离开，只希望将来“得归休田里，治先人之敝庐”居住。他追求颜回安贫乐道的快乐，不过他现在还不敢奢望“优游以忘其老”，能有俸禄养活家人，就很满足了。

中年闻道觉前非，邂逅仍逢老顺师。

搐鼻径参真面目，掉头不受别钳锤。

枯藤破衲公何事，白酒青盐我是谁。

惭愧东轩残月上，一杯甘露滑如饴。

苏辙在筠州日复一日地忙忙碌碌，闲暇动笔时，自号“东轩长老”。

一天，苏适笑着问父亲：“伯父自号东坡居士，苏东坡马上就出名了。你为什么不叫苏西坡呢？”

苏辙回答：“你伯父在东坡种地，我在东轩卖酒。他是东坡居士，我就是东轩长老。”

舞勺之年的苏适打趣说：“苏西坡的名字将来留给我好了！”

苏辙说：“你也想去务农？好啊！眉山就在西方，西坡还有咱苏家的房地产呢！”

苏适说：“我还真想回我们的故乡看看！”

“你回去继承祖业吧！我和你伯父这辈子恐怕是回不去了。”苏辙说道。

古人把回故乡务农看成最后的归宿。苏辙一直仰慕陶渊明，他曾经称赞陶渊明“欲仕则仕，不以求人为嫌；欲已则已，不以去人为高。饥则叩门以求食，饱则鸡黍以延客，古今贤者，贵其真也”。然而身入官场，他却身不由已了。

“式微、式微！胡不归？”苏辙和苏东坡都有一个归隐田园之梦，然而梦总归是个梦！

酒历来被称作琼浆玉液，它醉了刘伶，狂了李白。苏氏两兄弟的诗作，也大都在酒后吟成，不过他们酒量都不大，“与子由饮半盏酒便大醉”。然而酒为液体之火，它伤口伤喉更伤胃，尤其伤肝伤肺！苏辙管着盐酒税务，“微官终日守糟缸”，对于不善饮酒的人来说并非好事，尤其他小时候肺脏和脾胃就都不好，患有支气管哮喘。这一年刚刚入冬，苏辙就因为饮酒病倒了！为此还写了一篇《饮酒过量肺疾复作》：

朝蒙曲尘居，夜傍糟床卧。鼻香黍麦熟，眼乱瓶罂过。囊中衣已空，口角涎虚堕。啜尝未云足，盗醻恐深坐。使君信宽仁，高会慰寒饿。西楼适新成，明月犹半破。拥檐青山横，拂槛流水播。雕盘贮霜实，银盏荐秋糯。共言文字欢，岂待红裙佐。惟知醍醐滑，不悟颇罗大。夜归肺增涨，晨起脾失磨。情怀忽牢落，药饵费调和。衰年足奇穷，一醉仍坎坷。清尊自不恶，多病欲何奈。闻公话少年，举白不论个。歌吟杂嘲谑，笑语争掀簸。平明起相视，锐气曾未挫。达人遗形骸，驽马怀豆莝。不知逃世网，但解忧岁课。不见独醒人，终费招魂些。

苏辙这次病得不轻，原因除了工作繁忙没时间休息外，还与三岁的小女儿夭折大有关系。他感到身心疲惫不堪，不得不向知州请假治病，一直到年底腊八节才痊愈。这期间，虽然苏迟官满回来省亲，可苏辙每日还是请医看病，请僧问道，这让家人不免牵肠挂肚。

久病成良医，苏辙对治疗自己的旧病还是有挺把握的。当年他写过一篇《茯苓赋》：“予少而多病，夏则脾不胜食，秋则肺不胜寒。治肺则病脾，治脾则病肺。平居服药，殆不复能愈。年三十有二，官于宛邱。或怜而受之以道士服气法，行之期年，疾良愈。”苏辙想，既然金丹不可得，靠草药茯苓一样可以治愈自己的顽疾。

“古书言松脂流入地下为茯苓，茯苓千岁，举则为琥珀。虽非金玉，而能自完也，亦久矣。于是求之名山，屑而治之，去其脉络，而取其精华。庶几可以固形养气，延年而却老者。”茯苓“春而荣，夏而茂。憔悴乎风霜之前，摧折乎冰雪之后”，“故能安魂魄而定心志，却五味与谷粒”。茯苓既能治病，还能延年益寿，所以苏辙常年服用茯苓。

苏辙信奉道教的养生之术，他自己练习气功，每日打坐静养，吐故纳新，再配合药物治疗，身体渐渐康复了。他学兄长，也爱饮茶，晚间用茶水漱口，自我保健使得他耳聪目明。

这年年底，苏辙写下了《四十一岁岁莫日歌》：

小儿不知它人意，贺我明年四十二。
人生三十百事衰，四十已过良可知。
少年读书不晓事，坐谈王霸了不疑。

脂车秣马试长道，一日百里先自期。

不知中途有陷穽，山高日莫多棘茨。

长裾大袖足钩挽，却行欲返筋力疲。

蝮蛇当前猛虎後，脱身且免充朝饥。

归来掩卷泪如雨，平生读书空自误。

山中故人一长笑，布衣脱粟何所苦。

古人知非不嫌晚，朝来闻道行当返。

四十一岁不可言，四十二岁聊自还。

7

元丰四年（1081），四十二岁的苏辙被差到筠州试院评定考卷，后留任筠州学官。不料又有人告发，说他撰写的三道学策题“乖戾经旨”，解释经书不合情理，不符合“三经新义”。

反对变法的那些陈词滥调又来了，结果他被免去了学官的职务。难怪他写信给苏东坡说：“筠州无可语者”，“窜逐深山无友朋”。

苏辙在筠州当差五年，去黄州看望哥哥多次，元丰五年（1082）兄弟二人又来到武昌（今鄂州），结伴游历了西山的九曲亭，写下了流传后世的《武昌九曲亭记》：

子瞻迁于齐安，庐于江上。齐安无名山，而江之南武昌诸山，陂陁蔓延，涧谷深密，中有浮图精舍，西曰西山，东曰寒溪。依山临壑，隐蔽松枥，萧然绝俗，车马之迹不至。每风止日出，江水伏息，子瞻杖策载酒，乘渔舟，乱流而南。山中有二三子，好客而喜游。闻子瞻至，幅巾迎笑，相携徜徉而上。穷山之深，力极而息，扫叶席草，酌酒相劳。意适忘反，往往留宿于山上。以此居齐安三年，不知其久也。

然将适西山，行于松柏之间，羊肠九曲，而获小平。游者至此必息，倚怪石，荫茂木，俯视大江，仰瞻陵阜，旁瞩溪谷，风云变化，林麓向背，皆效于左右。有废亭焉，其遗址甚狭，不足以席众客。其旁古木数十，其大皆百围千尺，不可加以斤斧。子瞻每至其下，辄睥睨终日。一旦大风雷雨，拔去其一，斥其所据，亭得以广。子瞻与客入山视之，笑曰：“兹欲以成吾亭邪？”遂相与营之。亭成而西山之胜始具。子瞻于是最乐。

昔余少年，从子瞻游。有山可登，有水可浮，子瞻未始不褰裳先之。有不得至，为之怅然移日。至其翩然独往，逍遥泉石之上，撷林卉，拾涧实，酌水而饮之，见者以为仙也。盖天下之乐无穷，而以适意为悦。方其得意，万物无以易之。及其既厌，未有不洒然自笑者也。譬之饮食，杂陈于前，要之一饱，而同委于臭腐。夫孰知得失之所在？惟其无愧于中，无责于外，而姑寓焉。此子瞻之所以有乐于是也。

第十四章

在筠州是个盐酒税小官，调到绩溪也只是个县令

少年高论苦峥嵘，老学寒蝉不复声。
目断家山空记路，手披禅册渐忘情。
功名久已知前错，婚嫁犹须毕此生。
家世读书难便废，漫留案上铁灯檠。
——苏辙《次韵子瞻与安节夜坐》

1

屋外大雪纷飞，屋内油灯昏暗，苏辙二伯父的孙子苏安节，来筠州拜访叔叔，他与苏辙正对坐长谈。

安节科举时名落孙山，他刚离开黄州，是从苏东坡叔叔那儿过来的。两人边饮酒边交谈，苏辙既替侄子不平，又安慰他不如读书自娱自乐。

苏安节说："叔叔，你七岁时就立志报国，十九岁中进士，少年得志，二十三岁制科考试四等次，现在却就做个盐酒税的小官，屈不屈啊？"

苏辙回答："我一生不得意，现实让我不得不谨言慎行啊！"

苏安节："我见你写过'梦回孤枕有乡情'，是不是很想回眉山老家去？"

苏辙："对！是有这个想法。我是写过'少而多病，壮而多难，行年四十有二而视听衰耗，志气消竭'。"

苏安节："我听说你从小就身体不好，不是治疗得不错了吗？"

苏辙："是的，我通过向道士学养生之术，向和尚学佛教经义，自己渐渐忘掉了忧患。"

苏安节饮了一杯酒，接着问："你后悔出来做官吗？"

苏辙端着酒杯沉思了一会儿，说道："怎么说呢？一进官场，读过的经书就毫无用处了。"

"是吗？"

"我文章中也写过'人生无百年，所欲知有几？悬知未必得，奔走若趋势'。为了儿女的婚姻大事，为了全家人的柴米油盐酱醋茶，不得不为官谋生而已。"

因为考场失意的苏安节，情绪十分低落，一杯接着一杯地喝着闷酒。

苏辙安慰他说："科考不中别灰心，连韩愈这样的文坛泰斗，都考了四次才中进士。"

苏安节："我怎么能和他相比呢？"

苏辙："《原毁》中不是有一句话嘛，'彼，人也，予，人也；彼能是，而我乃不能是'？"

苏辙接着劝说这位侄儿："当年你爷爷在家中挂着一副对联，你还记得吗？"

苏安节："承祖宗一脉真传克勤克俭，教子孙两行正道唯读唯耕。"

苏辙："对呀！这彰显着咱们苏门耕读传家的祖训，如果仕途不顺，不能立功就去立言嘛！"

苏安节："听说这几年叔叔书案成绩斐然，诗赋文章写作了不少。"

苏辙："算是吧！当个小官有很多时间，人生在世总不能虚度春秋。"

苏安节赞叹地说："我真佩服你和东坡叔叔，你们的诗词文章一定会流传到后世。"

雪一直下着，酒一直喝着，苏辙和苏安节心里，都感到温暖了许多！

2

元丰六年（1083）冬，苏辙又到黄州看望被贬的哥哥，兄弟俩一起拜访同样被贬黄州的张梦得。他虽然是一位主簿小官，但心胸坦然，处世豁达。

三人一同谈到隐居金陵“半山亭”的王安石，据说他去年又耐不住寂寞，把自己的二十四卷《字说》，重新写了序言，呈送给宋神宗了。

苏辙说：“他的解字，大都主观臆断，牵强附会。”

张梦得也说：“只能成为‘波为水之皮’‘滑为水之骨’这样的笑谈。”

苏辙：“这种学问流传后世，岂不滑稽可笑？”

苏东坡在一旁微笑不语。他告诉苏辙，自己给张梦得新建的六角亭起名为“快哉亭”。

快哉——真畅快！痛快！

苏东坡赠他《水调歌头》：

落日绣帘卷，亭下水连空。知君为我新作，窗户湿青红。长记平山堂上，攲枕江南烟雨，杳杳没孤鸿。认得醉翁语，“山色有无中”。

一千顷，都镜净，倒碧峰。忽然浪起，掀舞一叶白头翁。堪笑兰台公子，未解庄生天籁，刚道有雌雄。一点浩然气，千里快哉风。

苏辙也应张梦得之邀，写了流传后世的《黄州快哉亭记》：

江出西陵，始得平地，其流奔放肆大。南合沅、湘，北合汉沔，其势益张。至于赤壁之下，波流浸灌，与海相若。清河张君梦得谪居齐安，即其庐之西南为亭，以览观江流之胜，而余兄子瞻名之曰“快哉”。

盖亭之所见，南北百里，东西一舍。涛澜汹涌，风云开阖。昼则舟楫出没于其前，夜则鱼龙悲啸于其下。变化倏忽，动心骇目，不可久视。

今乃得玩之几席之上，举目而足。西望武昌诸山，冈陵起伏，草木行列，烟消日出。渔夫樵父之舍，皆可指数。此其所以为“快哉”者也。

至于长洲之滨，故城之墟。曹孟德、孙仲谋之所睥睨，周瑜、陆逊之所骋骛。其流风遗迹，亦足以称快世俗。昔楚襄王从宋玉、景差于兰台之宫，有风飒然至者，王披襟当之，曰：“快哉此风！寡人所与庶人共者耶？”宋玉曰：“此独大王之雄风耳，庶人安得共之！”玉之言盖有讽焉。夫风无雌雄之异，而人有遇，不遇之变；楚王之所以为乐，与庶人之所以为忧，此则人之变也，而风何与焉？

士生于世，使其中不自得，将何往而非病？使其中坦然，不以物伤性，将何适而非快？今张君不以谪为患，窃会计之余功而自放山水之间，此其中宜有以过人者。将蓬户瓮牖无所不快；而况乎濯长江之清流，揖西山之白云，穷耳目之胜以自适也哉！不然，连山绝壑，长林古木，振之以清风，照之以明月，此皆骚人思士之所以悲伤憔悴而不能胜者，乌睹其为快也哉！

苏辙认为，“快哉”心情取决于人生乐观的处世态度，在苦难中要坚守坦荡的本心。他在筠州虽然仕途不顺，但诗歌创作却达到高峰，尤其他的散文《东轩记》《武昌九曲亭记》《黄州快哉亭记》等十篇佳作，文风藏峰沉馨，汪洋淡泊自成一家，正是这些佳作助他跻身于唐宋八大家之列！

3

元丰七年（1084）三月，宋神宗亲自下“皇帝手诏”：调苏东坡去汝州，这也算是一种恩赐吧！离开经营了四年的东坡田地，又与黄州的友人和乡邻告别，苏东坡感到恋恋不舍，他不知道何年何月还能再回黄州？在谪居黄州四年多的岁月里，他的创作也达到了新的高峰，诗词文章书画，不但数量最多，而且成就最高！若没有黄州的磨难，也许苏东坡就不会达到后来的的高度吧。

苏东坡为了与弟弟告别，先将家眷留在九江，独自来到筠州。苏辙“微官终日守糟缸”，端午节那天比往日更为忙碌，他要过河去市场上收盐酒税。苏东坡只得领着三个侄儿，去附近的真如寺游玩。

真如寺是筠州最大的寺庙，有聪禅师是兄弟俩共同的朋友。他们伯侄一路谈天说地，吟诗唱词，十分高兴。苏东坡见三个侄子个个聪明好学，特别开心，十一岁的小侄儿苏远都会作诗添词了，可见弟弟对下一代的培养比自己还要有效得多。

苏东坡在筠州整整住了十天，最后与苏辙依依不舍地分别。回到九江后，全家顺长江东下，他要去六朝古都石头城。

七月的金陵是个大火炉，小儿子在此不幸中暑夭折。孩子才十个月大呀！夫妇俩痛不欲生，这是二十二岁的王朝云为四十八岁的苏东坡生的唯一的孩子。王朝云从此伤心得卧床不起。

苏东坡已经给小儿子起名苏遁，寓有远遁世外之意，“人皆养子望聪明，我被聪明误一生；唯愿孩儿愚且鲁，无灾无难到公卿。”然而这种“无灾无难”的最低愿望也没有实现！

不过十七年后，苏东坡仙逝的日子却和苏遁同在一天，这也是冥冥之中的父子情深吧！

千年前的金陵江边，“烟云渺渺水茫茫”，还发生了载入史册的一幕。这就是苏东坡由黄州去汝州，不北上而东下，除了看望弟弟外，还要拜访六十三岁的退休宰相王安石。

年老多病，骑着瘦驴的王安石来了；“乌台诗案”被贬黄州，四十九岁的苏东坡来了。两个当年的变法政敌，相逢一笑泯恩仇！两人竟在一起住了十多天。苏东坡把在庐山所写的诗句，一一让王安石过目：“不识庐山真面目，只缘身在此山中。”他与王安石一起探讨人生，剖析你我，彼此都了解了彼此的真面目。

苏东坡并未到汝州上任，他难过丧子之痛这一关，不想去一个陌生的地方折腾了，上表官家希望回常州居住，神宗皇帝还是答应了他的请求。

苏东坡给弟弟的信中说，他看中了太湖地区的风光，那里也是鱼米之乡。他已经在常州的宜兴购买了房舍和地产，准备留在那里养老。“十年归梦寄西风，此去真为田舍翁。”

4

筠州的苏辙仍旧住在破屋漏风的东轩里，本想将来能与哥哥一起安度晚年，但自己力不从心，九个孩子一大家子人，目前尚难温饱，哪能再规划未来？不过比起乞丐赵生，他觉得应该知足常乐！

苏辙在高安看到一位姓赵的乞丐，他衣服破旧，头发蓬乱，两眼有白膜，视物不清，经常和禽鸟牲畜住在一起，自称一百二十七岁了。他喜好喝酒，一喝就醉，一醉就打骂路人，大家都不敢与他接近，被称作高安狂人。可这人有种特殊的本事，即使与他不相识的人，他见面也能说出这人多年的疾病和平生的善恶行径，像个得道的高人。

有一天赵生来拜见苏辙，苏辙问：“你不曾求过人，为何见我？”

赵生说：“我发自内心想见你呀！”他接着说，“你好道而不得要领，阳不降，阴不升，所以肉多而浮肿，面红而生疮。我将教给你挽水以百骸，十天半月就能好了！”

苏辙说：“我明白，老子说‘道几于水’，你是让我以水灌溉人体百骸，进行修炼。”

赵生点点头又说：“我要到你这里夜宿。”

“可以。”苏辙爽快地答应了他，结果赵生当晚并没有来。

苏辙后来问他原因，赵生说：“我本打算约你远游，又怕你受到惊吓，或许会伤了你心神，所以不敢喊你。”

苏辙问：“你常去哪里远游？”

赵生说：“我经常去泰山下，所见情况与世上讲的地狱一个样子，你如果见到那些，你回来后就不愿当官了！”

“为什么呢？我也去过泰山。”

“那里的和尚骗人聚财，那里的官员贪腐害民。”

苏辙又问：“你到他们那里去，他们尊敬你吗？”

赵生回答：“我能见到他们，他们却见不到我。”

“是吗？”苏辙感到惊奇，不信他有隐身术。

赵生叹息着说：“我这也是歪门邪术，不是正道。你能修身养性很好，生命乃气所成，性是生命中的灵性，使灵与气结合在一起，这样才算是正道！”

苏辙接着问：“养气，我会按照你的说法去做；养性，我该怎么做呢？”

赵生没有回答就离开了。

有一天，赵生又来找苏辙，笑着说：“你曾经问我如何养性，你睡觉也常做梦吧？觉为醒时，但人生亦如梦，所以觉与梦本无分别。”

苏辙感到吃惊，对他所讲的不甚理解。赵生的话与众不同，他不仅持有方术，还是个得道的高人。于是苏辙写了一篇《乞者赵生传》，寄给哥哥苏东坡。

苏辙认为有道的人讨厌别人了解他，大多用秽语和恶行来隐匿自我，然而又不能全部遮掩，其德行时常表现在外。赵生的鄙俗愦溃，可能是为了专门隐匿自己，他的言语还是很有哲理的。

赵生后来去苏东坡那里住了半年，一同从贬所北归。他到江西兴国时又被杨绘留下，据说后来被骡子踢死了，葬在兴国当地。后又传说他复活了，升仙了！有个和尚在四川云安见过他。

5

元丰七年（1084）九月，管了五年盐酒税的苏辙，被任命为安徽绩溪县县令，四十七岁才混上个七品芝麻绿豆官！绩溪是“县城如手大”的山城，大概也像山东的嘉祥县那样大小，“嘉祥县，大猪圈，南关到北关，二十四扁担，老爷打板子，全县都听见”。不过绩溪县这里的民风淳朴，民无尤行，“进则习科举，以博仕宦；退则习工商，以贾利得”。

苏辙这是第一次做了个有实权的地方小官，在其位要谋其政，不能再伏案写诗作文了。没想到为官半年却生病两个月，这次病得可真不轻。绩溪山区缺医少药，重病的苏辙已经准备立遗嘱了：

老妻但坐哭，遗语未肯听。
长子亦在床，一卧昏不醒。

苏辙本想办个病退返归故里，可辞官后全家人谁来养活？在拄着拐杖都难站立，想说话都很困难的疾病中，苏辙勉勉强强升堂理政，所以在绩溪县的口碑还算不错。

因为生病，在位时间很短，所以苏辙没有多少政绩可言，对老百姓特别反对的保马法，执行中能拖就拖，能不办就不办，江南本来就很少有养马的嘛！不过这一点点的民生举措，老百姓都感激涕零，牢记心中。百年后绩溪县建祠纪念他，在苏辙住过的地方建了“景苏楼”，连走过的桥都命名为“来苏桥”。

苏辙是元丰八年（1085）春天才到绩溪县上任的，知识分子的敏锐性，让他感觉到朝廷即将有变，因为宋神宗病了，高太后开始听政。朝野都认为高滔滔是个出色的政治家！

原本心灰意冷的苏辙，上任路经庐山时，一首《再游庐山》仿佛看到了仕途中的春色：

当年五月访庐山，山翠溪声寝食间。
藤杖复随春色到，寒泉顿与客心闲。
……

6

王安石在熙宁二年，大张旗鼓地推行变法，新党人物纷纷登场，以司马光为首的所谓旧党频频反对指责，因为变法“侵官、生事、征利、致怨”

要求废除，朝中党争初现。宋神宗不遗余力地支持王安石，力排众议，罢官旧党，力挺新党，国库银子多了，兵丁马匹军械数目增加，这是皇帝看得见摸得着的账目，老百姓的生计他是全然不知的。

熙宁六年到翌年，中原地区连续十个月大旱，赤地千里，哀鸿遍野，老百姓因为灾年还不起青苗法的本息和免役法的银两，要么拆房卖地偿还，要么食草根树皮以致饿死，要么背井离乡逃荒，要么全家蹲监坐狱……宋代多年未见的灾荒震动了朝野。

王安石曾经提携过福清的进士郑侠，而他却清高耿直，不愿越级提拔进京做官。在社会底层的经历，让他看清了新法带来的种种弊端，“青苗、免役、保甲、市易数事，与边鄙用兵，在侠不能无区区也”。他真诚劝解王安石纠偏却毫无效果，于是将流离失所的饥民画成一幅《流民图》。六十多个流民人物的长卷，高六尺，长九丈，他想方设法地交到了宋神宗手中。

官家见图后，长吁短叹，夜不能寐，他的祖母和母亲看了也痛哭流泪，要求宋神宗停止新法。宋神宗不得不下了“责躬诏”，停止新法，罢免了王安石。

王安石前后两次罢相，宋神宗不得不亲自主持变法工作。宋神宗将年号改为元丰，他的“元丰改制”把二府三司恢复成唐代的三省六部。

三省：

中书省——决策机构，负责草拟和颁发皇帝的诏令。

门下省——审议机构，负责审核政令。

尚书省——最高行政机构，负责执行国家的政令。

尚书省下设六部：

吏部——负责考核、任免四品以下官员。

户部——负责财政和国库。

礼部——负责贡举、典礼、祭祀。

兵部——负责军事。

刑部——负责司法、审计。

工部——负责工程建设。

“元丰改制”整顿了官僚体制，各个机构都有定编、定员、定职责，升迁和俸禄都有了新规定。精简了机构，主要是削弱了宰相的权力，中央集权彰显了一尊皇权。因为减少了冗官和冗费，有了钱就又想扩疆占土，这都是历代君王的美梦。官家对西夏贸然用兵，结果战事惨烈，死伤严重，一败涂地。

宋神宗的精神受到了巨大刺激和打击，突然中风，梦断西夏，最终还是撒手西去了。

第十五章

三天写一奏章，苏辙的仕途迎来三级跳

生男如狼犹恐尪，寅年生虎慰爷娘。
汝家家世事文史，门户岂有空刚强。
试看猛虎在山谷，斧牙钩爪旗尾扬。
徐行当道择牛羊，狐狸惊走熊猪忙。
我今老病思退藏，生子安得尚激昂。
不见伯父擅文章，逡巡议论前无当。

——苏辙《和子瞻喜虎儿生》

1

苏辙上任绩溪县令不久，三十八岁的宋神宗就病故了，九岁多的宋哲宗继位。宋哲宗少年上位，年号元祐，沿用祖父景祐、皇祐、嘉祐和父亲元丰的年号，当然这一切都由他的祖母主事。

因为高滔滔太皇太后垂帘听政，宋哲宗一直没有发言权，在他十六岁大婚后，祖母仍然没让他亲政。宋哲宗不喜欢大他四岁的孟皇后，这是他奶奶为他挑选的人，他喜欢小他两岁的婕妤刘氏，刘氏因为受宠而飞扬跋扈。哲宗亲政之后，就找了个缘由废掉了孟皇后，甚至还杀了她的养母，打发皇后去城外的瑶华宫当道姑去了。

然而，宋哲宗还没有他爹宋神宗的命长，二十五岁就去了黄泉路，由弟弟宋徽宗继位。宋神宗的皇后向太后垂帘听政了，被废的孟皇后先是复

位，后又二度被废，隐居到了民间。“靖康之变”后，北宋灭亡。宋徽宗和宋钦宗两个皇帝和皇亲国戚、嫔妃宫女、朝廷大员共三千多人，全被俘虏去了金国的五国城。孟皇后因不在皇族名单上，所以逃过一劫，这就叫“祸兮福所倚，福兮祸所伏”！端庄贤惠的孟皇后下诏，让康王赵构建立了南宋，她为赵家立下大功，让南宋又延续了一百五十二年。

宋神宗死后，高太皇太后反对新法，立刻启用被罢官的司马光、吕公著、刘挚等人。她先广开言路，斥退了告密者和宦官，又处罚了搜刮民财的贪官，停止了宫廷建设。方田均税法、保马法、市易法相继被废除，后来免役法和青苗法也逐渐被整改，史称“元祐更化”。旧党掌权自然要对新党人物进行大清洗，罢相的罢相，贬官的贬官，真正是一朝天子一朝臣！

苏辙在绩溪县上任刚刚半年，就调京任校书郎，虽然官品不高，却一步跨进了京官的行列。

二月进京还未上任，好友林希就前来拜访，悄悄说道，苏辙马上要破格升迁为右司谏了，这个言事官可是皇帝和太皇太后身边的亲信要职！林希如何知道这么重要的消息呢？原来他是福建人，和当朝宰相蔡确是老乡，还有原先执政的吕惠卿，王安石贬称他们是“福建子”。

其实，这是太皇太后高滔滔看重苏辙，她一直未忘当年公公宋仁宗的预言。苏辙当然不负期待，任期内不畏权贵，痛斥奸佞，犯颜直谏，公正果敢。他帮助司马光等人将新党的重量级人物蔡确、韩缜、蔡京、章惇、吕惠卿一一拉下马来！

旧党将蔡确、章惇和韩缜斥为“三奸”，并将王安石为首的新党名单张榜公布，警告朝野。还将司马光、范纯仁和韩维誉为“三贤”，大树特树政治权威。“元祐更化”演变成了“元祐党争”，这些行为后果严重，造成互相争斗，相互报复的局面，以致后来又升级为“元祐党人碑”事件！

宋哲宗是宋朝寿命最短的皇帝之一。有人评价他颇有作为，要继续履行新法，年号元祐就是要继承祖父和父亲的改革之路。作家林语堂却说他是个十八岁的呆子，扶植新党，致使朝廷党争，朝纲败坏，社会衰乱，为北宋灭亡埋下了祸根！

2

苏辙是一只被困在笼子里的大鹏，现在，他终于能大展宏图了！他对新党人物从不手软，为了罢免韩缜，他八次上书；为了罢免蔡京，他连写了五论；他甚至三次要求诛杀吕惠卿；甚至连哥哥原来的好友章惇、李邦直也不放过，这些人可都是新党的宰相级重臣！当然，他也因此埋下了被人仇恨和报复的种子。

对于已经施行多年的新法，苏辙和司马光、吕公著等人进行了大刀阔斧的砍伐和整改：司马光要坚决废除免役法，恢复原来的差役法，而苏东坡认为免役法和差役法其弊各半。苏辙也同意废除免役法，他认为"新旧二法采良处用之"是最好的方略，但应该慢慢改变，于民其便，让百姓有个逐渐适应的过程。这是理性的声音，司马光却看不到十五年来的社会变化，刚愎自用，一意孤行，他因此与二苏产生了政策分歧。

范纯仁是范仲淹的儿子，他主张继续实行青苗法为国敛财。司马光也认为只要百姓自觉自愿，青苗法利民无害。苏辙的反对意见一以贯之，他说朝廷利用青苗放债与民争利，这不是富国强兵的手段，他以自己多年为官的经历和十分了解下层的民情为由，提出青苗法必须废除。总结有"四害"：

一、老百姓贷款的钱一到手，随便花销，还账的利息又太高，致使许多人倾家荡产。

二、不良子弟或邻里买通官员，冒名顶替领取贷款，年终还贷，户主才知晓自己经欠债。

三、旧账未还，新账又来，以新还旧，欠债越来越多。保甲连坐，使得大家都遭殃。下级官员却不闻不问，听任百姓破产。

四、贷款与政绩考核挂钩，强行摊派，致使百姓债台高筑。而官官相护为奸，受贿诈骗见多不怪。

苏辙除了要坚决罢除青苗法外，还建议朝廷免除民间无力偿还的债务；强占的民田以官田偿还，或估价还钱；受灾地区开放义仓，将常平米减价出售给灾民；取消四川不准买卖蜀茶的规定，实行“自做交易，但收税钱”等措施。

不让国家与民争利，关注社会民生，主张广开言路，坚持依法治国……大器晚成的苏辙，治国理政的思想，放到现在也有借鉴意义。

苏辙在右司谏上任八个多月，写了七十四篇奏章，平均三天就写一篇，深得太皇太后信赖。他认为新法是让银子多了，关键是谁富了，实施青苗法的朝廷官员富了，实施市易法的官员富了，但与民争利的后果，形成了官场上下腐败！普通的民众并没有因变法而富起来，反而比过去多交了两份税赋，民生进一步衰落了。

历代的改革开放都是双刃剑，衡量利弊的尺子就是民生，百姓说好才是真正的好！

“元祐更化”期间，“废市易，损青苗，止助役，宽保甲，免买马，放修城池之役，复茶盐铁之旧……命令所至，细民鼓舞相贺！”苏辙与司马光等人，把王安石的新法整个颠覆了，所以新党人物个个都对他恨之入骨。小皇帝也只把目光定格在国库银两数字的多寡上，他要求开源而不是节流，对太皇太后要求用陶制的饮食器具的简朴做法，他始终嗤之以鼻。

苏辙在元祐元年十一月升任户部侍郎，是掌控全国人户、土地、钱谷、贡赋、征役等财政大权的二把手，责任重大，事务繁多。财政困难历来的方针都是开源节流，新法执行虽然让国家有钱了，国库存款达一亿贯以上，但是老百姓负担却加重了，尤其冗官问题一直未能解决。

说是精简机构，官员却越简越多！真宗时的官员九千七百八十五人，英宗时就到了二十四万人，神宗和哲宗仍然扩编，苏辙总结为“古今往来俱如此”。唐朝官民之比是一比二千九百二十七，根据苏辙的《元祐会计录收支叙》统计，全国人口一亿二千六百万，那时大小官吏约有五十万人，算算官民之比是一比二百五十，是唐朝的十倍之多！朝廷不得不为冗官冗费进行改革。

苏辙这个户部侍郎，为了严控都水监、军器监、将作监的支出，规定他们不再隶属工部而转属于户部，让工部只管工程好坏和进展速度。这样改革不但杜绝了贪腐浪费，而且提高了工程的质量。

3

秉公办事的苏辙，该收钱时一丝不苟，不该收的决不巧取豪夺，以下两例就是明证：

当年密州海舶有许多商人私贩乳香，一斤能卖六贯以上，牟取暴利。宋神宗年间，京东转运判官王子渊假公济私，低价收购。事发后获罪，被市舶司没收乳香充公成为旧案。元祐初年政策放宽，根据具体情况，可以十分之七贴还私贩乳香者。一个叫傅永亮的泉州商人，申报自己有大量乳香被没收，拿着证据要求返还。这是一笔巨款，但没收乳香的收据却不是傅永亮的名字，案宗上交到户部。

户部侍郎苏辙说："傅永亮很可能是个冒领的奸商！"

户部尚书李常不信："此大商，家业数万缗，安得为奸乎？"

一旁的郎中赵称也随声附和。

苏辙反驳道："不以贫富判善恶，为奸不问贫富！"

赵称说："他有证据。"

苏辙："名字不对！"

苏辙分析有三种可能：一是傅永亮确实贩过乳香，但无法证明被没收过；二是傅永亮拾得别人的收据，妄图冒领欺骗官府；三是傅文亮可能设计杀人，文书是抢劫而来的。

因为情况不明，傅永亮始终拿不出有效证据，苏辙坚决反对"妄以钱与之"，只能暂将巨款充公入国库，待详查后再行定夺。

苏辙对李常不好说什么，因为他是自己的顶头上司。

他对赵称讲："人性有善恶，欲望是无限的！不要天真地相信人性，只有规则和制度，才能遏制人性之恶。"

苏辙尊崇法治而不是人治，这与苏东坡的看法大不一样。

广州一个商人到户部举报，说居住广州的大食国富商辛押陁罗已经死亡，依照法律属于户绝，巨额财产应该归公入官，不应该归他的养子继承。

户部的李郎官接手此案。他见辛押陁罗是蕃长，已在广州经商十几年，家产数百万缗，如按户绝资产处理，朝廷可白白获得大笔财物，由他经手巨款，自然也会有不菲的回报，此款"不可失也"。

辛押陁罗的养子派了两人进京申诉，准备有理有据地打这场官司。最后案宗交到户部侍郎苏辙手上。

苏辙很了解宋代的对外开放政策。朝廷为了通商不但给外商创造优惠的条件，而且保护外商的合法权益，甚至给外国人封赏、补官，还让他们在蕃商聚居地自选蕃长管理。辛押陁罗就被任命为从三品的"归德将军"，任命书还是他兄长苏东坡亲自起草的呢！

苏辙升堂，一问原告："你说辛押陁罗死在大食国，是谁来广州报告的消息？"

"没有人报告，听人传说的。"

苏辙笑了，原来是道听途说。

苏辙又问："辛押陁罗养子的亲生父母还在吗？"

"不在了。"这位矮胖商人回答。

"这个养子的养父母有在的吗？"

"没有。"

苏辙说："既然辛押陁罗在中国没有任何亲人，他收个养子就是为了奉养自己，就是让他帮助理财持家，养子当然有财产继承权。"

"辛押陁罗是个外国人呀！"

苏辙回答："我朝《宋刑统》有明文规定，凡来中国的波斯及诸蕃人死了，其资财货物等依诸商客例处理。我朝的继承法允许收养异姓子弟为养子，养子是有继承权的！”

“辛押陁罗的财富太多了，他富可敌国呀！”商人瞪着小眼争辩说。

“你眼红了？你还想分得一份吗？”苏辙有点生气地问。

苏辙三问原告：“你告他户绝，应该在本州本县告状，为什么越级来户部上告？”

“户部是朝廷财政最高机构嘛，财赋方面应该全管的。”

“你越级上告违法，依法驳回！”苏辙斩钉截铁地定案！

原告哑口无言，灰头土脸。户部的李郎官见他败诉了，自己仍然不能信服。苏辙跟他讲道理说：“你认为我判决不对的话，可以去御史台、尚书省继续申诉嘛！”

李郎官说：“我也是出于公心，为了朝廷聚财！”

苏辙：“我们大宋依法治国。从小处说，私人财产不得侵犯，养子有权继承遗产；从大处讲，维护外商利益有利于对外贸易，‘商舶之利，颇助国用’。”

苏辙用“三问”得出了“三不当”，驳回了告状小人的“诬告妄诉”，警告他如再作纠缠，不收手就很难全身而退！

苏辙苦口婆心地给李郎官分析了案情，点明告状者存心不良而证据不足，自知在当地达不到目的，所以来户部越级告状。他是妄想以上压下，捞点好处而已。

苏辙又诚心诚意安抚了辛押陁罗养子的代理人，让他们放心返回广州。

体察民情，关注民生，苏辙的公正无私，让所有人钦佩。这份公案的处理，成为广州当地的美谈，并得到蕃商聚居地“远人”的广泛赞誉！

4

苏轼、苏辙兄弟俩同时在朝为官三年，苏辙任中书舍人时，苏轼已经被任命为翰林学士、知制诰，官比苏辙大得多。苏轼掌管内制，负责撰拟皇帝发出的文诰，苏辙掌管外制，负责撰拟中书省、门下省的文告。内外两制的大权都掌握在两兄弟手中，他们却并未感到高兴，反而多次推辞不干，因为他们深知官场的水深与险恶。苏轼与弟弟商量之后，便早早离开了汴京，心甘情愿外放杭州做知州去了。

宋代称皇帝为官家，来源于“三皇官天下，五帝家天下”。官家召见百官轮番奏事，议论朝政得失称作“转对”，转对每次限定二人，都是宰相以下的中下层官员，甚至还有县令。转对是基层官员与官家直接面对面交流，是君王与士大夫共治天下的民主体现。

宋臣敢与皇帝讲“天下者，中国之天下，祖宗之天下，群臣、万姓、三军之天下，非陛下之天下”。这说明“天下为公”的政治自觉性已经在宋代萌芽了。但这在后来的元、明、清三朝，是连想也不敢想的事情，更甭说君臣面对面对话了。

面对面交流是最容易沟通彼此的，比书报文章宣传有效得多。苏辙多年前刚入朝时，曾与神宗皇帝转对过。元祐三年五月初一，苏氏兄弟二人恰巧转对轮到一起，苏辙的《转对状》就是要官家裁减冗官，“明诏有司，减去寺监不急之官，以宽不赀之费”。一是减少科举取士人数；二是限制官二代不经考试选拔，即可当官的“任子”制度；三是精简机构，因为“大道至简，有权不可任性”。苏轼的《转对条上三事状》也谈冗官之弊，希望官家多听意见，改革贡举，严格选官。

这是兄弟俩千载难逢的碰头转对，苏辙的《五月一日同子瞻转对》，做了这段历史记录：

羸病不堪金束腰，永怀江海旧渔樵。
对床贪听连宵雨，奏事惊同朔旦朝。
大耿功名元自异，中茅服食旧相要。
一封同上怜狂直，诏许昌言赖有尧。

苏辙官运亨通了八年，可谓青云直上，官服从绿袍换成了红袍，又升到紫袍。从右司谏到起居郎，从中书舍人升至户部侍郎、吏部侍郎、翰林学士、知制诰、龙图阁学士、御史中丞、尚书右丞、太中大夫、守门下侍郎。苏辙的官阶从七品到从六品，升到四品中书舍人，又到从三品侍郎、中丞，再到二品副宰相。他甚至还代理过一品太尉。

宋朝结婚按《礼记》约定，都要有纳采、问名、纳吉、纳征、请期、迎亲六个程序，皇帝也不例外，只不过“请期”改成“告期”。宋哲宗大婚时，苏辙任告期使，告知大婚的黄道吉日，这是一品三公太尉的职责，太皇太后让苏辙代理，这是给他莫大的信任和荣誉。

遗憾的是，小皇帝对这桩婚姻很不满意。

苏辙任期内是太皇太后执政，史称“元祐之治”，国家的主要政务有二，对外是西夏的边防问题，对内是黄河的回河问题。

回河派王岩叟列举黄河北流的七大危害，苏辙却对黄河做过实地调查，利用开撅井筒的办法测出“东流高仰，北流顺下”的结论。几年来他三次反对改回东路的办法，水向低处流嘛！苏辙讲，秦始皇筑长城也没有挡住胡人，黄河北去虽然方便了辽国，但不是改道就一定能保障边境的安全的。

他的意见未被采纳，结果东流再次决口，损失了三千万亩土地，灾民流离失所，滔滔黄河仍然向北流去。

对待西夏，苏辙和司马光、高滔滔意见一致，合则两利，斗则两伤，宋朝归还了强占西夏的土地，继续岁赐。苏辙他们一是希望花钱买和平，澶渊之盟就是个很好的先例。二是秉承儒家的仁义礼智信，行王道不行霸道。然而，帝王的梦是开疆拓土，创万世基业，不顾及死伤多少兵卒；百姓的梦是和平安定，避免战乱，不再内斗，生活富足。司马光和苏辙等人的礼让，也让党项人得寸进尺，打破了宋哲宗扩疆的美梦，引起了小皇帝的强烈不满。

第十六章

苏辙出使辽国，杨无敌庙里听到杨家将的故事

行祠寂寞寄关门，野草犹知避血痕。
一败可怜非战罪，太刚嗟独畏人言。
驰驱本为中原用，尝享能令异域尊。
我欲比君周子隐，诛彤聊足慰忠魂。

——苏辙《过杨无敌庙》

1

自签订了澶渊之盟以来，宋辽两国经常互派使者，不但每年固定有正旦使、生辰使，而且遇到国丧和新主即位还有告哀使、告即位使等。此外还有专门负责陪伴对方使者的接伴使、送伴使。

元祐四年（1089），苏辙担任翰林学士不久，八月十六日，他被任命为贺辽生辰使出使辽国，刑部侍郎赵君锡为副使，亲从官李寔随行伺察，前往庆贺辽国皇帝道宗耶律洪基的生辰。

使团从汴京出发不久，苏辙就在路途中收到苏东坡的信函，是他在重阳节写的《送子由使契丹》：

云海相望寄此身，那因远适更沾巾。
不辞驿骑凌风雪，要使天骄识凤麟。

沙漠回看清禁月，湖山应梦武林春。

单于若问君家世，莫道中朝第一人。

苏东坡告诫苏辙，千万要小心谨慎，不要因为我们父子三人在京城博得大名而自满，以早日回归为盼。其实哥哥担心是多余的，弟弟苏辙要比哥哥老成得多，他虽然沉默寡言，不事张扬，却办事老练沉稳，待人随和谦让。

苏辙这是第一次出国，太皇太后百般恩惠，让他的长子苏迟随行照顾，他在诗中有“随翁万里心如铁，此子何劳为买田”之句，还特别注明“时犹子迟侍行”。

大宋的使团一路向北而行，经过滑州，再过相州、雄州，苏辙一路均留下了大量诗句。

苏辙告诉苏迟说：“读万卷书不如行万里路，这是个大开眼界的好时机。”

苏迟频频点头，他的行囊里装满了笔墨纸砚。既要笔录父亲的诗文，又要书写自己的见闻，一路忙得不亦乐乎。

宋朝以东京为中心，修建了通往各州县的官道。官道主要是土路，在南方亦有砖路，道路两侧通常种植杨柳、榆树。一路上可以看见均匀出现的路标“堠子”，标志着道路的距离。堠子由土筑成，上面插有木牌、石刻，分为里堠、界堠两种。里堠一般相隔五里或十里，界堠则是国界、州界、县界的标识。唐宋时期边境每三十里建一座“烽堠”，也就是瞭望敌情的土堡，类似长城上的烽火台。

细心的苏迟还带了一本《元丰九域志》，书中精确记录了各地到京城的里程，例如雄州到东京“一千二百里”。根据宋朝的制度，官道上每二十里就设有马铺和歇马亭，每六十里则设有驿站，提供食宿补给。这既加强了国防建设，又方便了邮差的日夜往来，给官民带来了诸多的便利。

苏迟有书做指引，成了这个使团不可缺少的向导，每天从哪里启程，路上到哪里吃饭，晚上在何处住宿，他都提前规划得十分详细周全，副使赵君锡多次称赞他，苏辙当然也甚是满意。

苏辙一行乘车在宋朝的官道上驰骋。近京城的官道上商贾云集，熙熙攘攘，可越靠近辽国就越冷落人稀了。使团到达莫州，这里原属燕云十六州，现在已归大宋管辖。苏辙与多年不见的老友莫州通判刘泾会面了。

刘泾曾任宿州州学教授，宋神宗熙宁十年，苏轼离京赴徐州任知州时，苏辙曾陪伴哥哥在徐州逗留了一百多天。宿州与徐州相近，刘泾当年等于任县教育局局长，和他们兄弟二人相互来往了多次。他们彼此欣赏，日夜饮酒赋诗，结下亦师亦友的友谊。

刘泾是王安石变法的支持者，虽然三人政见不同，却并不影响他们之间的友谊，和而不同嘛！老友莫州相会，苏辙留下《次莫州通判刘泾韵二首》，还相约回来时一起过年：

北国亦知岐有夷，何尝烽火报惊危。
拥旄绝漠闻嘉语，缓带临边出好诗。
约我一樽迎嗣岁，待君三馆已多时。
从今无事唯须饮，文字声名人自知。

2

莫州向北三十里就是雄州，此地已经与辽国的南京道接壤了。宋朝在这里设有机宜司，后改做国信司，专门收集情报，掌管间谍，接待使臣，安排翻译。因为是边关，这里机构与内地大不相同。

大宋国没有了燕云十六州的屏障，北方的养马基地也全部由西夏和辽国控制，所以只能用步兵对抗骑兵。为防御契丹骑兵的南侵，宋人只能广种树木，开沟挖塘。雄州据说还发现有古代的地道，千年前冷兵器时代的地道战究竟是什么样的？现在的人就难以说清楚了。

雄州知州王崇拯热情接待了苏辙一行人。眼前的这座边境城市，正如苏辙在诗中所写：“城里都无一寸闲，城头野水四汗漫。”

使团人员再北行三十里就到达白沟河了，这是宋辽两国的界河，过河就是出国！他们在白沟驿站休息了整整一天。界河的北边也设有白沟馆，那属于辽国的驿站。

苏辙告诉儿子，自己的恩师欧阳修当年路过此地时，曾写过一首诗:“白沟南望如掌平，十里五里长短亭。腊雪消尽春风轻，火烧原头青草生。”

苏迟说：“当年王安石宰相路过此地时，也曾作诗一首《白沟行》，他感叹宋朝驻守边境的将官把边防当作儿戏，就像是历史上棘门、灞上那样的无能之辈，已经再没有李牧、廉颇那样的战国名将了！”

苏辙问：“你还记得介甫的那首诗吗？”

苏迟回答：“你让我离京时看过，只记得第一句‘白沟河边番塞地，送迎番使年年事。’和最后一句‘棘门灞上徒儿戏，李牧廉颇莫更论。’”

苏辙笑着说：“中间两句我还记得呐：‘番使常来射狐兔，汉兵不道传烽燧。万里鉏耰接塞垣，幽燕桑叶暗川原。’”

苏迟说：“父亲的记忆力真好，他的这首七律你都能记得！”

苏辙感慨：“我朝缺少精兵强将，这让宰辅也感到无奈啊！”

望着河水奔腾向东流去，赵君锡说：“白沟河也称拒马河，起源于太行山。”

苏迟说：“书上说，白沟河宽十几丈，深二丈许。这里通往燕京的路程共计二百二十里。”

赵君锡问：“我们下一站是哪里？”

苏迟说：“行四十里到涿州的新城县，我们就住新城驿馆吧。”

新城已经是辽国境内了。苏辙一行在城里参观开善寺，这座寺院历史悠久，天王殿恢宏庄严，金刚殿雕塑逼真。苏辙父子边看边交谈，很晚才回到驿馆。

从新城北走十五里，渡过横沟河，再走三十五里又渡过桑干河，最后就到达了涿州的永宁馆。此处一马平川，是进中原的入口处，也是当年轩辕黄帝大战蚩尤的涿鹿之野。

望着曾经的华夏土地，苏辙自然产生无限遐思，他向使团的随从们仔细讲解起来：

这里是中华第一古战场。三千五百年前的涿鹿之战，在这刀耕火种的大地上，黄帝联合了炎帝，打败了东夷的蚩尤。虽然西方的黄帝炎帝仍然处于石器时代，而位于山东的九夷却能用青铜制造兵器了，但炎黄联合作战，运用智慧，还是取胜了！

3

十一月二十六日使团到达涿州城，这所古城号称“天下第一州”，不仅是刘备的故乡，更是“黄袍加身”赵家第一人赵匡胤的故乡，现在却落到了契丹人手里。

涿州神水馆是温泉所在地，辽国官员热切邀请苏辙洗浴，苏辙怕冷，辽国官员却说冬季泡温泉，既能驱寒保暖，又能消除疲劳，还有利于疾病的治疗。

盛情难却，苏辙在苏迟的陪同下到热气腾腾的温泉中。他在水中小心翼翼，苏迟尽心尽力地服侍，热水沐浴的确让他感到筋骨舒展，经络疏通了，这就是现在新兴的“漂浮疗法”！洗浴之后，大家高高兴兴地返回永宁馆休息。

夜间，苏辙突然喘咳起来，这可吓坏了身边的苏迟，幸好试了试体温，只是发冷，没有发烧！苏辙也不请郎中，他已久病成医，为了预防外感风寒，随身带着一些常年必备的中草药。苏辙用了些麻黄、桂枝、苏叶，又添了两片新会陈皮，切了两片当地的生姜，让苏迟煎煮了两碗，趁热服下。折腾了半宿，苏迟看着父亲的咳嗽减轻了，安安稳稳地睡下了才悄悄离开。

赵君锡不顾李寔的反对，又要求使团人员在永宁馆歇息了一天，苏辙为此写了诗句寄给哥哥：

少年病肺不禁寒，命出中朝敢避难。
莫倚皂貂欺朔雪，更催灵火煮铅丹。

为了规划后边的行程，苏迟告诉赵君锡，从涿州北门出发六十里到达良乡县。再北行六十多里，就到达辽国的燕京城了。

燕京是辽国胡汉杂居的城市，被桑干河环绕，因每年桑葚成熟时河水干涸而得名。苏辙一行到达燕京时，桑干河已快结冰了。

辽国此时的燕京，也称作陪都南京，已经是方圆三十六里的大都市了，有八个城门，内建皇城，有景宗、圣宗两座御容殿。城中还建有楼阁、球场、凉殿、坊市、寺观等。

使团被接待到东边的永平馆下榻，大家目不暇接，这些中原人还是第一次看到外国的宫殿！

前来迎接的辽国接班使，听说宋使是苏东坡的弟弟苏辙，便说苏东坡的《眉山集》早已经在北方流传多时了，大苏小苏已经闻名辽国了！还询问苏辙为什么不印行自己的文集呢？也好在契丹广为流传。

苏辙听了，笑而未答。他回国后曾经写过一诗：

谁将家集过幽都，逢见胡人问大苏。
莫把文章动蛮貊，恐妨谈笑卧江湖。

4

辽国的风俗习惯虽然与中原不同，文化也不及大宋发达，但一提及苏东坡，可谓家喻户晓。辽国的达官贵人，因能背诵几首苏东坡的诗词而引以为荣，若能在府邸中挂上一副苏东坡的诗词书法，那更是一件相当荣耀的事了。

元祐年间，当苏东坡兄弟受到朝廷排斥，他们的诗词成为禁书时，辽国人却到处收集，高价购买。当时还流传着苏东坡与辽国使臣的一场对联趣闻。

原来辽国见西夏崛起，大宋的西北边防吃紧，于是趁机要求宋朝将瀛州、莫州割让给他们，因为原来这二州都属于燕云十六州嘛！这种蛮横无理的要求，让朝廷上下气炸了锅！宋朝的几代皇帝，都把收复燕云十六州当作最终目标，现在辽国反而得陇望蜀，人心不足蛇吞象啊！

宋神宗与西夏的三次大战都失败了，面对军力更强的辽国，只能暂时忍气吞声，虚与委蛇，二州是断断不可能割让的！就在官家急得焦头烂额之时，辽国的使臣络耶律又来到汴京，这次他提出了一个十分古怪的要求：他们带来辽国楹联的上联，若大宋的君臣能对出下联，辽国便尊大宋国为上邦；若对不上下联，辽国便是上邦！

辽国的游牧文化远不及中原，诗词文赋更难与大宋相比。“澶渊之盟”让两国和平共处了几十年，没有了敌对的文化壁垒，辽宋的文化交流逐年增强。辽国为了向大宋展示自己的文化实力，重金招募了大批文人学者，花费了几个月的工夫，拟出了千百副楹联，优中选优，挑出自认为天下第一的绝联，希望以此提升大辽的国威！

宋神宗听说是对对联，长松了一口气，心想我们是孔孟之乡，诗词之邦，尚武差些，诗文可是强项。他笑着说：“楹联呈上来吧！”

上联五个字：

三光日月星

宋朝君臣可以说个个都是饱学之士，懂得联律的通则。楹联的基本特性就是词语对仗，声律协调。要求字句对等，词性对品，结构对应，节率对拍，平仄对立，形式对举，意义关联。

此事已是关系到国格的大事了。大家绞尽脑汁，冥思苦想，当朝大臣也写出了不少下联，却没有一联符合要求。神宗皱起了眉头，群臣也是大眼瞪小眼，心照不宣：此联难对！

络耶律见此情景，放肆地大笑道：“堂堂大宋国，对不上我们辽国的对联，给你们三天时间！”说罢起身要走。

“请贵使留步！”一个声音从后边传过来。

苏东坡回朝调官，刚刚进入大殿。他跪拜了官家，然后面君说道：“微臣对一副下联如何？”

北神宗点头应允，命太监当殿设案，并取来文房四宝。

苏东坡挽起衣袖，凝神一思，刷刷刷！写下五个行书大字：

四诗风雅颂

络耶律在一旁惊呆了，他也是个有墨水的辽国文人，熟读过《诗经》，“风雅颂”中的“雅”，又分“大雅”和“小雅”，这岂不是“四诗”吗？

苏东坡神对辽国楹联的故事，像被加上了翅膀，很快传遍了南疆和北国！

5

辽国全国分五个道，每个道有一个政治中心，并以京的名称来命名道，所以也称五京。苏迟奉父亲之命，都一一记录下来：

上京道治理上京临潢府（今内蒙古巴林左旗东南波罗城），管辖西拉木伦河流域为中心的契丹本土。

中京道治理中京大定府（今内蒙古宁城西大明城），管辖原来的奚族本土。

东京道治理东京辽阳府（今辽宁省辽阳市），管辖原渤海国的地区。

西京道治理西京大同府（今山西省大同市），管辖山西和内蒙古交界处。

南京道治理南京析津府（今北京市西南），管辖海河、大清河以北，及长城以南、河北、北京、天津的部分地域。

辽国虽先后以辽上京和辽中京作为首都，但是其政治核心却不在首都，而在“捺钵”。汉语翻译为“行营”“行在”“营盘”的意思。契丹族是游牧民族，因为有转徙不定、车马为家的特性，决定了皇帝的四时巡狩制。

一切重大政治问题，均在捺钵随时决定，行营就成了处理政务的行政中心。

辽朝在皇帝之下设“北面朝官”和“南面朝官”，也就是北、南两个枢密院。北枢密院为最高军事行政机构，一般由契丹人主管，用传统制度治理草原和大漠地带；南枢密院亦称汉人枢密院，用汉制汉法掌管汉人兵马行政，治理辽南、漠南的农耕地带。

这种“一国两制”的治国方略从北魏前就开始了，“胡风汉俗”相互融合，北魏孝文帝为中华文明的延续开了个好头。辽道宗这时住在中京，“澶渊之盟”后，中京的政治作用加强，地位直逼上京的首都地位。苏辙自然不能在南京逗留，休整了一天后，继续北上去中京贺寿。

使团离开燕京时，奉命接送的辽国官员在西山设宴奉酒相送。苏辙眼望层峦叠嶂，溪水潺潺的幽燕大地，感到北方契丹与大宋的中原，风光大大不同。

北障南屏恰四周，西山微缺放溪流。
胡人置酒流连客，颇识峰峦是胜游。

苏迟的笔记详尽地记录着旅程：燕京城东北三十里是望京馆，望京馆东行十里路便出古长城了，再走四十里路即抵达顺州（顺义），使团一行人夜宿怀柔馆中。天明，自顺州继续向东北行走七十里，途中经过白水，又宿在檀州的密云馆。檀州可不是澶州！一路全是破碎的地貌，纵横的沟壑。

车辆在道路上下颠簸，苏辙坐在车中无聊，掀开车棚的窗帘眺望，虽然白山黑水，然而风卷云舒，自然而然就有了心旷神怡的感觉。从檀州向东北行四十余里路，到达了金沟馆，这里又是另外的一番模样。远望川原平旷的金沟淀，蓝天与水淀相映成辉，金灿灿的是阳光，银闪闪的是淀水，黄澄澄的是芦苇，飞扑扑的是野鸭，好一派北国的旖旎风光！

苏迟写信给弟弟妹妹，告诉他们金沟淀的美景，向北就没有平坦大道可行了，只能骑马走在崎岖的山路上。向东北方行三十多里路，来到险峻的古北口，这是南下燕京的咽喉要道，此处山高水低，千沟万壑，司马台长城天下闻名，一夫当关万夫莫开！

苏辙觉得古北口很像当年难行的蜀道。他除作有《古北口道中》外，苏迟还记下了另一首诗：

燕山如长蛇，千里限夷汉。
首衔西山麓，尾挂东海岸。
……

本应属于中原王朝的疆域燕云十六州，却被石敬瑭割让给了契丹多年，虽然莫州和瀛洲一直在宋朝手中，可路途中的苏辙心绪难平。苏迟也无法安慰父亲，因为这是当年宋朝几代人心中的痛！

6

古北口地势很高，两山环抱，关口下的溪水南流又西转，形成一个小弯曲，好似塞北江南。在山坡上修有杨无敌庙，这是为纪念宋朝名将杨业而建的，香火一直延续到近代。

熟知历史的苏辙，在庙前给大家细讲起来："五代十国是个混乱的年代，杨业的父亲杨信是太原人，曾任后汉的麟州刺史，属于封疆大吏。"

苏迟问："北周灭了后汉之后呢？"

"杨信与小儿子杨重勋继续为北周效力。"

"他大儿子呢？"苏迟刨根问底地问道。

"大儿子杨重贵，也就是杨业，却在北汉任建雄军节度使，他手握兵权，使一口九耳八环刀，号称'金刀令公'，远近闻名！"

"'杨无敌'就是他？"

"对！杨业的刀法是跟他爷爷练就的。"

“杨家枪最出名嘛！”苏迟说。

“对！杨业的父亲善枪法。据说他父亲杨信拜师‘花枪手’夏书湮兄弟俩，练就夏家一百二十八式的北霸六合枪法。”

“噢！这就是‘杨家枪’的来历，传给孙子辈了。”

宋太宗灭北汉后，知道杨业武艺高强，派使者招降了杨业，授他右领军卫大将军，领郑州刺史。后来见杨业对边境战事经验特别丰富，于是又让其改任代州刺史并兼三交驻泊兵马部署。宋太宗的信任，引起一些官员的妒忌和不满，有些人曾经是杨业的手下败将嘛！

太平兴国五年（980）三月，辽景宗率兵十万攻打大宋的雁门关。杨业带领数千骑兵从西边山口出关，由小路绕到雁门关以北，猛然向南突袭辽军。他与潘美前后夹击作战，大破辽军，斩杀了辽国驸马侍中萧咄李，还活捉了马步军都指挥使李重海。这场战役杨业功劳显赫，被提升为云州观察史，仍然任职郑州、代州。从此杨业大名威震契丹，契丹人一听到“杨无敌”的名字，一看到杨业的旗帜就望风而逃了！

苏辙讲起前朝的故事就滔滔不绝：

宋太宗雍熙三年（986），辽景宗英年早逝，十二岁的辽圣宗即位，太后萧燕燕监国。宋太宗认为有机会收复燕云十六州了，于是派三路大军进攻辽国。东路大军最多，由天平军节度使曹彬指挥，从保定出发进攻涿州，马军都指挥米信则领兵从雄州进攻新城。中路军由步军统领田重统率，从定州出发进攻涞源的飞狐口。西路军由潘美任主帅，杨业为副帅，蔚州刺史王侁和顺州团使刘文裕共为监军，出雁门关进攻云州。

原来计划西路军和中路军获胜后会合，再一起直捣幽州，完成扩疆开土的大业。

苏辙见大伙都出神地听讲，干脆都下马来到庙前坐下休息，继续讲解：

辽国萧太后与大臣耶律汉字、南北皮室军以及掌握皇族政教的五押惕隐，率领十几万大军迎战宋军。宋朝的西路军所向披靡，很快拿下寰、朔、云、应四州，然而东路却因冒进造成拒马河惨败，这让西路军陷入孤军深入的境地。气势汹汹的辽兵重新攻进了寰州，而刚刚收复了应州的宋军，却被吓得仓皇逃走了。

战场上的瞬息万变改变了计划，朝廷命令把收复的四州百姓赶紧迁回内地，由西路军负责掩护百姓撤退。杨业很有作战经验，他知道目前辽兵气盛，硬拼是完不成任务的，建议佯攻应州，牵扯辽国大军主力，然后让宋军将领带着云、朔两州的百姓趁机出城南下归宋。

杨业说："为了让百姓安全撤离，应该再派三千名弓箭手和骑兵半路接应。"

没等杨业讲完，王侁反对说："我们有几万精兵，何必这样胆小怕事，应该走雁门关北边的大道去朔州，然后再去收复寰州。"

杨业问："朝廷让我们保护百姓撤离，没让我们再去寰州。"一旁的主帅潘美并不吭声。

王侁瞪着狡黠的小眼睛，讥讽杨业说："你号称杨无敌，现在大敌当前，却退缩不敢争战，莫非还有其他想法吗？"

监军刘文裕也在旁边煽风点火，说："不是传言契丹蛮貊都怕你吗？"

杨业被他俩激怒了说："我不是怕死！因为现在对我军不利，无谓的牺牲并不能完成朝廷交给的任务。你们监军责备我不战，我一定战死在你们的前面！"

杨业领兵五千去朔州救助百姓，临行前对潘美哭着说："我此行肯定不利，请在陈家谷口安排援军，等我转战到此地时可以救援，不然的话，我必死无疑！"

潘美明知杨业此行凶多吉少，作为主帅却不阻拦，他派兵在陈家谷口等候了四个时辰后，王侁说辽兵已经败退了，便领兵撤离了谷口，他这是为了与杨业争功夺赏。

潘美没有阻止监军的行动。部队刚撤走二十里时，突然听说杨业已经兵败，王侁为求自保，慌忙逃之夭夭……

苏迟在一旁听得怒火中烧，恨得咬牙咬得咯咯作响，打开盛酒的皮囊，猛喝了一口烈酒，继续听父亲讲下去：

萧太后听说杨业独自去朔州出战，便调动大军将他层层围住，下令一定要活捉这个心头之患！杨业率领部下奋勇血战，从中午一直拼杀到傍晚，待退到陈家谷口时，却不见说好的援军等待。杨业伤心地痛哭流涕，他让仅剩的百余官兵撤离，因为他们家中还有父母妻儿需要供养，不料大家生死与共，一个也不肯走，决不当孬种！

宋军拼命厮杀，然而寡不敌众，杨业身受数十处箭伤，儿子杨延玉也英勇战死。身边宋军士卒一个个倒下了，一匹匹战马也都重伤倒地，杨业刀斩了数十人后，最终还是被辽军擒获。

萧太后亲自劝杨业投降，他却大义凛然地说：“我朝官家厚待我，我要以身报国！不料今天反被奸臣迫害，身为败将还有什么面目活在世上呢？”

杨业绝食三日，六月十八日殉国而亡。

苏迟听到这里，按捺不住，忍不住发问：“英雄战死，难道奸贼就可逍遥法外吗？”

苏辙回答：“杨业为国捐躯，宋太宗十分惋惜，下诏追赠他为太尉和大同军节度，赐杨家布帛一千匹，粮一千担。”

“那几个奸贼呢？”

“大将军潘美降职三级，监军王侁免冠流放金州，刘文裕免官流放登州。”

苏迟叹息道：“忠臣死了，这也算作赏罚分明吗？”

辽朝当地人十分仰慕杨业精忠报国的事迹，在敌对的辽国国土上，老百姓冒死在古北口为他建庙。

苏辙率领使团人员，在杨无敌庙中烧香祭拜，他即兴口述了《过杨无敌庙》的诗句，他在诗中把杨业比作“除三害”的周处。

令他预料不到的是，杨业和他长子杨延昭一家，竟然被后人演绎成杨家将的故事。小说、戏曲、评书、影视……一代一代在中华大地传颂了下去。女性佘太君、穆桂英、杨排风，也都登上了戏剧舞台，成为百姓口中保家卫国的巾帼英雄。

第十七章

“十香词冤案”害死了辽国的皇后和太子

乱山环合疑无路，小径萦回长傍溪。
仿佛梦中寻蜀道，兴州东谷凤州西。
日色映山才到地，雪花铺草不曾消。
晴寒不及阴寒重，揽箧犹存未著貂。

——苏辙《奉使契丹》

1

苏辙的“奉使契丹”使团路过承德，这里的会仙馆里有一对石人，这让苏辙联想起脚下的燕云古州，他想，石头人也会思念故土的：

岭上西行双石人，临溪照水久逡巡。
低头似愧南来使，居处虽高已失身。

过了会仙馆就出了燕山，在平坦的原野里，奚人的草屋映入眼帘。他们是匈奴的后裔，属于散居的少数民族，而契丹人占据着最好的山川草原。牛羊在山泉间自由放牧，“天苍苍，野茫茫，风吹草低见牛羊”。

苏辙作诗《神水馆寄子瞻兄四绝》，让苏迟寄给了苏东坡，其诗如下：

虏廷一意向中原，言语绸缪礼亦虔。

顾我何功惭陆贾，橐装聊复助归田。

北上的途中经过木叶山，这里是契丹人的祖庙所在地，然而现在却是一块寸草不生的沙丘，荒芜凄凄，没有一点生机：

胡为独穷陋？意似鄙夷落。

民生亦复尔，垢污不知怍。

2

苏辙一行晓行夜宿两个月后，终于到达了中京。契丹人的中京，现在早已淹没在历史的长河中了，不过从史书中，仍然还能找到它当年的模样。

中京城是按照汴京开封修建的，分为皇城、内城和外城三重。外城正南正北呈长方形，长八里，宽六里半，外周长约三十里。内城也称皇城，两城组成回字形，长约三里半，宽约三里，周长约十 四里，南门称阳德门。内城依北城墙筑有东、南、西三座城墙的宫城，也称大内，每边长约三百丈。南墙正中的阊阖门，完全照搬了大宋汴京的宣德楼，楼上有五风，门洞有三道，东西各有东掖门和西掖门。

苏辙让苏迟绘出中京城内的建筑：按南北中轴线对称布局，从外城南门朱夏门，到宫城的阊阖门，由一条大道串通起来。大道两侧对称分布着街道、坊区、市廊、宫殿等。外城的南部城区，是汉人聚居区。自朱夏门至阳德门之间，是一条宽约三丈、长三里的中央大道。中央大道两侧挖有排水沟，城内污水和雨水汇集流入排水沟中，经南墙下流入城外的护城壕，再排入河内。

这些都以宋朝御街的样板而建，大道东西两侧各有南北向的三条街道。在中央大道两侧各有四个坊，东北隅有丰实坊和贵德坊，东南隅有宠臣坊和致用坊，西南隅有世思坊和劝善坊，西北隅有货迁坊和利通坊。每个坊区大小差不多，修建着围墙。在临近中央大道的围墙正中开设坊门，也就门头房！坊内居住的多数为汉人，开设店铺门面，从事手工业和商业活动。坊区内不仅设有居民住宅，还设有作坊、店铺及文化娱乐场所。八个坊内修有东西向的街道五条，在坊区还筑有天方、天衢、通寰、望阙等四座楼阁，完全是一个大都城的格局！

皇城南墙下分布着廊舍，东廊和西廊相对，各长七八十丈，供应市民买卖日用物品。苏迟在这里购买了一些辽国的礼品，准备回国后送给母亲和弟弟妹妹们。

东长廊以东有一处规模宏大的感圣寺，还有一座八角十三层密檐式的砖塔，称作大明塔，通高二十四丈半。时光流逝，已近千年的大明塔，是中国国内现存的辽代第一座高塔。塔座下部为阶级式，上部砌有仰莲瓣，塔身第一层的每面都镶嵌着浮雕造像，这都是辽代雕塑艺术的杰作！

西廊以西有驿馆，有接待宋朝使臣的大同驿，有接待高丽使臣的朝天驿，还有接待西夏使臣的来宾馆等。驿馆西南方有一座佛寺和一座小砖塔，也是八角十三层密据式，高约七丈半，通称作小塔。

外城西南隅是一座小山岗，称作土山城，有一条大道自坊区北部直通至小山东坡下。在这座小山上建有一座大型佛教寺院镇国寺，内建有恢宏的大佛殿。看来，原来信奉萨满教的契丹人，有的已改信佛教了。苏辙也让苏迟一一做了详细记录：

塔庙奚山麓，乘轺偶共登。
青松如拱揖，栋宇欲骞腾。
夷礼多依佛，居人亦贵僧。
纵观无限意，记述恨无能。

使团进入辽国皇城，城内没有大型土木建筑。阳德门通至宫城南墙正中的阊阖门，为一条宽约十三丈的大道，大道两侧为空旷的草地，作为契丹皇帝、臣僚和戍卫官兵搭毡帐区，道旁只筑有矮墙，将这些空地遮挡起来。使团人员看不到毡帐布置和人员居住状况。

宫城是皇帝及太后居住的宫殿。自皇城南墙正中的阊阖门向北有一条直道，直通至宫殿前。宫城南墙东侧的东掖门内，有武功门和武功殿，这是皇帝居住和接见使节的场所。在西掖门内，也有文化门和文化殿两座宫殿，是太后居住和接见使臣的场所。

十一月下旬的北方，并未像苏辙预料的那样寒冷，没有冰天雪地，所以带来的貂皮大衣没有派上用场。辽国度支使郑颛告诉苏辙，他对苏洵的文章特别欣赏，曾读过苏洵不少著作。

辽道宗派他的侍读学士王师儒为馆伴，接待苏辙一行人。

王师儒一见面就说：“我们辽国文人都知道你们苏家三学士，你就是小苏。”

苏辙听了，连忙摇手道：“过誉了，过誉了！”

王师儒接着说：“我不但知道你的名字，还能背诵你写的《服茯苓赋》呢！”

“是吗？”苏辙十分惊奇。

王师儒问：“未见你的全集，不知何时能刊行？”

苏辙说：“现在公务繁忙，无暇顾及，只能等待退休之后了。”

王师儒向苏辙讨要“茯苓粥”的方子。苏辙爽快地答应了，执笔龙飞凤舞地写了配料药方。王师儒见苏辙的书法如此飘逸，大加赞赏。

3

辽道宗五十九岁寿辰还是很隆重的，生日当天先在文化殿设宴，他满面红光，身手矫捷，步履轻健，入座后群臣和各国使者鞠躬赞拜，口呼万岁！文武百官依次在东西阶下安坐，然后行茶、行酒、行膳、行果。一整套隆重规范的礼仪之后，开始大碗喝酒，大盘吃肉了。

苏辙献上宋朝的寿礼，辽道宗十分高兴，让众臣连连三次敬酒。契丹的白酒特别浓烈，虽然苏辙在家也每日饮酌，但仍感不胜酒力，苏迟不是使团官员，也不能上殿代替。再说苏辙不像哥哥苏东坡那样豪放不羁，时时提醒自己要节制，何况身边还有皇帝的亲从官监督着呢！

辽道宗精通汉学，喜爱诗词，知道苏辙文章诗赋一流，于是赠送他一册自己写的诗词《清宁集》，并索要苏辙的诗词文章。

苏辙正在谦虚地推辞，不料随行的亲从官李寔却不知高低，张口说道不可！他说辽国人不懂汉家诗文，看了也无益。

苏辙见辽道宗脸色突变，马上训斥亲从官无知，命他退下！

苏辙了解辽道宗是个中国通，自己平时常作诗句，还经常赐给官员，此时说他不懂汉家诗文无异于侮辱他的人格。

苏辙的当机立断，避免了酒宴上的不快，却得罪了李寔这位小人，因为在众目睽睽之下，让他当众下不来台。

接下来三天的宴席，苏辙、赵君锡都由文臣武将陪同，“饭局”上日夜欢饮。宋朝使团的亲从官李寔却因丢失了面子，拒绝出席！苏辙和赵君锡耐心劝解也无济于事。

契丹人除了食肉外，还用糯米与羊髓烙成大饼食用，苏辙因为脾胃虚弱，吃不惯辽国荤腥味道的饮食，只喜欢吃他们的“熏天饼”，其实就是煎饼而已。有些宴请，苏辙说自己胃肠不适，不能经常出席，平时多让赵君锡代他出面应酬。

辽国中京城南的“南园”，是建有台榭的皇家园林，苏辙被邀请参观契丹勇士的表演，让他亲自参与击兔、射鹿、钓鱼、猎天鹅等活动。弯弓射猎本是契丹人的天性，这让来自南方的苏辙大开了眼界，更让年轻的苏迟兴奋不已，每一项活动都跃跃欲试。

勇士射猎的第一只野鸭，要当场拔掉最美的羽毛，插到在场贵宾的帽子上，一起载歌载舞，这是契丹人的风俗习惯。

苏辙虽然也要入乡随俗，但还是正襟危坐，不敢造次。前车之鉴啊，当年状元王拱辰出使辽国时，他和辽国文人一起作诗填词，辽兴宗钦佩他的学问，亲自在国宴上为他演奏琵琶，结果回朝后王状元却被谏官弹劾！他为睦邻友好作出了贡献，不但没有升迁，反而被贬，将他下放出京了。

4

苏辙等人在辽国都城住了十天，辞谢了辽主留下过元旦的好意，十二月十日启程南归。虽然归途比来时走得快，但春节还是在旅途中度过的。

返程时路过燕京，又来到桑干河旁，天气不一样了，心情也大不同了。苏辙诗兴大发，在休息时写下了《渡桑干》一诗：

北渡桑干冰欲结，心畏穹庐三尺雪。
南渡桑干风始和，冰开易水应生波。
穹庐雪落我未到，到时坚白如磐陀。
会同出入凡十日，腥膻酸薄不可食。
羊修乳粥差便人，风隧沙场不宜客。
相携走马渡桑干，旌旆一返无由还。
胡人送客不忍去，久安和好依中原。
年年相送桑干上，欲话白沟一惆怅。

亲从官李寔本希望在辽国多住几日，以贵宾身份欢度元旦，在异国他乡好好地享乐一番，他对苏辙急着回家特别不满意。初六这天清晨，一行人都已集结，准备早早赶路，李寔见苏辙已经骑在马上等他了，心怀不满地让他先走，并且对苏辙的坐骑狠抽了一鞭子。这马儿受惊跳起来，马夫未能牵住，况且地上已经结冰，马鞍下的胸带突然断裂了，让苏辙从马背上摔了下来，结果扭伤了左脚踝。

年轻气盛的苏迟心痛父亲，揪住了李寔要打，多亏被赵君锡死死拦住了！

幸好还没有离开驿站，苏辙让随从买来中药栀子，命苏迟捣碎，用烧酒调和糊在脚踝消肿，包扎好了坚持继续上路。赵君锡和苏迟拗不过苏辙，只好扶他上马缓缓而行。李寔自知理亏，不再飞扬跋扈，骑马低头跟在后面，嘴中仍然不停地咕哝着些什么。

正月初七也称人日，这一天到达雄州，老朋友王崇极为他们备酒接风，苏辙随口吟咏一首七律：

赵北燕南古战场，何年千里作方塘。
烟波坐觉胡尘远，皮币遥知国计长。
胜处旧闻荷覆水，此行犹及蟹经霜。
使君约我南来饮，人日河桥柳正黄。

见苏辙走起路来一瘸一拐，王崇极问明原委后也十分气恼。亲从官李寔不但不认错，反而诬蔑苏辙与辽主走得太近，与王师儒关系太密切，讥讽他与辽国地方官员有泄密嫌疑。一贯忍让的苏辙发怒了！他与副使赵君锡商量决定，对李寔不再客气，把有“过犯”的亲从官“送雄州枷勘”，让雄州知州处置他！

交地方官处理使团人员是使官的权力。

苏辙的伤势不太严重，王崇极安排车辆马匹送行。苏辙改为乘车平卧舒服多了，多亏有苏迟随行，换药、喂饭、伺候大小便。苏辙没想到这次落马造成的脚伤，一直未能彻底痊愈，不时地肿胀疼痛，一直伴随了他的后半生。

苏东坡曾介绍自己被贬后每天最舒适的三件事：晨起理发、午窗坐睡、夜卧濯足。苏辙从此记住了兄长每晚烫脚的功课，当然这是后话了。

返程时沿途的官员都热情接待，到达了莫州后，老友刘泾通判又一次宴请苏辙一行。在“菜盘酪粥仍纵横”的餐桌上，苏辙觉得还是吃中原的饭菜有滋有味，契丹的饭菜“腥膻酸薄”，太难吃了！

因为官道驿站能更换马匹，苏辙父子减少了疲劳，尤其是少了李寔的打扰，心情轻快了不少。他们路上除了作诗填词之外，为了打发漫长无聊的时间，苏辙给儿子讲起了燕赵名人的故事，因为北方的燕赵，多有豪杰侠客：

一个是周代燕国的始祖召公奭，他辅佐周武王灭商，后与周公（姬旦）分陕而治。

一个是燕国名将乐毅，他曾经攻下齐国七十多座城市，因为被谗言所伤，不得不出奔赵国，受封望诸君。

一个是春秋晋国的狐偃，曾随公子重耳在外流亡十九年，后助重耳回国即位，因改革朝政，使晋文公成为春秋五霸之一。

一个是著名政治家管仲，曾辅佐齐桓公改革国政，成为春秋时期的第一个霸主。

再一个就是燕太子丹，见秦将灭六国，派遣荆轲刺秦王。

苏迟听父亲讲到这里，也来了兴致，大声吟道：风萧萧兮易水寒，壮士一去兮不复还！

已经离开燕云了，苏辙开心，大家高兴，一路上欢声笑语不断。尤其最年轻的苏迟，每天喜笑颜开，就要回家见到日思夜想的母亲了！

南归路上的冰雪开始融化，春天已经悄悄来到人间。苏辙给他夫人写了下面的《春日寄内》让邮差发走，告诉她即将到家，预报父子平安。因为他知道，十月二十五日女婿王适的去世，肯定给家庭蒙上痛苦的阴影，正在家人需要他安慰的时刻，他们父子却出差在外，实在无奈。

春到燕山冰亦消，归骖迎日喜嫖姚。
久行胡地生华发，初试东风脱敝貂。
插髻小幡应正尔，点盘生菜为谁挑。
附书勤扫东园雪，到日青梅未满条。

5

往返四个多月，行程四千多里路，苏辙的使团回到了汴京。

苏辙还朝后，立即上奏五道《北使还论北边事札子》，就他出使辽国的所见所闻，总结了五点建议。

一是应该加强边境监管，严查出境书籍的内容，防止泄露国家机密。因为“本朝印本文字多已流传在彼，其间臣僚章疏及士子策论，言及朝廷得失，军国利害……”

二是应该杜绝宋朝货币外流，严禁边境百姓私铸铜钱。

三是进一步评估宋辽关系，近期继续保持双方和平关系，远期仍应备战边防，以防不测。

四是朝廷对使臣防范过严，“亲从官多市井小人，差遣入国，自谓得以伺察上下；入界之后，恣情妄作……”让他们出使外邦容易伤害国格。应该认真选派副使，加强互相监督的责任，就不必再派亲从官监督了。

五是使者的车辆马匹不应马虎。治理好驿站，既是备战所需，也可以避免延误使团的行程。

谈到亲从官，就不得不说“皇城司”了，这本是守卫皇城禁卫亲兵的管理机构，设亲从官和皇城卒，是由皇帝的亲信武将和高级宦官掌控。皇城司最主要的任务除了负责官家的安全外，还需搜集情报，监控大臣和朝野动向，更类似于情报机构。因为是由皇帝直接授权，不受其他机构制约，所以皇城司权力很大。

司马光也曾经上书《论皇城司巡查亲事官札子》，毫不留情地抨击皇城司构陷诽谤恶行，造成因言获罪的不法勾当。宋代加强了负责监察的台谏，可以闻风而奏不被问责，若有失职则降职处罚。有了制衡群臣加强皇权的这种手段，皇城司就不像后代明朝的东厂、锦衣卫那样横行朝野了。

上朝谈公事，下朝聊家常。退朝后苏辙又被太皇太后和宋哲宗召入延和殿，他们还要详细了解一下敌国的其他情况。

太皇太后先问：“苏爱卿，‘澶渊之盟’这么多年，辽国现在对我大宋真实态度如何？”

苏辙：“回禀太皇太后，耶律洪基在位既久，颇知利害。与朝廷和好念深，蕃汉人户休养生息，人人安居，不乐战斗。”

太皇太后：“但愿如此，他在位我朝可以无忧了。当年先皇仁宗驾崩时，他曾抓住我朝使者之手痛哭，还讲‘四十年不识兵革矣！’”

苏辙：“耶律洪基也与臣谈及此事，他做太子时见过仁宗先帝。”

太皇太后：“对！他很仰慕我朝，还与我英宗先帝称兄道弟呢。他现在身体如何？”

苏辙：“他走路轻捷，能吃能喝，不像快六十岁的人了，可在位继续执政。”

太皇太后：“耶律洪基在位，我们就可放心了！”

苏辙说：“他还用大宗白银铸造了一座佛像，在佛像后背刻下了‘愿后世生中国’的文字。”

“是吗？他信仰佛教？”

这时，十三岁的小皇帝来了兴趣：“你快讲讲他们契丹人的风俗习惯！”

苏辙回答：“他们是游牧民族，主要以狩猎为生，少数人也耕种。正月里开始破冰捕鱼，二三月射雁，四五月打麋鹿，六七月在洋淀休整，八九月猎杀虎豹，十月后天气寒冷，契丹人就蜗居不出了。”

宋哲宗问：“他们住在哪里？”

苏辙：“辽国皇帝基本不住宫殿，因为四季游猎，转徙不定，车马为家。百姓全住毡帐之中。”

太皇太后插话问：“他们的毡帐也和中原一样坐北向南吗？”

“按契丹的风俗，毛毡庐全部面向东方日出。”

宋哲宗又好奇地问："他们的吃喝穿戴与我们有何不同？"

苏辙："北方寒冷，契丹人穿着以羊狐皮裘居多，贵族官吏则以貂裘为主，而且所佩戴的装饰也比较多。"

"吃喝什么？"

"饮食主要是牛羊肉，喝烈性白酒，家家户户不可一日无茶。"

宋哲宗："茶叶都是产自我们大宋国吧？"

苏辙："对！这是互市贸易的结果。和我们先茶后汤习惯相反，他们是先汤后茶。"

太皇太后对孙子说："辽国和过去的北魏都是鲜卑族后裔。北魏的孝文帝你也是知道的，他十分孝敬祖母，成为当时北方的英主。"

宋哲宗不愿听老祖母的说教，转换话题问苏辙："你听说过他们的'十香词冤案'吗？"

苏辙："那是辽道宗皇后萧观音的冤案。官家也曾听说过？"

宋哲宗："听说她还是个才女？"

苏辙："她在诗词、书法、音律方面都有才华。辽道宗经常骑着号称'飞电'的宝马打猎，萧观音作诗道'威风万里压南邦，东去能翻鸭绿江，灵怪大千俱破胆，那教猛虎不投降。'"

宋哲宗："她写的这首诗也不怎么样嘛！"

苏辙："不过她担心夫君安全，经常劝谏他停止狩猎，结果引起道宗的反感，渐渐疏远了这位皇后。"

"听说她写词写得不错？"

苏辙："萧观音为辽道宗写了十首情致缠绵的《回心院词》，她还弹了一手好琵琶，让宫廷乐师赵惟一谱上乐曲，二人合奏可谓珠联璧合。"

宋哲宗："就是那首《十香词》吗？"

苏辙："不是！阴谋篡位的耶律乙辛，派人另写了暧昧淫秽的《十香词》，交给萧观音，还谎称是我们宋朝皇后所作。萧观音上当受骗了，不但抄写了一遍，还写了一首七绝《怀古》。"

宋哲宗："她没有分析一下真伪吗？"

太皇太后：“人无完人，要做到耳聪目明是不容易的，宫中之人更容易被左右迷惑。”

宋哲宗让苏辙继续讲下去。

苏辙说：“耶律乙辛乘机造谣中伤皇后出轨，宰相张孝杰也拿《怀古》诗曲解说：‘宫中只数赵家妆，惟有知情一片月’，这两句是皇后思念赵惟一的证据。辽道宗不分青红皂白，下令萧观音自尽，并且将赵惟一凌迟处死了！”

宋哲宗：“啊呀！太惨了，耶律洪基这样不分青红皂白，真是个昏君！”

苏辙：“因为皇后这事，还累及了太子，太子耶律浚也被耶律乙辛害死了。”

宋哲宗：“是吗？太子不是辽主的亲儿子吗？”

太皇太后插话说：“奸臣当道，明君难做啊！听说耶律洪基对太子的儿子还不错？”

苏辙：“对！他孙子叫耶律延禧，耶律乙辛还想再加害皇孙，辽道宗终于明白过来了，把孙子时刻带在身边。他最后终于处死了耶律乙辛和张孝杰两个奸臣。”

宋哲宗：“这皇子皇孙不幸生在帝王家啊！”

苏辙：“据说辽道宗以后要传位给这个皇孙耶律延禧。”

宋哲宗说：“你见过他？”

苏辙：“见过，他是个骨气不刚，平凡羸弱的人，不可能视野宽广，不像有福之人。”

宋哲宗：“这可能与苦难的经历有关吧，可怜他的祖母和父亲都含冤而死了。”

太皇太后：“我的皇孙啊，别看这是别人的家事，其实这都是国事，你今后也要引以为戒啊！”

苏辙一语成谶！辽道宗的孙子真不是个有福之人，大辽国最后就亡在了耶律延禧手上！

第十八章

苏门四学士、六学士、后四学士——百家争鸣，文坛兴旺

笔端大字鸦栖壁，袖里清诗句琢冰。
送我扁舟六十里，不嫌罪垢污交朋。
——苏辙《高邮别秦观》

1

宋代文坛的繁荣，有盛世之称，主要表现在北宋的嘉祐年间和元祐年间。

嘉祐年间是以欧阳修为主，他身边有曾巩、王安石、苏洵、苏轼、苏辙等人。元祐年间是以苏东坡、苏辙为主，周围有黄庭坚、秦观、张耒、晁补之、陈师道、李廌、李格非、廖正一、李禧、董荣等这些文坛大家。在宋代的文化星空中，闪耀着光彩夺目的光芒！

以司马光为代表的旧党人物掌权后，吕公著、范纯仁为相，当年被贬去南方的王诜、王巩、孙觉、范祖禹、陈慥等人也都先后回朝。新党人物有的被罢免，有的被贬去边远地区，在高滔滔太皇太后的支持下，朝廷安定了一段时日。

难得相聚京城的苏氏两兄弟，除了身兼要职需要上朝之外，周边有一大群文学崇拜者，黄庭坚、秦观、张耒、晁补之被称作苏门四学士。对苏东坡最崇拜的就是黄庭坚，他二十二岁中进士，两人神交已久，他俩在汴京却是第一次见面。其实，七年前苏东坡在黄庭坚岳父家初次看到他的诗

文时，就特别赏识他的才华，“惊其超逸绝尘”，继而彼此酬来唱往，书信不断。不料“乌台诗案”却因此牵连上了黄庭坚，连累他也被罚铜二十斤，贬去吉州太和县任县令。

黄庭坚后来成为江西诗派的总盟主，对前代诗歌的语言艺术做了积极的借鉴。他的书法称作“苏黄米蔡”四大家之一，与苏东坡、米芾、蔡襄齐名。苏辙在元丰四年贬官筠州时，就经常与黄庭坚诗词唱和，而且还与他“矮胖”的舅舅李常有过深交，李常是苏辙在户部任职时的顶头上司。苏辙在《答黄庭坚书》中，希望与黄庭坚结君子之交，认为内在的修养是人生的最高价值所在。他赞赏黄庭坚“目不求色，口不求味，此其中所有过人远矣”。评价黄庭坚超过平常人，是一个有道之士。

熙宁十年，苏轼刚到徐州上任，秦观就慕名前来拜谒。他很仰慕苏轼，曾写诗“我独不愿万户侯，惟愿一识苏徐州”。秦观虽然多次科考落第，苏轼却赞他“有屈、宋才”，他在苏轼、王安石的鼓励下，终于在三十六岁时考中进士。他是位婉约词人，词中充满揪心的愁和恨，一首《鹊桥仙》，流传了千百年！他与苏辙同为苏轼徐州治水立功撰写了《黄楼赋》。多年多次的唱和，让苏辙和秦观相互欣赏，彼此交流，结下了深厚的友谊。

苏辙与张耒早年就相识了，那是他在陈州做学官的时候，张耒少年聪明好学，是苏辙把他介绍到苏轼门下。张耒二十岁中进士，作品平抑舒坦，不做妆饰，关心黎民百姓，颇有唐人风范。苏东坡称其文甚似苏辙，汪洋淡泊，有秀杰之气。成为“苏门四学士”中最早，也是最年轻的一位才子。虽然苏辙比张耒大了十五岁，但两人却交往了一生。

晁补之是山东巨野人，汉代的晁错之后，自幼聪明，记忆力超强，是神宗年间的进士。十七岁在杭州时，晁补之随父拜谒苏轼，苏轼称其文博辩隽伟，绝人远甚。晁补之以乐府诗见长，诗风与张耒接近，他和张耒也是关系最好的朋友，文坛并称“晁张”。晁补之和苏辙也多有唱和，两人都特别欣赏楚辞的浪漫风格。

元祐元年苏东坡回京后，他被任命为太学中学士院考试的出题考官。王安石变法创办了太学三舍。官二代和考试合格的平民子弟先在外舍学习，通过考试可升入内舍，再继续考试升至上舍，上舍毕业就可以直接做官了。黄庭坚与张耒、晁补之通过考试，同任秘书省正字，后来秦观也进京任太学博士。苏东坡向文坛推荐四人："如黄庭坚鲁直、晁补之无咎、秦观太虚、张耒文潜之流皆世未之知，而轼独先知之。"

文坛盟主的这番美誉，让四人名满天下，"苏门四学士"便在社会传开了。苏门四学士齐聚京师，"一文一诗出，人争传诵之，纸价为高"。

宋代的文坛，已经出现了百花齐放，百家争鸣的盛况。

苏家兄弟精心经营的文化大舞台，让才高八斗的士子们纷纷登场亮相，除了苏门四学士，后来又有陈师道、李廌加入，合称"苏门六学士"。

陈师道曾拜曾巩为师，为人耿直不趋炎附势，他既不买王安石的账，也不买章惇的账，却与苏东坡昼夜唱和，切磋诗艺，虽然以师长之礼求教苏东坡，却始终称曾巩是自己的老师。他因为耻与连襟赵挺之为伍，"雪地拒裘"的典故，成为后世文人皆知的美谈。

李廌的父亲与苏氏兄弟是同榜进士，他去黄州拜谒苏东坡时，恰巧苏辙也去看望哥哥。虽然李廌家境贫寒，科举不顺，苏东坡却认可他，说道："你的才能，可敌万人。"苏氏兄弟二人给予了他不少帮助和鼓励，他的诗词文章，也攀登上了一个新的台阶。

除了"苏门六学士"外，元祐文坛的中坚人物还有"苏门后四学士"：李格非、廖正一、李禧、董荣四人。他们的文学理论和诗文创作都各具特色，深得苏东坡真传，而且每每都有苏辙相指导。这些才子学士为元祐时期的文学创作，带来了前所未有的勃勃生机。

2

阳春三月，红肥绿瘦，顺天门外的金明池畔生机勃勃。在春意盎然的大好时光中，苏门学士相约来此雅集。

金明池是著名的皇家园林，南与琼林苑隔街相望，周长九里多，面积约二千二百亩。池呈长方形，从西北角进水，池中亚字平台上建有五座宫殿，称作“水心五殿”，水面上还有租赁的游船。每年三月初一到四月初八，宋代的官家与民同乐，金明池开辟为城市公园，不像后世的君王太后那样，好景好园都圈起来独自享乐。

苏辙下朝尚未到达，这时他已由中书舍人转为户部侍郎，又转为吏部侍郎。晁补之却认为苏辙升迁得太慢，一直在三品官中转来转去，他跟好哥们张耒说：“子由此除不离核！”意思是，水果肉不离水果核，转来转去，品级却都是一样的。

好开玩笑的张耒，手指岸边一棵水果树笑道：“这岂不胜过枝头干吗？”

枝头干是指一种水果，果熟之后如不及时采撷，就会在枝头上干枯了！

晁补之知道这是张耒在讥笑他，因为他自己也在同一官职上多年都未升迁，就像枝头干一样，的确挺窝囊。不过现在好友同聚京师，官大官小无所谓了！能自由自在地写诗填词，各抒己见，敞开心交流，这是苏门学士求之不得的快乐时光。

金明池园林风光明媚，建筑瑰丽，池东岸搭盖彩棚，游人如织。苏东坡与门人在幽静的西岸聚会。这里有奇花异石，蜂蝶飞舞。他正与廖正一在石桌旁饮茶，廖正一是茶乡蒲圻人，蒲圻，即武赤壁所在地。他深明茶道，经常与老师一起煮茶、品茶、斗茶。

这时李格非领着五岁的女儿李清照也来了。这位苏门后四学士，前妻是王拱辰的孙女，继室是宰相王珪的女儿。女儿李清照的表姐王氏，是王珪的孙女，也就是后来南宋权臣秦桧的妻了。

苏东坡很喜欢这个伶俐乖巧的小姑娘，一边拉着她的小手，一边问她：“你叫什么名字？”

“我叫李清照。”

“哪几个字？”

“木子李，清明的清，可照天的照。”

“清可照天？好名字！好名字！”

“我们章丘到处是清泉，我家旁边就是百脉泉。”

“百脉泉？能有一百个吗？”苏东坡有了兴趣。

“啊呀！脉搏哪能都看得到？很多很多就是了！你的脉搏自己能看清楚吗？”

“对！对！我太笨了。”苏东坡大笑。刚刚进园的苏辙听了，也不禁微笑，他也十分喜欢这个灵秀端庄的小女孩，端着茶杯听她和哥哥的对话。

苏东坡又问：“你们的大明湖大呢，还是金明池大？”

李清照毫不犹豫地说：“我们的大！不过没有龙舟。”

坐在一旁的晁补之问：“你看到赛龙舟了？”

“没有！父亲说要在端午节才能看到。只看见‘奥屋’边有一只很长很旧的龙舟，漂在水面上。”

苏辙追问她：“你知道端午节是纪念谁的吗？”

“啊呀！连你都不知道吗？是大诗人屈原呀！”

苏辙说：“我是在考你呀！”

李清照指了指湖池水，调皮地说：“那我也考考你，这金明池的水从哪里来的？”

苏辙回答：“汴河。”

“不对！我父亲说是金水河。”

“金水河也对，汴河是条运河嘛，都是连在一起的。”苏辙有点辩解。

苏东坡也被她逗乐了，接着问她：“小清照，我问你，你们老家的泉水从哪里来的？”

“我也不知道，听大人说是从泰山来的，有山就有水嘛！”

“不错！山水相连，你真聪明！”苏东坡又接着问，“你识字了吗？”

“我最早学会的字，就是山和水。”

“现在会写多少个字了？”

“没算过！父亲让我先学《百家姓》。”

“噢！《百家姓》都背过了吗？”

“嗯！赵钱孙李，周吴郑王……云苏潘葛……”李清照一板一眼地背诵起来。

“好！好！你们李姓排在我们前面好多位呢！”苏东坡打断她说。

“苏伯伯，我问你，你的这个苏（蘇）字，为什么鱼写在左写在右都可以？”

“是谁告诉你的？”

李清照瞪大眼睛回答：“张耒叔叔教我的。我们这个李字，为什么上下不能颠倒呢？”

“啊呀！小才女，你可真把我考倒了，我也不知道哇。”

“可你是大文豪呀，是我父亲的老师呀，怎么也不知道呢？”

苏东坡转头对李格非说：“格非兄，你得去请教王介甫宰相了，他的《字说》能不能解释清楚，我可是真不知道！”

一旁的苏辙等人哈哈大笑，小清照也在一边得意地笑了起来，因为她给父亲的老师出了道难题。

苏辙忍不住发话了：“小清照，李字的木和子，和我们苏（蘇）字一样，也可以左右颠倒，不过不念李啦！”

小清照跑到张耒身边，拉他到苏辙身前，急急忙忙地问：“张叔叔，木和子左右合在一起念什么字？你为什么不教我？”

张耒笑嘻嘻地讲：“木子左右合在一起念杍，同梓一样是落叶的乔木，也当木工讲。你又不能改姓杍，还是老老实实姓你的李吧！”

小清照听了，低头若有所思地琢磨起来。

这是李清照与苏东坡、苏辙唯一的 次见面，彼此都留下了深刻的印象。这位中国第一女词人，从小就仰慕苏东坡的诗词，没想到启蒙第一课，就给了苏东坡一个下马威！让苏东坡更没想到的是，李清照长大后还批评苏东坡的词“又往往不协音律……”，她认为词与音乐相关，苏东坡的词是诗文，不能以文为词！虽然晁补之为老师辩解说：“苏东坡词人谓不协音律，然居士词横放杰出，自是曲子中缚不住者。”而这正是苏东坡横空出世，天马行空的风格而已。

李清照长大了才得知，不但父亲李格非与苏东坡兄弟俩友谊深厚，而且她的外祖父王珪，未来的公公赵挺之，以及赵挺之的连襟陈师道，都与苏氏兄弟有着千丝万缕的瓜葛。

3

宋代社会稳定，经济繁荣，文化发达，所以每年在立春和端午等节日前，翰林学士等人都要创作“帖子词”，用金字装裱，悬挂宫中。元祐三年，朝廷要求以扬州江心的唐朝铸镜为题，写诗上交！

李邦直是五绝：

艾叶成人后，榴花结子初。
江心新得镜，能瑞护仙居。

赵彦若是七绝：

扬子江中百炼金，宝奁疑是月华沉。
争如圣后无私鑑，明照人间万善心。

苏东坡是一首七绝：

讲余交翟转回廊，始觉深宫夏日长。
扬子江心空百炼，只将无逸鉴兴亡。

苏辙也是一首七绝：

扬子江中写镜能，波如细縠不摇风。
宫中惊捧秋天月，长照人间助至公。

苏辙兄弟都是直臣，在诗词中都能体现出来。“帖子词”能让皇帝在宫中常见，可以时刻提醒皇帝以史为鉴，不能贪图安逸，要大公无私，永不止步。

古人用诗歌相互酬唱，赠答，唱和。大批文人聚集在苏东坡周围，成为“元祐文人集团”，以酬唱互相往来。一有新作，和者如云。他们切磋诗艺，共同营造出良好的文化氛围，呈现了规模恢宏的景象，促进了元祐诗坛的繁荣。宋代文人间或赠答，或追和，或次韵，或奉命，或同题唱和，形式不同、内容广泛、题材各异，将诗词创作推到历朝历代的最高峰。

苏辙因为身负朝廷重任，参加唱和的机会较少，即便参加也大多是应景，不能推敲出有水准的新作品。同僚的应酬，朋友的赠别，伴驾的赞颂，怀旧的思念，亡友的挽词，诗句都写得平平，唯有游历之作还感满意。然而苏门六学士和苏门后四学士一有机会、一有时间就聚会唱和。当时的大宋朝，正是诗的国度，东瀛的日本、高丽，都派学者来留学取经。

有一天，阳光明媚，和风拂面，柳絮飞扬，花草争长。苏门的四学士都来到苏东坡的院中，老师照例先与黄庭坚在松树下围棋对弈。苏东坡执黑子先走，突然有一颗松子掉落在棋盘上，他便顺口吟道：“松下围棋，松子每随棋子落。”

黄庭坚见老师已经出了上联，抬头远望门外，见有人正在柳树下钓鱼，于是马上对出下联：“柳边垂钓，柳丝常伴钓丝悬。”他们的吟咏，引来张耒和晁补之的拍手称赞。

晁补之因为家贫，又十分孝顺，苏东坡为他写了一首励志诗，谈到书呆子高凤和亡羊补牢的典故：

仲由负米百十斤，远路奔波为两亲。
宁效高凤流麦士，勿学臧谷牧羊人。

真诚奉孝担责任，努力读书树自尊。
世道艰难须立志，少年陶侃久修身。

晁补之也写了一首七律：

负米万里缘其亲，运甓无度忧其身。
读书莫学流麦士，挟策莫比亡羊人。
乃翁辛苦到白首，汝今强勉当青春。
昔时管鲍以君霸，此两士贵宁非贫。

四学士中，张耒和晁补之年龄小，也住得最近，张耒对他的家境最了解，两人也相处得最好，他对老师与晁补之唱和的内容，有着更深刻的理解。他见苏辙下朝后也匆匆赶来，就希望师叔也留下一首诗，以便学生追和。

苏辙说自己有一首旧作，要求张耒也要和上“梧桐”二字：

山围栋宇泉流近，风去梧桐落叶闲。
有客赋诗题屋壁，二南犹自有遗风。

张耒不假思索，马上吟道：

庭户无人秋月明，夜霜欲落气先清。
梧桐真不甘衰谢，数叶迎风尚有声。

黄庭坚在一旁说，东坡先生也有“东西植松柏，左右种梧桐”的诗句。只见苏东坡微笑不语，捻着胡须，饮了一大杯酒。

黄庭坚接着拿出一卷纸说，当年苏辙先生寄给我一首诗，我昨日刚刚誊写了一遍，也依韵和了一首，今日拿来与大家共勉。他先读苏辙的诗：

病卧江干须带雪，老捻书卷眼生烟。
贫如陶令仍耽酒，穷似湘累不问天。
令弟近应怜废学，大兄昔许叩延年。
比闻蔬茹随僧供，相见能容醉后颠。

接着，黄庭坚又依韵和诗：

半世交亲随逝水，几人图画入凌烟？
春风春雨花经眼，江北江南水拍天。
欲解铜章行问道，定知石友许忘年。
脊令各有思归恨，日月相催雪满颠。

苏辙说："鲁直兄，这是多年前我在齐州时寄给你的，你还保留着？"

黄庭坚："不敢遗忘。"

廖正一赞誉说："好诗句，好书法，又是'苏黄'合璧啊！"

苏东坡认真点评："鲁直这首依韵对得最工整，最规范！"

张耒看着桌后睡眼惺忪的秦观，发话道："少游兄，昨晚你又熬夜了？你的大作也拿出来让我们拜读吧！"

秦观说："是啊！昨夜睡眠太少。"

张耒开玩笑说："金风玉露一相逢，便胜却人间无数？"

秦观："非也！我写了《鹊桥仙》，只知牛郎星，却不识牵牛花。朋友告诉我此花早晨开时最艳丽夺目，到日中便衰败，我今日特地早起，要在'银汉初移漏欲残'时，观赏牵牛花的如梦姿容。"

晁补之："怪不得你像没睡醒，是在构思新词啊！"

苏辙："吟哦一首你的《牵牛花》吧，让大家一饱耳福。"

秦观呷了一口茶，高声吟诵：

银汉初移漏欲残，步虚人依玉栏杆。
仙衣染得天边碧，乞与人间向晓看。

苏辙说，“我也曾在南园写有牵牛花诗句，真不知清晨最艳，看来应该改改！”

牵牛非佳花，走蔓入荒榛。
谁剪薄素纱，浸之青蓝盆。
嗟尔脆弱草，岂能凌霜晨。
物性有禀受，安问秋与春。

苏东坡坐不住了说：“好诗！好诗！我们明日一同早起，看看这下凡人间的牵牛花去。”

苏氏兄弟和苏门学士的唱和，除了自己的新旧作品外，还有一项重要内容，就是“和陶辞”。陶渊明在中国的文学史上占据重要地位，而且深受苏门的推崇，无论是苏东坡、苏辙，还是六学士、后四学士，都向往着桃花源里陶渊明安然自立的生活。苏东坡倡导大家都去追和《归去来兮辞》的和陶辞，结果群体响应，每人和出一篇或多篇，甚至苏门外的文人墨客，也同声相应，一时间“和陶辞”成为当时文坛的流行现象。

苏东坡自己汇集了《子瞻和陶渊明诗集》，苏辙写引，对两人进行了比较：

嗟夫，渊明隐居以求志，咏歌以忘老，诚古之达者，而才实拙。若夫子瞻，仕至从官，出长八州，事业见于当世，其刚信矣，而岂渊明之才拙哉！孔子曰：“述而不作，信而好古，窃比于我老彭。”古之君子，其取于人则然。

4

宋朝文化兴盛，不得不提到千年第一盛会的“西园雅集”。东道主是驸马都尉王诜，他是宋神宗的妹夫，就是那个在乌台诗案中，为苏轼报信而被贬的王诜。他会诗能文，绘画以山水见长，喜欢结交朋友，颇讲义气。

古代文人的聚会美称“雅集”，中国历史上最著名的雅集有两次，一次是东晋绍兴王羲之参加的“兰亭集”，另一次就是苏辙参加的“西园雅集”。

王诜在自家的西园，邀请了当时十六位名人雅士聚会，他们“自东坡以下，凡十有六人，以文章议论，博学辨识，英辞妙墨，好古多闻，雄豪绝俗之资，高僧羽流之杰，卓然高致，名动四夷”。

为了记录这“千年第一盛会”，被誉为“宋画中第一人”的李公麟作画，“苏黄米蔡”之一的大书法家米芾题记。

《西园雅集图》中的苏东坡“着乌帽黄道服，捉笔而书”；苏辙“坐于石磐旁，道帽紫衣，右手倚石，左手执卷而观书”；黄庭坚“团巾茧衣，秉蕉箑而熟视”；秦观“幅巾青衣，袖手侧听”；张耒“跪而作石观画”；晁补之“披巾青服，抚肩而立”；王诜“仙桃巾紫裘而坐观”；画家李公麟“幅巾野褐，据横卷画归去来”；米芾“唐巾深衣，仰首而题石”；文学家刘泾“幅巾褐衣而谛听”；词人李之仪“捉椅而视”；画家蔡肇“幅巾青衣，据方几而凝伫”；藏书家王钦臣“幅巾袖手而仰观”；文化界知名人士郑嘉会“道巾素衣，按膝而俯视”；中太一宫宫主道士陈景元“琴尾冠、紫道服，拨阮”；日本和尚大江定基，法号圆通大师“袈裟坐蒲团而说无生论”。

图中当然还有侍姬和书童六人，他们在西园中伺候，其中一位书童，可能是苏东坡送给王诜的那个善于蹴球的少年高俅。

好一幅流传千古、空前绝后的雅集图，十六个人物各具特色，有站有坐，有仰有俯，有听有看，有动有静，难道不比达·芬奇《最后的晚餐》更生动传神？难道不比列宾《伏尔加河上的纤夫》更神完气足？中国的书画同源，《西园雅集图》将绘画、书法和诗词三者融为一体，这是世界艺术宝库里的奇葩一绝，没有哪个国家，哪个画家，能将图画和文字用美学的艺术形式表达得如此统一完美，中国的艺术家做到了！

5

苏辙的书画虽然比不上哥哥苏东坡，却在评论方面十分擅长，他评论道："东坡自作苍苍石，留取长松待伯时。" 指出苏东坡画的松树不如李伯时画的松柏好。

他的《墨竹赋》总结了文同的画竹经验："朝与竹乎为游，暮为竹乎为朋，饮食乎竹间，偃息乎竹阴，观竹之变多矣。""胸有成竹"这个典故，就是从文同画竹而来的！

他写的《韩干三马》，说画家能画出三种马的心中所想，是个动物的心理学家：

老马侧立鬃尾垂，御者高拱持青丝。
心知后马有争意，两耳微起如立锥。
中马直视翘右足，眼光已动心先驰。
仆夫旋作奔佚想，右手正控黄金羁。
雄姿骏发最后马，回身奋鬣真权奇。
……

苏辙评论王诜绘画中的三种蚕宝宝，各有不同的形态，甚至能听到它们吃桑叶的声音：

饥蚕未得食，婉转不自持。
食蚕声如雨，但食无复知。
老蚕不复食，翘首有所思。

君画三蚕意，还知使者谁。

……

郭熙是北宋著名的山水画家，老年在绘画理论上很有建树，画泉水有“三远法”——画山石要“卷云皴”，画树枝要“蟹爪垂”。苏辙评论有二：

乱山无尽水无边，田舍渔家共一川。

行遍江南识天巧，临窗开卷两茫然。

断云斜日不胜秋，付与骚人满目愁。

父老如今亦才思，一蓑风雨钓槎头。

现在青年人一提“写真”二字，都以为是日语的当用汉字，其实这是地地道道的汉语词汇。将自己的模样绘画入图，这类肖像画，宋人就称作“写真”。宋代士大夫书斋中经常悬挂着自己的写真。画家李公麟、陈怀立都曾给苏东坡画过肖像。

苏辙的《写真自赞》云：

心是道士，身是农夫。

误入廊庙，还居里闾。

秋稼登场，社酒盈壶。

颓然一醉，终日如愚。

自嘲也罢，自省也罢，自勉也罢，自警也罢，在没有照相机的年代能用书画找寻自我，是宋代士大夫的一种自我意识的觉醒。

第十九章

辽国、西夏、高丽、交趾，哪个都不是省油的灯

常为之深思远虑，以为必有可以自安之计，盖未尝不咎其当时之士虑患之疏，而见利之浅，且不知天下之势也。

——苏辙《六国论》

1

春秋战国之前，北方的游牧民族有东胡和匈奴两支，匈奴据说是夏桀的儿子淳维的后裔，突厥也属于匈奴的分支。东胡被匈奴击败后分为乌桓族和鲜卑族，汉末时乌桓族被曹操消灭，仅留鲜卑族在现在的内蒙古地区。契丹族来源于东胡的鲜卑族，契丹人认为他们的始祖发迹在木叶山，而且死后的灵魂都要回归到黑山去，而这两处都在鲜卑族所在的地方，他们在北魏时期开始称作契丹。而匈奴被汉武帝击败后，向西进发，攻打意大利和罗马帝国去了。

契丹民族有个美丽的传说：

一位骑着白马自湟河而来的英俊小伙和一位驾着牛车来自土河的美女相遇，然后结成夫妻，生育了八个儿子，他们成为八个部落的首领，契丹就是由八个部落构成的民族，然后一代代繁衍昌盛起来。后代以“白马”为图腾的血缘集团被标记为“耶律”氏，以“牛”为图腾的血缘集团被标记为“萧”氏，契丹人形成这两大姓氏，两姓互相通婚，繁衍后代。

公元907年，契丹首领耶律阿保机统一了各个部族，后来建立了契丹国，因发源于辽河流域，故国号大辽。

大辽全盛时期“幅员万里”，疆域东到日本海库页岛，西到阿尔泰山，北到额尔古纳河，南到白沟河。契丹人过着半游牧半农业的生活，所以经常骚扰宋王朝。宋辽为了燕云十六州的争夺，长年战争不断，一直打了二十五年，百余次的战争使得百姓苦不堪言！

燕云十六州又称“幽蓟十六州”或称“幽云十六州”，包括燕（幽）、蓟、瀛、莫、涿、檀、顺、云、儒、妫、武、新、蔚、应、寰、朔，共十六个州。其中的幽、蓟、瀛、莫、涿、檀、顺七个州位于太行山北支的东南方，其余的云、儒、妫、武、新、蔚、应、寰、朔九州位于太行山的西北方。

公元936年，后唐的河东节度使石敬瑭反唐自立，他向契丹求援。契丹出兵扶植他建立了后晋国，辽太宗与石敬瑭约为父子关系，后晋的开国皇帝石敬瑭，就成了名副其实的儿皇帝。

公元938年，也就是后晋的天福三年，石敬瑭按照契丹的要求，把燕云十六州割让给了契丹，使得辽国的疆域一下就扩展到长城沿线。这块土地，东西大约一千二百里，南北大约四百里，这么大的面积中，当时人口大约三十万户，一百五十万人。天上掉馅饼，辽国马上升幽州为“南京”，幽州由原来中原北方的军事重镇，一跃成为辽朝的政治陪都，成了辽国南方军事前哨和主要的赋税来源地了。

后周世宗柴荣，在公元959年大破辽军，收复了瀛洲、莫州，宋朝建国也从此接手了二州。后来中原的数个朝代，都没能够完全收复剩下的燕云十四州，它居高临下的战略意义，使得中原的北宋政权受到了威胁，持续了长达一百六七十年！

公元1004年，也就是宋真宗景德元年秋天，辽国萧太后和辽圣宗耶律隆绪，在韩德让的辅佐下亲率大军南下，她的胃口越来越大，梦想吞下大宋国。宋朝宰相寇准挂帅迎敌，大敌当前，他劝说了宋真宗御驾亲征！宋辽决战前夕，宋军用强弩射死了辽军的主帅肖挞凛，这时辽主孤军深入，而宋主也在澶州被困无援，双方都考虑到输赢难料，最后在澶州议和。

公元1005年一月，宋辽签订了《澶渊之盟》，和约规定：

宋辽为兄弟之国，双方撤军，以白沟河为边界；宋朝每年给辽国岁币银十万两、绢二十万匹。双方开放边境，开展互市贸易。

“能用钱解决的问题都不是问题！”宋朝花钱买和平，关键是双方势均力敌，谁也吃不掉谁。要知道，宋朝每次大战的军费不下几百万两，纳币十万两算是小菜一碟。从此两国经济文化不断交流，中原文化向北边渗透，互市贸易彼此获利。

《澶渊之盟》换来了一百二十多年的宋辽边境安宁，两国都觉得很划算。

2

传说五千年前黄帝与炎帝大战于阪泉，炎帝失败后部分后裔与黄帝部落融合，成为华夏汉族，另一部分西行或南下，与当地土著融合为藏族、彝族、纳西族、羌族。以游牧为生的党项人属于西羌族，他们占据着青海湖周边的草原，以及后来的河西走廊、河套地区。党项族人团结，尚武而勇猛，历代都臣服于隋唐五代各国。

宋仁宗景祐五年（1038）十一月十日，党项人李继迁的孙子李元昊建国称帝，国号大夏。由于不断开疆扩土，大夏国的疆域方圆两万余里，东到黄河，西达玉门，南接萧关，北控大漠及鄂尔多斯草原。大夏继续扩疆的第一个目标，就是富饶的大宋国。而大宋国最富饶的地区是四川，眉山的苏辙就在此时出生了！

宋朝的延州（延安）是北方的边境地区，宋太宗曾经在这里囚禁过李继迁的母亲。宋夏的第一次大战“三川口战役”就发生在这里。西夏十万大军进攻延州，新称帝的李元昊在三川口设下埋伏，一万宋军顽强战死，主将刘平等被俘虏。延州城被围困了七日，最后由于天降大雪，西夏人才不得不撤军。

延州不但地理位置重要，还盛产石油，宋人当年已经会用石油制作“石蜡”了。石蜡耐烧，一支石蜡可顶普通三支蜡烛。照明的蜡烛，是人类照明史上的一大进步，石蜡据说也是中国人的发明。

丝绸之路被掐断了，卧榻之侧岂容他人安睡？宋仁宗肯定要讨伐西夏，然而“三川口战役”“好水川战役”“定川寨战役”三大战役都失败了，每次都死亡万余人。因为党项人骁勇善战，而且是游击战法，诱敌设伏，断敌粮道，有利则进攻，不利则撤退，骑兵来去神速，无影无踪。然而党项人虽有问鼎中原的野心，却没有支撑长期战争的能力，只能奉行以战求和的策略。反观宋军只能步步为营，农耕民族与游牧民族的差异十分明显，何况北方还有一个更厉害的辽国虎视眈眈。这时西夏已经与辽国结盟，相约一起来攻打大宋朝。

范仲淹认为：“天下之患不在西戎而在北处。”最终宋朝还是与西夏签署了“庆历和议”，虽然李元昊取消了帝号称作夏国主，可还是占了便宜。当然大宋也不叫赔偿，而叫作赐给，打肿脸充胖子！

除此以外，双方还允许边境设置贸易市场，恢复贸易往来，开通了部分丝绸之路。对西夏来说，每年都收到巨额钱财，尤其边境的互市，促进了经济文化交流，有百利而无一害。对大宋来说，西夏去了帝号称臣了，挣来了面子，像《澶渊之盟》的辽国一样，花钱买来了和平，这比战争花费的银两要少多了！这算不算双赢？各家打着各家的算盘！

宋神宗继位不久，西夏的宗室，绥州监军嵬名山，因为与夏主李谅祚有矛盾，有意归顺大宋朝。司马光等人反对，理由是会引发宋夏两国的战争，何况党项人难以治理，久后必反。然而宋神宗的政治抱负很大，定要恢复汉唐疆域，于是接受了几百个党项人部落首领，一万多户百姓，上万的兵马归顺了。宋神宗赐名嵬名山为赵怀顺，他帮助宋朝收复了绥州。然而宋夏两国的矛盾也进一步加深了，因为西夏有了侵犯大宋的借口，从此连年战乱不断。

3

王安石变法后，宋神宗意气风发，有钱了腰杆子就硬了，开始圆他的“统一”梦。与苏辙同榜进士的王韶上书《平戎策》，建议收复河湟二地，可使西夏腹背受敌。河湟是指位于青海东部的黄河、湟水流域，这里的熙州、河州归吐蕃管辖。皇帝和宰相都大力支持王韶的“熙河开边”计划。他先在边境屯田，开设市场贸易。茶马互市的目的是“汉中买茶，熙河易马”，这比“保马法”方便得多，也有利得多。王韶继而招降了青唐首领俞龙珂，使他率部十二万人归顺了宋朝，并且改名叫包顺，他曾发誓像包拯一样忠顺于赵家的大宋朝！

熙宁五年，苏辙正在陈州做个不起眼的学官，王韶却在一年多的时间内，带兵收复了熙州、河州、洮州、岷州、叠州、宕州，拓地一千多里，招抚了三十多万当地部族。“熙河开边”大长了宋朝的志气，捷报一个接一个飞传到汴京！宋神宗喜不自胜，新党弹冠相庆，认为这是对王安石“保甲法”“保将法”“裁兵法”“军器监法”的有效验证。

旧党官员可不这样认为，因疆域被吞并，吐蕃改变了原来“联宋抗夏”的政策，反过来改为“联夏抗宋”。后来西夏又和吐蕃通婚，关系更牢固了，宋朝又多了一个货真价实的敌人。

熙河开边的胜利，让宋神宗昏了头脑，元丰四年（1081）发兵五路伐夏，计划一战消灭大夏国。这次兰州也归于宋朝的版图，并且先后又攻取了米脂等五寨。不过宋朝部队缺少统一的指挥，又被西夏断了粮道，宋军最后不得不撤了回来。

元丰五年（1082），西夏大举反攻复仇，要求归还兰州、会州、米脂的失地。宋朝在距离米脂寨五十里的永乐川修建了永乐城，城中禁军、厢军、乡勇、蕃军七万多人，役夫十六万人。十四天建成的一座土城，却没有水源，只好打了十四口水井供水，这为大军生存埋下了隐患。由于部队指挥失误，秋雨又使土城坍塌，西夏人破城时，饥渴疲惫的宋军，完全丧失了抵抗能力。

留守米脂的沈括奏报朝廷说：“永乐城陷，汉蕃官二百三十人、兵万二千三百余人皆没。”还有十多万役夫也都没有了下落！这给了野心勃勃的宋神宗当头一棒。他不得不重新考虑战略战术，那就是范仲淹总结的“浅攻进筑”。在双方犬牙交错的地区，为防止西夏骑兵突袭，只好修筑大批堡寨相互支援，采取步步为营的方式，蚕食西夏的地盘。

宋神宗幻想一口吃个胖子，那简直是在白日做梦！

元祐元年（1086）二月，被贬的苏辙与大夏的使者同时进入京城开封。苏辙是升官任右司谏，大夏使者还是要求归还兰州、米脂等地。

是否归还神宗五路伐夏侵占的西夏领土？朝中两种意见相左，新党的韩缜等人坚决反对，因为这是变法以来的巨大成果，哪有吃进去再吐出来的道理？旧党的司马光、范纯仁等人主张弃地议和，本来就是人家的地盘嘛！转手管理，劳民伤财，得不偿失。

苏辙支持司马光的主张，他上书《论兰州等地状》讲：“兰州等处本西戎旧地，得之有费无益。先帝讨其地而取之，陛下赦其罪而归之，理无不可。”

苏辙希望与西夏发展睦邻友好关系，尽量不兵戎相见。

苏东坡也上书说：“西边患小，北边患大，此天下所明知也。”

朝廷最后归还了兰州之地，苏辙又上书要加强战备，不应放松西边的警戒。还进一步阐述弃地议和，并非丧权辱国的道理。

苏辙和司马光的外交思路基本一致，虽然思想显得保守，但是反对战争也是从国家的大局着眼的。譬如说“熙河开边”，从人宋地图就可以看到，虽然疆域像楔子一样插入西夏和吐蕃腹地，然而政治上多了一个敌国。这楔子里三面受敌包围，经济上不能自给，国家每年要多花费三百六十万缗银两维持局面。树敌后又断了互市，没有了马匹交易，致使马价飙升，完全不是王韶当年的理想规划。

城头变幻大王旗。原来是宋、辽、夏的三国演义，现在又多了个吐蕃，成了四国演义。南边的交趾见有机可乘，竟然也趁乱蠢蠢欲动，派兵进犯大宋的广西边境。为了东边“联丽抗辽”，宋朝不得不结束了四十三年与高丽国不相往来的历史。

4

朝鲜是西周王朝中箕子的封地，周武王“因以朝鲜封之”，平壤就有座箕子墓。公元 14 年王莽时期高句丽建国，668 年唐朝派右威卫大将军薛仁贵征东，灭了高句丽国后，薛仁贵任检校安东都护，留下来镇守朝鲜。公元 916 年契丹建国后独霸了北方，918 年高丽也建国，灭新罗，灭百济，统一了朝鲜半岛。

其实高丽国和高句丽国没有半毛钱的关系，他们现在甚至连“箕子朝鲜”也都否定了！

高丽有“小中华”之称，他的开国之君临死的遗言是：“惟我东方，旧慕唐风，文物礼乐，悉尊其制。”

高丽是个向往中华文化的民族，但面对强大的辽国，和晚建四十二年的大宋国，以及后来崛起的金国和蒙古国，他始终奉行着“事大主义”的政策，即服从实力强大的一方，以求保持自己的独立自主。于是高丽既向宋朝朝贡，也向辽国朝贡，既把宋朝视为宗主国，也把辽国视为宗主国，这就是历史上的“一国事二主”。

宋太宗发兵攻辽时，要求高丽出兵配合，高丽害怕辽国，“迁延未即奉诏”；辽军进攻高丽时，高丽乞求宋朝出兵帮助，宋真宗传谕官员“不须以闻”，你宗主国不闻不问，于是高丽中断了对北宋的朝贡，两国四十多年不相往来。

王安石的变法，对内要富国强兵，对外要灭夏抗辽。宋神宗东北亚的战略布局就是“联丽治辽”，以图收复燕云十四州，彻底解除北方的隐患。俗话说弱国无外交，军事上打不赢，外交上就没有话语权！五路伐夏失利以后，宋神宗彻底丢掉了锐气。大宋与高丽没有领土接壤，所以宋神宗和宋哲宗的“联丽治辽”，也只是自己的一厢情愿而已。

5

宋朝之前和之后的中原王朝，自认为是世界的中心，自己是帝国天朝，与周边及海外诸邦都是朝贡贸易。外国向天朝进贡，中国获得了四夷宾服，有着万国来朝的表面荣耀！天朝给予诸邦的回赐，其价值远远超出所收到的贡品，大大满足了中国皇帝的虚荣心，经济上却是大大的得不偿失。

苏东坡曾经上书朝廷极力反对这种所谓的朝贡，他不满地讲："朝廷无丝毫之益，而远人获不赀之财。"

虽然将对外开放纳入国策，但也不能一味地优厚外国人。从宋朝开始，朝贡贸易的贡品只收取十分之一，剩下的十分之九按市场价交易。大宋国港口城市与五十八个国家和地区进行着这种互市贸易，设市舶司招商收税，每年的进出口贸易，国家收税就有一百多万贯，而当时的农业税收，仅占国家财政收入的十分之三多一点。

西夏阻拦了丝绸之路，宋朝贸易不得不走东边和南边的海路，于是海上丝绸之路发展起来，与日本和高丽的海上贸易也发展起来。

苏辙任户部侍郎时，冗费让他大伤脑筋，每年要给辽国岁币，要给西夏岁币，还要大笔金银招待高丽使节。有一次早朝，面对太皇太后和小皇帝，大臣们有过一场大辩论：

苏辙发言说："国库银两不多，是否应该减少对外开支？"

章惇说："节流不如开源，新法坚决不能废除！"

司马光反驳说："新法搜罗的钱币都是民脂民膏，是从百姓手中抢夺而来，国富民穷了，有些新法必须废除。"

章惇反问："司马大人，那样国库银钱将从何而来？"

司马光说："'青苗法'可仍旧执行聚财，'免役法'可罢，原来的'差役法'可行。"

太皇太后说："今天先不谈新法，先议苏爱卿的议题。《澶渊之盟》的辽国岁币不能不给，庆历议和的西夏岁币也不能不给，你们说从哪里减？”

苏东坡说：“从高丽人身上减！”

太皇太后问：“高丽不是也朝贡了吗，怎么在他们身上还花钱？”

苏东坡回答道：“高丽人朝贡的都是些好玩无用之物。他们拿走的比我们给出的多得多！”

苏辙详细解释说：“先帝曾经批示，高丽国王每次朝贡，回赐浙绢万匹，无论贡品价值几何，永为定数。”

这时，小皇帝宋哲宗笑了：“这太便宜高丽了吧！”

司马光说：“先帝的旨意不好废除。”

苏东坡说：“我在密州、登州、杭州任职时，都是与高丽通航的海岸城市，接待海上来的高丽官员，每次都要花费大批银两。有一次，来到明州的高丽使团，竟有二百六十九人之多！”

苏辙：“朝廷待高丽之礼特厚，他们进京沿路都设有高丽亭馆，建筑工程浩大，还有引伴使负责接待。”

司马光：“据我所知，为了通好高丽，河北还设五都仓为他们服务。”

“高丽人利用朝贡之名，从事贸易活动，已经获取了暴利。”苏东坡断言说，“高丽名为慕义来朝，其实为利，度其本心，终必为北虏用。”

太皇太后追问：“苏爱卿的意思是什么？”

苏东坡答：“我质疑高丽所得的赐予，肯定要分给契丹人，不然契丹不会让他们过境来朝贡的。”

苏辙：“高丽之人所至游观，伺察虚实，图写形胜，阴为契丹耳目。”

苏东坡：“对！高丽游离于我朝和北边契丹之间，极容易失密，不宜深交。”

苏辙：“高丽人善于以小博大，独善其身，表面对辽国和宋朝都不得罪，外交方面根据形势，应对出招，利己则必然损人。”

苏东坡接着说：“高丽是无厌小国，我们‘联丽治辽’投入过大，成本太高，根本达不到治服辽国的目的。”

苏辙：“高丽虽然在文化方面仰慕我朝，在经济和海上贸易方面有所依赖，在官家面前表现虔诚恭顺，但仍然是器小易盈。他们自诩比我朝建国还早四十年，始终奉行本国利益至上。我朝不可被这藩国属臣的姿态所迷惑。”

司马光打圆场说：“面对两个大国，韬光养晦，高丽左右逢源也是难免的。”

苏辙最后说：“高丽一贯奉行利己主义、务实自保的外交方针。他北边的女真族崛起了，肯定更加依赖和辽国的关系，与我朝只是阳奉阴违而已。”

历史证明，高丽在对大国关系上应对老到，手段狡黠，永远奉行使自己利益最大化的实利外交。最终辽国亡了，北宋亡了，甚至后来崛起的大金国也亡了，高丽却挣扎着不倒。即便是一次次纳贡称臣，他得到的也比失去的还多。

6

苏辙入朝为官时，宋朝的外交已经成为头等大事。国与国之间不可能没有外交，但强弱不同，立场不同，手段自然也就不同。外交是战争的另一面，妥协让步就是重要的外交艺术，它不是作秀，那种尽占嘴上便宜的往往占不了便宜。苏辙出使辽国时，与辽道宗交流诗词，与皇帝的侍读学士王师儒谈论茯苓粥，文化交流成为最好的外交手段。纵观古今，外交不仅是谈判桌的艺术，也是国家软实力的较量！

北方最大的敌人是辽国，宋朝仍然继承《澶渊之盟》的政策，花钱买和平，你不犯我，我不犯你。然而苏辙并不知道，辽国也出现了危机，因为他也多了一个敌人！

女真人此时正在野心勃勃地东征西讨，对象就是辽国和高丽。这些从山林中走出来的女真人，以两千多人起兵，十一年后竟然取代了辽国，又过两年便灭了北宋。这些都不是苏辙能预料到的！

西北的西夏，宋朝国策依然是“弃地弭兵”，苏辙认为西夏骑兵压境，是因为朝廷侵占了他们一百几十里的土地，是宋方不守信用所致，不是西夏人的罪。

理由不正当就不能用兵！太皇太后同意他的意见，返还了强占的土地，元丰年间就没有大的征讨战事。对付西夏或剿或抚，应该与对付辽国的政策不同，这是苏辙的外交路线，但尚未亲政的宋哲宗可不这样想。

东边的高丽是机会主义小国，无利不取，唯一可行的就是互市贸易。原来可以通过海上购买女真人的马匹，双方互惠，女真族崛起之后，这种买卖也断绝了。高丽人自顾不暇，宋朝这个名义上的宗主国也只是挂个空名而已。

南边交趾小邦，曾经乘乱骚扰广西，侵地夺城。熙宁九年被宋神宗派兵狠狠打到他的京城，杀了他的太子。交趾被逼继续称臣，总算老实不敢再动弹了。

交趾的来历，在《礼记》中已有记载：“南方曰蛮，雕题交趾。”雕题是说文脸，交趾是说“足相向”，因为那里的风俗是男女同河洗浴，故称“交趾”。秦朝实行郡县制时，“交趾郡”就是现在的越南北部。交趾在汉代变更为交州，隋唐五代也成为藩镇割据之地。后来，当地人乘乱独立建国，再后来北部称安南，南部称占城。

大宋王朝一直是安南、占城的宗主国。北宋灭亡之后，南宋仍然保留着一个朝贡圈，安南、占城、暹罗等国仍然向南宋朝贡称臣。宋朝是礼仪之邦，宗主国不仅光靠武力震慑，还有文明和信誉的影响力。

7

苏门三学士都曾写过同一题目的《六国论》，当然那是尚未入朝时的纸上谈兵。因为大宋和辽国的“澶渊之盟”带来休战和平，但每年却要纳岁币，面对西夏也是如此，对此朝野有很多不同的声音。

苏洵反对这种纳岁币的做法，以史为鉴，他认为六国灭亡的原因就是

“贿秦”。残暴的秦国欲望永远不会满足，贪得无厌，欲壑难填。给他的城池土地越多，他的胃口就越大，侵犯也会越急迫。用土地侍奉秦国，就好像抱柴救火，柴不烧完，火就不会灭！六国被秦国积久的威势所胁迫，天天月月割地，以至于走向了灭亡。苏洵提醒说，凭借着我们偌大的国家，却追随六国灭亡的先例，这就连六国也不如了。

苏轼分析六国久存的原因在于“养士”，六国君主把那些有智谋、有勇气、有辩才、有能力的优秀杰出人才全招揽于门下，这样就没有造反的带头人了，这是外交上的胜利。而秦始皇焚书坑儒不得人心，不讲仁政，全靠酷刑统治，所以秦朝统一天下后，十四年后就迅速灭亡了。

苏辙有独到见解，他认为六国决策者目光短浅，不识“天下之势”，赵、燕、楚、齐四国忽略了夹在中间的韩国和魏国的作用，两国阻挡了秦国的出路，掩护了山东诸国。结果秦国远交近攻，四国却为了各自的利益，背盟弃约，相互残杀，自相并吞。六国合纵本有“五倍之地，十倍之众”的绝对优势，结果因为不团结，让秦国看准机会，各个击破，逐一灭亡了六国。

苏辙晚年定居颍川，翻阅年轻时写的《六国论》时感慨万千，因为秦始皇第一个先灭了韩国，而郡县制第一个设立的郡，就是自己脚下的颍川郡。灭韩国时杀了五万韩卒，事前还斩杀了二十四万颗韩魏联军的头颅。血淋淋的数字不会造假，因为商鞅变法实行了“人头军功制”，所谓建功立业，就是有杀人的硬指标。秦军大开杀戒时，仅白起一人所辖的秦军，就杀了九十多万人。

苏辙不会知道在他死去八年后，北宋和金国结了“海上之盟”，也效仿远交近攻，宋金结盟的确消灭了中间的辽国，结果引来了“靖康之耻”，北宋也被金国灭亡了。

苏辙更不会知道，在他死去一百六十七年后，南宋忘记了北宋血淋淋的历史教训，与蒙古结盟，又把夹在中间的金国灭了！于是下一个就轮到蒙古灭亡南宋了。

威胁一直来自北方。具有三百一十九年历史的大宋国，最终在屠刀和马蹄之下，彻底消失了。

第二十章

朋党之争丢失了共治天下的理想，被一贬再贬去了岭南

君子小人势同冰炭，同处必争；一争之后，小人必胜，君子必败。何者？小人贪利忍耻，击之难去；君子洁身重义，知道之不行，必先引退。

——苏辙《再论分别邪正札子》

1

中国有古语“君子不党”，就是君子立世做人，不要拉帮结派。

孔子也告诫说：“君子矜而不争，群而不党。”

然而官场官员不结党的甚少。朋党者，从字义上来看就是一群人朋比为奸，结党营私，实际并不尽然，它由官僚中政治立场不同的派别结成。大文豪欧阳修就写了一篇《朋党论》，他认为结党分君子党和小人党，用治乱兴亡的历史故事，让宋仁宗不要怕结党，只要分清君子和小人，就能大治天下。

王安石变法形成了以他和司马光为代表的两大派，其实对于变法来说，两派都有富国强兵的政治主张，所以有人称作改革派和保守派，也有称作剧变派和渐变派，然而历史上多数还是称他们为新党和旧党。新党要求大刀阔斧，国库收入立竿见影；旧党反对急功近利，反对与民争利。变法不能只看经济的变革，还应看到政治的逆转，它带来皇帝和宰相的专制，带来士大夫内部的大分裂。王安石下台，宋神宗驾崩，旧党在高太皇太后听政的支持下，全面掌握权力，他们也像新党一样，将对立面的官员统统贬

去边境和岭南。然而司马光去世之后，旧党内部由于涉及权力再分配，也开始了派系的内斗。

“元祐党争”浮出水面后，形成了洛党、蜀党、朔党三个党派：以程颐、程颢兄弟为首的洛阳籍官员称洛党，朱光庭、贾易是骨干；以苏东坡、苏氏兄弟为首的四川籍官员称蜀党，吕陶及苏门六学士等人是骨干；以刘挚为首的河北籍官员称朔党，刘安世、梁焘、王岩叟是骨干。

司马光是元祐元年九月去世的，那天恰巧是宋神宗灵位入太庙的斋戒之日，文武百官都到了现场，一边奏乐行礼，一边歌舞颂扬神宗的丰功伟绩。明堂行事过后，刚升起居郎的苏辙，要和众官员去司马光府邸吊唁，程颐却说：“方行吉礼，不可弔丧。”这人就是“程门立雪”的那位大学者，因为《论语》中讲：“子于是日哭，则不歌。”你这天哭过了，就不能再去歌唱！

苏辙本来就讨厌这个装模作样、自封儒学的理学家，马上反驳他说：“只有哭则不歌，何尝有歌则不哭。”

论语并没有讲歌后不能哭。仔细想想也对，人在大悲痛哭之后是难以歌唱的，可高兴之余，悲从中来却是常有之事，乐极生悲嘛！

这是两人的首次交锋，在场的王巩出面调解了此事，他是张方平的女婿。

进入司马光灵堂，按照礼仪亲人应该给客人还礼，可主办丧礼的程颐却不准司马光的儿子司马康接待，理由是孝子如真悲伤，就会难过得出不了面。

这下苏东坡又不满意了，当众讥讽程颐说：“伊尹可谓糟糠鄙俚叔孙通。”程颐是伊尹人，叔孙通是被秦二世提升博士的人，这等于讲，程颐是从枉死市里爬出来的叔孙通，是个迂腐的假学究而已。

苏辙想阻止哥哥已经来不及了，因为有说秦二世是亡于叔孙通。程颐当众出丑，于是苏门就和程门从此结下了梁子。洛党台谏官以苏东坡出试题为由，讥讽他别有用心，抨击二苏结党为奸，更说文彦博和范纯仁是他俩的后台。太皇太后发怒，罢了程颐崇政殿说书的官，洛蜀相斗，蜀党暂胜。

刘挚是四朝元老，严峻刚直，不惧威胁利诱，兢兢业业帮助宰相吕大防工作，因苏辙任御史中丞时举荐的人选都是蜀党，刘吕二人心中十分不满，苏辙也因他二人起用新党人物，与朔党鼎力抗争。鹬蚌相争，渔翁得利，洛党看到机会来了，马上对苏辙兄弟发难，翻历史老账，说他们诽谤先帝。又指责他们将国土返还给西夏，卖国求荣。这时，王巩获罪被贬，洛党又说这是苏辙举荐失察的过错。朔党这时也乘机反攻蜀党，却因为刘挚与王巩是儿女亲家，不料反而受到牵连，也被朝廷罢了官。

从刘挚罢官事件，可以看出宋朝制度的进步程序，你不同意可以不领诏敕。朔党的刘挚被罢相，由翰林学士起草的制书称宣麻，因宣麻上面没有说明刘挚的过错，被给事中朱光庭打回去了，理由是“不当无名而去”！

朱光庭的“封驳麻制之举”，引起反对派的大肆攻击，什么“朱光庭朋党，乞正其罪”“刘挚多朋党，必相救援，愿一切勿听”等。朱光庭因为同情宰相刘挚，自己也被罢官贬去了亳州！然而他却拒绝面领谕旨。

由此可见，宋朝敢顶撞皇帝的可不止包拯和苏辙两个人。

元祐七年（1092），程颐回京述职，苏辙正任门下侍郎，极力反对他留京任职！苏东坡反而回京任兵部尚书兼侍读。蜀党虽是获胜，却在朝中树敌过多，随着宋哲宗亲政，洛、蜀、朔三党统统败给重新掌权的新党。

北宋的朋党之争，开始是不同政见的士大夫之间的争斗，各派政治组织就是后代政党的雏形。不过新党和旧党，以及旧党分化出的洛、蜀、朔三党，后来都变成官员间你死我活的争斗，厮杀中带着血腥。士大夫群体的大分裂，破坏了政治共识，大宋之变，使宋朝走向下坡路。

2

皇宫延和殿，是皇帝休息的坐殿，也见证了许多历史：著名的“延和殿廷辩”就在这里进行过！那是刚刚登基的宋神宗，因为国库亏空，在这里听了司马光和王安石，流传青史的一场大辩论。

王安石说：“善理财者，民不加赋而国用饶。”即不用增加农民的赋税，国库仍然可以充裕。

司马光反驳他说：“天地所生货财百物，止有此数，不在民间，则在公家。”他认为，天下的钱财是有定数的，坚决反对与民争利。

廷辩的结果，宋神宗还是采用了王安石的变法，让国库很快充实了起来，青苗法和免役法都是从百姓手中揽财，而且立竿见影。不过只实行了十八年，百姓怨声载道，社会风气败坏，小人掌权，君子被黜。士大夫与官家共治天下的理想，成了明日黄花。

元祐六年（1091）八月，刚刚从杭州调回京城的苏东坡，在延和殿里又与洛党的贾易辩论起来。朝堂上老眼昏花的太皇太后和睡眼惺忪的小皇帝很无奈，双方互掐的原因仍然是党争。

贾易斜着小眼，狡黠地对官家祖孙说：“先帝神宗去世时，万民悲痛，苏轼却写诗庆贺，简直是目无君父，大逆不道！”

苏东坡回答：“先帝离世时我并不在京城，我刚离开黄州，正在去汝州的路上。”

贾易反驳说：“不对！御史中丞赵君锡说你在扬州，你还记得你在竹西寺墙上的题诗吗？”

苏东坡点头承认：“当然记得，我是路过扬州写的。‘此生已觉都无事，今岁仍逢大有年。山寺归来闻好语，野花啼鸟亦欣然。’”

贾易挑衅地说：“先帝宾天你竟然作自庆诗，写什么‘闻好语’？这是对先帝贬你去黄州的不满，是可忍孰不可忍！”

苏东坡也被激怒了，他跪在太皇太后和宋哲宗面前申诉：“臣于元丰八年三月六日，才见到先帝临终前发出的诏书，恩准我居住常州，不再去汝州，臣感激涕零！先帝辞世我悲痛万分，高声哭号，戴孝祭祀。怎么能说我有心自庆呢？”

贾易：“那么‘闻好语’是什么意思？”

苏东坡说：“先帝是三月五日宾天，我五月一日来到了扬州竹西寺，相隔两个月了。我在寺外道旁听到百姓赞扬新官家，心中特别高兴，这不是好语吗？”

一旁的小皇帝引来了兴趣，马上问道：“百姓怎么说朕？”

苏东坡仰脸回答：“有十多个百姓父老，他们在路旁相互说话，有一人合掌放在额头说：‘闻道好个少年官家’，他听说官家是个少年有为的圣上。”

宋哲宗十分高兴：“你真听百姓这么说的吗？”

苏东坡点了点头说道：“他们就在我身旁，我心中实喜，当时又没有朋友可以交谈，于是作二韵诗写在了寺庙墙上。”

太皇太后说：“话虽粗俗不典雅，可百姓出于至诚，他们听说的一点不错！”

小皇帝一听，天真地笑了起来。

苏东坡继续说：“当年是个丰收的大有之年，我又可以回到常州去养老，听到这样的好消息，请问贾大人，你说我能不高兴吗？”

苏东坡见贾易接不上话来，又对太皇太后说：“如果臣稍有不善之意，怎么敢把此诗题写在墙上，随便让人看呢？”

贾易嘟囔着说：“你还有不敢的？你们兄弟俩连官家都敢骂。”

苏东坡反驳说：“贾大人，你今天不但翻出六年前的旧账，还想再翻出三十多年前的老账？你们洛党总给别人记黑账，是为了坐地分赃呢，还是想秋后算账？”

太皇太后发话：“别翻老账了，到此为止！”

苏东坡仍然不依不饶：“先帝三月去世，两个月后我写诗讴歌大宋的幼主，错在何处？贾易和赵君锡两人竟然结党诬陷毁谤，这样的朝臣应该逐出朝堂，以正国法！”

这位赵君锡就是当年与苏辙一起出使辽国的副使，与林希一样，曾是苏辙兄弟俩的好朋友，经常往来诗酬。现在回到朝中官做大了，为了争权夺利，相互勾结，彼此倾轧起来。

贾易听苏东坡说他结党诬陷，刚要反驳，又被太皇太后挥手制止了。

已经听了半天的辩论，小皇帝很是得意，因为他的臣民在街头巷尾赞誉他！老太太却很反感，因为又是朋党之争，并非为了国家大事。太皇太后无奈地摆摆手说：“大家散了吧！”

3

朝中党争剧烈，官场上如日中天的苏氏兄弟俩心中有数，尤其慎思择言的苏辙，害怕哥哥心直口快，再像乌台诗案那样惹出祸来，便劝他离京外放。苏东坡认为很有道理，连连上书七次，终于在元祐四年（1090）以龙图阁学士身份，到杭州任知州去了！

苏东坡前次到杭州，留下了“若把西湖比西子，淡妆浓抹总相宜”的千古名句。这次重返故地，发现西湖杂草淤塞面积缩小，因为湖水枯竭致使钱塘江水倒灌，咸潮使运河淤泥，影响到杭州的农田水利、交通运输和百姓的生活。作为父母官的苏东坡心急如焚，任户部侍郎的弟弟帮他申请了巨款，史无前例地修整了西湖。

苏东坡深挖了西湖，疏浚出的淤泥，在湖中筑建一条沟通南北的长堤，堤上建有六座石桥，使湖水东西相通，这就是春风骀荡、好鸟和鸣的“苏堤春晓”。继任者林希是同榜进士好友，他将长堤命名为“苏公堤”，并亲自提笔署名，这就是“苏堤”的来历。

苏东坡和苏氏兄弟造福一方，让杭州城的建设规模超过开封，成了当年世界上第一大都市！

苏东坡这次到杭州，正碰上一场严重的旱灾，接着就是瘟疫流行。作为传染病，人与人接触的传播速度很快，古今的瘟疫都让人们谈虎色变。宋代一共有五次大的瘟疫流行，北宋唯一一次是在庆历八年（1048）。不过小规模的瘟疫在各地时有发生，这次杭州瘟疫给苏东坡带来了严峻考验。

不过宋代对瘟疫的防治，已有了成熟的经验，苏东坡进一步严格实施。

第一就是病人的隔离。从唐代就开始重视这个问题，感染了瘟疫，即使父母子女也不敢近身照顾。隔离点也称“病坊”，用竹竿“遥致粥食于病者之侧”。熙宁八年（1075）南方大疫，死者十有五六，越州知州赵忭为了避免传染，开创了世界上最早的隔离封城措施，禁止人口流动，史称“救荒之术”。

第二就是预防和治疗。宋代创建了安乐坊，相当于现在的方舱医院，大批收容病人。朝廷直接派名医去疫区巡治，免费提供屠苏酒、辟瘟粉、千敷散、杀鬼丸、务成子萤火丸等各种药物。并且在疫区饮水饮食集中管理，这样就阻断了瘟疫继续向周边扩散。苏东坡还招募了懂医术的和尚道士坐诊，配制了巢谷的中药方“圣散子”治疗瘟疫。

第三就是物资保障。苏东坡自己捐出五十两黄金，苏辙上书朝廷拨来二十万石大米，还有三百道“度僧牒”，这可是一笔不小的经费，在宋代，持有出家名额度牒的僧人，可免除税赋和劳役，当时一道度僧牒能卖到八九百两银子！这成了官方的收入。有钱买药，有粮赈灾，民不乱，国可安。

第四就是如实上报疫情。为了避免瘟疫蔓延，宋代有严格的问责制度，不能及时汇报属地疫情的官员，一律参劾治罪。瞒报者从免职到就地正法，朝廷绝不手软。在瘟疫大流行中，不作为或乱作为的官员要受到惩处，贵为一尊的皇帝也要下“罪己诏”，反省自己治国理政的过错。这些都是史书记载的，有案可查，可供后世参照。

宋代经过了四十多次大小不同的瘟疫，医生的医术也得到了大幅度提升，让宋代的医者向“天人合一”的儒医方向发展。朝廷对官员的奖惩按“救活率”来统计，既整顿了吏治，又提高了治病效率。

瘟疫还改革了丧葬习惯，老百姓认为死于瘟疫的人身上藏有“病种”，必须火葬消灭，不然“病种”外逃会让亲属患病。国家因疫情大力开展福利事业：安济坊收治病人，漏泽园掩埋尸体，福田院收养弃婴，居养院收养孤寡……

当年黄州、筠州都曾流行过瘟疫，所以苏家兄弟十分了解，瘟疫带给百姓的疾苦不是一朝一夕。张耒那时到黄州齐安看望老师苏东坡，他曾给筠州的苏辙寄过一首诗，记录了当年瘟疫的悲惨景象，为了预防疠气传染，人们喝的就是屠苏酒：

今春齐安大疾疫，闾里老弱死籍籍。
篾绳芦席肩两夫，绕郭累累瘗千百。
玄冥一日行正令，疠气入地应千尺。
异乡身健百不忧，有钱但知沽酒吃。

4

元祐八年（1093）九月，太皇太后高滔滔驾崩了，她既有菩萨心肠，又有霹雳手段，是大宋朝垂帘听政，著名的三个太皇太后之一。

苏东坡被她召回朝廷后，一路升到三品的翰林学士知制诰。在元祐七年六月，苏辙也升任太中大夫、守门下侍郎，成为元丰改制后的副宰相。兄弟两人加官进爵，处尊居显，社会政治地位达到了顶峰。

十八岁的宋哲宗亲政了，苏辙兄弟预感到政坛即将有变，因为哲宗不想按奶奶的指示学仁宗，而是想学变法的父亲神宗。小皇帝重用"杨三面"杨畏这样的反复小人，将章惇、吕惠卿、李邦直等新党人物提拔入朝，而作为皇帝多年的老师苏东坡，先贬他去了定州，继而又流放到岭南，这个学生实在是够绝情的了！

苏辙是第一个意识到官家变化的。张茂则是宋仁宗的发小，就是电视剧《清平乐》中的太监，算是宫中的常青树。他主持正义，人品可贵，生活简朴，几朝官家都信任他，官员们也都敬重他。苏辙从辽国回京后，张茂则在皇城司处罚了亲从官李寔。因为思想体系属于旧党，二人彼此来往。后来他的名字竟然也被刻在《元祐党籍碑》上！虽然已经死了多年！

李邦直、章惇等人执政后，苏辙等旧党官员逐个被清洗。宋哲宗本来就觉得司马光、苏辙将疆土归还西夏是丢了他的颜面，现在借口苏辙以汉武帝比喻宋神宗，是在讥讽先帝穷兵黩武，于是贬他去了汝州。

苏辙在朝为官八年，五十六岁时被赶出朝廷，来到了嵩山之南的汝州。

一提汝州，必会联想到闻名天下的汝州瓷。据说，宋徽宗梦到雨过天晴的天青色，醒来写下“雨过天晴云破处，这般颜色做将来”，要求汝州窑的工匠烧制出简约纯净、釉色如天青色的瓷器。不过，苏辙被贬到汝州时，汝州瓷还没问世呢！

汝州可以北望嵩山。苏辙想起父亲苏洵“经行天下爱嵩岳，遂欲买地居妻孥……今君南去已足老，行看嵩少当吾庐”。但父亲的这个梦想未能实现。苏辙要圆父亲的嵩岳之梦，于是早早在汝州的颍川买下两顷田地，建房置业。他本想远离朝廷是非之地，在汝州不问国事安顿下来，“可怜汝阳酒，味与上国同。游心四山外，寄适酒杯中。”可汝阳酒刚刚喝了两个月，又被贬往江西袁州去了。

这次让他痛心的倒不是贬官，而是好朋友的背叛。林希本来是苏氏兄弟俩多年的好友，曾赞美苏门三学士“父子以文章冠世……”，苏东坡和苏辙先后被贬，新党的章惇许诺林希将来做执政大臣，于是他违背良心，颠倒黑白，竟然书写制词：“苏辙父子兄弟挟机权变诈之学，惊愚惑众……”

苏辙读了大哭：“某兄弟固无足言，先人何罪耶！”他是说，我们兄弟的事，凭什么牵扯到我父亲头上?

林希为了迎合宋哲宗，竟说高太皇太后“老奸擅国”。其实高滔滔垂帘听政的九年，有史称“元祐之治”，天下太平，百姓安乐。太皇太后垂帘听政一开始，就广开言路，严惩京城的告密者！她崇尚节俭，以朴实著称，宫中膳食只用吃草的羊肉，禁食耕田的牛肉。做寿时禁止宰杀羊羔，禁止用羊的乳房做菜，认为“烹而食之有伤天道”。她还谢绝让自己的弟弟升迁，“拒绝加恩高氏”，让娘家人自己出钱建造府邸。她算是一位公私分明的掌权者。

林希也知道自己缺德，自言自语地说：“坏了名节矣！”林希最后仍然被逐出朝廷，患病十日就病故了。

苏辙从汝州赶去袁州赴任，考虑未来变幻莫测，他让长子苏迟和次子苏适两夫妇留在颍川田园，照顾守寡的两个女儿，自己和三子苏远及老妻史氏一起南下。他们先是经陆路奔陈留，然后入运河走水路，八月到真州，九月到九江，在客栈中又接到了诏书：贬去筠州！

原来七月份，三省官员又一次联名弹劾苏辙，罪名是“辙以老奸擅国，肆意诋毁先帝，以君父为仇，丧失臣子之义……”

朋党之争仍在继续，苏辙又被从重处罚，这一年里“岁更三黜”——他被贬去汝州、袁州、筠州。

苏辙第二次到筠州了，上一次待了五年，生活艰辛困苦不说，又遭小女儿夭折。这里实在是苏辙的人生低谷，这次从高位滑坡，是不是滑到底了？实在难料！好在这次不让他过问州事，难得清闲，不像上次“卖酒高安市，早岁逢五秋。常怀简书畏，未暇云居游”。不过上次身心虽然劳累，可《东轩记》等十篇作品，却是他最大的收获。

这次重返故地，人熟地不生，“洞山有云、黄蘗有全、圣寿有聪”，全是儒释道的老朋友，有时间游山玩水，有时间吟诗答对，心中略感慰藉。回顾所走之路，正如朋友苏惟简的早年所言“游宦如寄，非可久安”，一点不假！

苏辙在筠州一住又是三年，虽然前些年的京官收入有些积蓄，可家大业大，开支不少。这不哥哥苏东坡又来要钱了。原来苏东坡贬到惠州后，仍然像在杭州为官一样，关心百姓疾苦，花钱大手大脚。他见惠州的东江渡口是去广州的要道，急需造桥方便两地的交通，然而修桥铺路需要资金，他现在既无权又无钱，不得不到处募捐，筹资化缘！前几天，苏东坡来信谈及此事，苏辙也是囊中羞涩，狠心让妻子变卖了她的首饰，将钱寄给了哥哥。当然，这种做法肯定是瞒着苏东坡的。

绍圣四年（1097）春节前，长子苏迟来筠州看望父母和弟弟了。苏辙夫妇别提有多高兴了，苏远拉着大哥的手问：“大嫂可好？二哥二嫂可好？”

一路风尘的苏迟说：“都好！两个妹妹的全家也都好，只是日夜想念你们。”

母亲史氏在一旁抹着眼泪，苏辙在一旁默默地叹息。这个春节是在欣喜和思念之中度过的。苏辙写了两首诗让儿子带回去。

苏迟展开父亲的诗笺，其一是：

老谪江南岸，万里修烝尝。
三子留二子，嵩少道路长。
累以二孀女，辛勤具糇粮。
谁令南飞鸿，送汝至我旁。
饥寒不能病，气纾色亦康。
拊背问家事，嗟我久已忘。
力耕当及春，伙为久南方。
还家语诸女，素刚非王章。

其二是：

世事非吾忧，物理有必至。
常阳百川竭，顾亦防雨耳。
阴阳相纠缠，反覆更自治。
幽怀澹不起，默坐识其意。
长子念衰老，远行重惭愧。
疏慵身似僧，岑寂家近寺。
但闻事日新，未觉吾有异。
器鍠本自出，蕃角徒不遂。
得失众更知，穷达佛所记。
要令北归日，粗究一大事。

苏迟问父亲："父亲，你还有什么大事要做？"

苏辙："有待完成的大事，就是让你弟弟帮助我写完《春秋传》。"

苏迟说：“王宰相编的《三经新义》，早把《春秋传》踢出去了！”

一旁的苏远答应说：“父亲放心，儿子责无旁贷，一定完成你的心愿。”

苏辙又对苏迟说：“春天到了，你早日返回吧，不要耽误了农时春耕。”

苏迟不答应：“春节刚过，我要给父亲过了六十大寿再回颍川。”

史氏慈爱地望着儿子，对苏辙说：“难得孩子的一片孝心，二月马上快到了，我们好好为你庆寿。”

苏远也说：“我们哥俩一定要给你过好六十大寿！”

儿子的孝心暖了苏辙的心，谁知他六十岁生日祝寿不成，大祸反而又降到他的头上！

二月庚辰，宋哲宗下诏：继续处罚吕大防、刘挚和苏辙等新党要员。吕大防贬舒州团练副使、循州安置；刘挚贬鼎州团练副使、新州安置；苏辙贬化州别驾、雷州安置。

一个月后苏东坡也贬为琼州别驾、昌化军安置。

这年闰二月，兄弟俩在同一个月份，贬去岭南的蛮荒之地！

5

苏辙和苏东坡二人原在的筠州和惠州两地，南北相距一千五百里，二月份同时被贬，却互不知情。然而冥冥中吉人自有天相，他们却在广西的藤州相遇了！

三年多未见，相逢之时的情景可想而知。两家人哭哭啼啼，苏东坡老泪纵横，妻子王弗早年就离他而去，四十六岁的继室王润之也病故了，让他万万没想到的是，身边唯一的伴侣，小他二十五岁的王朝云，也在惠州去世了。苏东坡扶着小儿苏过，深情地望着苏辙，好像弟弟的个子变矮了，脸上增加了赘肉，胡须也更加稀疏了。

“呵呵！老喽！”苏东坡说。

苏辙点头无言。

从藤州到雷州，六百里路走了二十五天。走走歇歇，歇歇走走，说不尽别后的思念，话不完几年的经历。王命在身，哥俩知道不会在雷州停留时间太久，干脆把时间花在路上，两家老少也难得有此机会相聚，这是老天的有意安排。

谈起这次被贬海南，苏过插嘴道："都是章惇老儿的嫁祸！"

一旁的苏远细问缘由。苏过讲："你不是见过我父亲在惠州写的绝句《纵笔》吗？"

"记得，白发萧散满霜风，小阁藤床寄病容。报道先生春睡美，道人轻打五更钟。"苏远一字不差地背诵起来。

苏过："章惇见了'春睡美'生气了，见我父亲在惠州还这样自由自在，让你到天涯海角去美吧！"

苏远："章惇就是小人一个，当年伯父对他多好，他儿子还是伯父录取的进士呢！"

苏东坡："他儿子还是不错的，奋发图强中了进士。"

苏辙："你伯父'眼前见天下无一不好人'。"

苏远说："伯父如果不写这首诗就好了。"

苏辙："傻孩子，没有如果，写不写都是这种结果。新党人掌权朝纲，旧党人统统被贬，后果是迟早会来的。"

苏东坡："还是那一套，欲加之罪，何患无辞！"

"苏子瞻，去儋州，你与詹字有缘嘛！"斯文谦和的苏辙，为了放松，开起了玩笑。

"苏子由，去雷州，你与田字也有缘？"苍老消瘦的苏东坡，仍不失儒雅幽默之气。

"哈哈！哈哈！"

苏辙问哥哥："你在惠州罗浮山下买了地，房子盖起来了？"

苏东坡："别提了，刚住两个月，诏命就来了。"

苏辙："听说盖了二十间？"

苏东坡："你来信说元祐党人永不赦还，我要考虑终老之计，想在惠州养老不走了。"

苏辙："你诗中'日啖荔枝三百颗，不辞长作岭南人'，荔枝就那么好吃？"

苏东坡兴奋起来："真是好吃！不然怎么会'一骑红尘妃子笑'呢？"

苏辙讽喻哥哥："好吃的嘴！这不又惹祸了？"

苏东坡："这嘴有时候也有用，程之才表兄去看我，相逢一笑泯恩仇，还借给我银子哩！毕竟姐姐去世已经四十二年了。"

苏过接话说："姑丈现任广东提点刑狱。"

想到姐姐苏八娘，苏辙也说："是啊，老父在天上，这段恩怨也该早放下了。"

苏东坡让苏过把《白鹤新居上梁文》拿给叔叔，他告诉苏辙说："这也算新作，我的新家名'白鹤居'，客厅命名'德有邻堂'，书房命名'思无邪斋'，只是我无缘居住罢了。"

苏辙轻声打趣说："没命名一个'不合时宜'？"

苏东坡苦笑着摇了摇头。

苏远在一旁提醒父亲："三哥说大哥、大嫂和两个侄子，三嫂和小侄子全都到惠州了。"

苏东坡："对，幸好苏迈带着全家人过来，分别三年了，就让他们在罗浮山住下看家吧！"

苏辙："苏迨没来？"

苏东坡："他们全家留在常州宜兴。"

苏辙："老三媳妇和孩子也全来了？"

苏东坡叹息说："是啊，苏过和妻儿刚刚见面，又都分开了，都是受我牵连的！"

苏过阻止说："父亲不要这么说，我还年轻，在你身边照顾是儿子的责任。"

苏东坡听了，微微点着头。

苏过一边安慰父亲，一边再一次提醒说："父亲，你不是有话要对叔叔说吗？"

苏东坡：“对！差点忘了。子由啊，我这次去儋州恐怕回不来了。此去海南，首当作棺，次当作墓。”

苏辙马上打断他的话：“不会的！你从小就比我乐观，不要有这种想法，我们一定还会见面的。”

苏东坡：“我俩兄弟一场，生死相依。我的大孙子已经成家，二孙子苏符也到了娶妻的年纪了，我们两家联姻吧，让子孙也能继续生活在一起。”

苏辙：“好啊！他看中我哪个女儿的姑娘了？”

苏东坡：“你二女婿王适的千金。”

苏辙：“这太好了，她还没有人来提过亲。”

苏东坡；“一言为定，我们做主了！”

“一言为定！”苏辙与哥哥击掌为约。

兄弟俩在雷州分了手，望着跨海南下的海船，苏辙父子摆手与苏东坡父子作别。儋州就是海南岛，“古人十去九未还”啊！这确实是一次诀别，自此以后，苏辙和苏东坡再未见过面。

苏辙在雷州（海康）一年，他是这样描述的：“命微如发，衅积成山。此者水陆奔驰，雾雨烝湿，血属星散，皮骨仅存，身锢陋邦，地穷南服。夷言莫辨，海气常昏。出有践蛇茹虫之忧，处有阳淫阴伏之病。艰虞所迫，性命岂常！”

意思是说，在这蛮荒之地的艰苦岁月里，非雨即雾，气候潮湿，饮食不习惯。本来苏辙的脾胃就不好，哪能吃这些熏鼠、蝙蝠之类的腥膻之物！自然瘦得皮包骨头。尤其这里瘴气笼罩，家里人没有不得病的，语言不通，条件极差！小儿媳妇黄氏，就因为患病无药医治，病死在了雷州！八郎媳妇的死，让苏辙万分悲痛。他痛哭流涕地说：“因为我的缘故，牵连了子女，老天啊，何故如此？！”

苏辙想尽办法，把黄氏的灵柩运回了颍川。

幸好雷州知州张逢与苏氏兄弟友好，照顾他一大家子。朝廷规定不让住官舍，就帮忙租赁民房。海康县令陈谔一直敬仰苏门三学士，也帮忙为苏辙修房安家，送米送油。有朋友的关心，加上有朋友时不时地上门造访谈心，苏辙心情渐渐好了起来。不过章惇不开心了，他小肚鸡肠，污蔑苏辙强占民宅，一面把张逢罢了官，一面将苏辙迁去更远的循州。然而章惇万万没料到，两年后他也被贬到雷州来，结局还不如苏辙哩！因为老百姓连民房也不租赁给他，他只好在城墙的一间破屋子栖身。

雷州半岛位于中国南疆边陲，虽然当年尚未完全开化，不过这里有独特的“雷府文化”，就是敬神和尊贤。雷州的自然条件形成多雷天气，天雷威力无穷，雷州人崇拜和敬畏神灵，养成了铁面无私、敢作敢为的性格。苏辙有诗云“雷声一起百妖除”，好多是政治隐喻，希望天雷能除去人间的“旱魃”——章惇、蔡京之流。

雷州当地崇尚先贤，尊重文化，后代把凡在雷州任职或路过的先贤，选择人品高尚、学识渊博、正气凛然的十个人，修建了《十贤堂》祭祀，这其中也包括苏氏兄弟二人。

后来，南宋的状元宰相文天祥还写了《雷州十贤堂记》，逐一记述十贤，赞扬雷州人“敬贤如师，疾恶如仇”。

6

元符元年（1098）六月，苏辙又被贬去循州。循州就是广东的龙川，比雷州还要荒蛮落后，两地距离一千五百里。可怜的苏辙冒着盛夏酷暑，水陆舟车交替前往，走了接近两个月，中秋节前才到这鸟不拉屎的地方。

他后来记录：“余自筠徙雷，自雷徙循。二年之间，水陆几万里，老幼百数十指，衣食仅自致。平生家无尤物，有书数百卷，尽付之他人。既之龙川，虽僧庐道室，法皆不许入，衰囊中之余五十千以易民居，大小十间，补苴弊漏，粗庇风雨。”

苏辙听从哥哥的劝告，路过惠州罗浮山时，将家小多人留下来与苏迈暂住，自己与苏远等人先去二百里外的循州安置。

当时朝廷曾向全国发过诏令：凡被谪官吏，不得栖于官舍和庙宇、道观。

苏辙贬到龙川后，只好花五十两银子买了十间破房。苏东坡年前在惠州花七百两银子买地建房二十间，还向苏辙借去十五两建“放生池”，这可是县令一个月的工资，苏辙现在却自顾不暇了。

初来乍到的苏辙，人生地疏，不但水土不服，而且语言不通，幸好循州人热情好客，敬贤如师。龙川人在生活上给了苏辙不少帮助，这让苏辙非常感激。在穷山僻壤的龙川，苏辙留下《龙川别志》和《龙川略志》两部作品。

第二十一章

文坛双星各自不凡，儒释道思想影响了苏辙的一生

人必知道而后知爱身，知爱身而后知爱人，知爱人而后知保天下。

——苏辙《汉昭帝》

1

宋朝是一个伟大的时代，文明体现在广大的知识分子身上。“为天地立心，为生民立命，为往圣继绝学，为万世开太平。”有了这种精神世界，才会有苏门的文化品格。苏氏兄弟两人一生，就如苏洵设计好的马车，在这个世界中或快或慢，或前或后，或风光或失意地不懈前行着。

苏洵为二儿取名辙，这一车行之后留下的车辙，因为性格沉静简洁，不愿为人知之，处世稳重，他的自律更是超出常人。

元祐九年，苏辙刚刚被贬为汝州知州时，恰巧苏东坡被外调定州，接着又被贬去英州，路过黄河的郏县地界，因连日阴雨，他住在一家客栈。

一行哭哭啼啼戴孝的男女也进了客栈。

一位中年男人哭着说：“我叔冤死，不能拉倒！”

一中年妇女说：“没有天理啦！”

男的说：“县官受贿，放走真凶，良心让狗吃了！”

一位老者愤愤说道：“州官糊涂，草菅人命！”

苏东坡一旁听了，插嘴说："你们的知州苏辙大人不是刚到任的吗？他可是个清官啊！"

老者摇头说："谁知道是清是浑？大笔一挥，人头落地！"

苏东坡听了吃惊！赶紧询问缘由。

原来，一位商人陈宝来住在郏县悦来客栈，携带二十斤黄金做生意，结果放在客房内丢失不见了！

店里门窗未坏，怀疑是店家所为，于是报案告到县衙。判案者也排除了外来盗贼，认定店内人作案。

店主丁老二争辩，钥匙在陈宝来手中！陈宝来认定店主另有钥匙，见财动了外心。

三堂会审，屈打成招，丁老二被判死刑。案宗上报州府，刚刚上任的汝州知州苏辙并未详查，立即上报省抚，省抚官僚又上报了朝廷。既然三级官员审核无误，朝廷批复：开刀问斩！

苏东坡听出有许多疑点，细问众人黄金可曾找到？陈宝来可曾与别人交往？老者说陈宝来曾与和尚饮酒畅谈，大醉方归。

苏东坡曾经判案多起，什么密州盗窃案、杭州颜氏案、高丽僧案、商人负债案等，经验告诉他，此案可能有错，他马上转道汝州，建议苏辙重新复核此案。

苏辙听说后也大吃一惊，立即调来卷宗，捉拿和尚，重新审核。

正如苏东坡预料，和尚乘陈宝来酒醉，偷走钥匙仿造了一把，过了三天后，不动声色地偷走了陈宝来的黄金，现在还藏在寺庙的佛龛后边呢！既然是嫌疑人，为何审案时漏过？因为不是喝酒当天失窃，所以躲过了县衙初审时对他的怀疑。

盗窃案水落石出，和尚依法斩首示众，然而大错却无法挽回，平反昭雪有什么用？丁老二人死不能复生！

苏辙同他父亲苏洵一样，一贯强调官吏之间的连带责任，以及按察之官的监督责任，这一宗冤假错案与他有连带责任。苏辙一面为丁老二申请国家赔偿，一面上书请罪。

宋哲宗念他一贯忠厚，又新从朝中派放汝州，刚刚到任不久，仅罚他半年的俸禄。

自律的苏辙却不能原谅自己的疏忽，当官要为民做主，这是他入仕的初心！他刚刚穷其所有银两交给哥哥去南方安家了。罢罢罢！自己是用右手签发的案卷，便用当年兄长在徐州赠送的双刀，狠狠砍伤了自己的右手！让手上的伤疤引以为戒吧！

后人在郏县修建的三苏祠，苏辙的塑像右手残疾，据说就是苏辙自责自残的结果。

《史记·循吏列传》记载了晋文公时代的最高司法长官李离，错判了别人的死刑，虽然晋文公说不是他的过错，但他仍然拔剑自杀了！

苏辙效法“李离伏剑”，就是要接受这一惨痛的教训，让它变成伤疤，像车辙屐痕一样，长久留在自己身上，永远铭记在自己心头。

2

苏轼与苏辙不一样，他锋芒毕露，豪放不羁。他经常参加州郡的公宴，与那些擅长琴棋书画、诗词歌赋的官妓很熟，经常写词供她们演唱，小他二十五岁的王朝云就是这样认识交往的。注册乐籍的官妓都在公务接待的宴席上歌舞助兴，法律规定不允许官妓提供色情服务，官员不许嫖娼，违者打八十大板，或降级，或罢官。但官员买婢女、纳小妾、蓄养家妓是合法的。

苏辙和他哥哥不一样，他从不去秦楼楚馆消遣。一生不纳妾，一个妻子伴随终生，还为他生了十个孩子！夫妻俩恩恩爱爱，“老妻稚子亦自乐，野草山花还插髻”，即便贬官奔南驰北，“官冷无因得官酒，老妻微笑泼新醅”。史氏仍然不离不弃，结果妻子还比他多活了五年！

苏辙兄弟俩血脉相连，生前死后都是如此。苏辙的论文《老子解》，就是参考哥哥的意见修改的。苏东坡去世多年后，他翻阅哥哥的遗稿时，发现兄长留下了一段十分重要的文字，苏东坡对《老子解》是这样评价的：

"使战国有此书，则无商鞅；使汉初有此书，则孔、老为一；使晋、宋间有此书，则佛、老不为二，不意老年，见此奇特。"

宋徽宗崇宁二年（1103），海南的姜唐佐到汝南拜访苏辙，他是苏东坡在海南培养的第一位举人。第一位进士符确，也是拜苏东坡为师的学子。姜唐佐拿出苏东坡没有写完的两句赠诗："沧海何曾断地脉，白袍端合破天荒。"当年苏东坡告诉他说："异日登科，当为子成此篇。"不幸姜唐佐登科之日，恩师已经去世两年了！

苏辙见了亡兄的遗作，悲从中来，放声大哭，于是代兄写了《补子瞻赠姜唐佐秀才》：

生长茅间有异芳，风流稷下古诸姜。
适从琼管鱼龙窟，秀出羊城翰墨场。
沧海何曾断地脉，白袍端合破天荒。
锦衣他日千人看，始信东坡眼力长。

苏氏兄弟二人，一生手足之情笃深。苏辙说："自信老兄怜弱弟，岂关天下无良朋。"苏东坡说："岂是吾兄弟，更是贤友生。"两人无论是儒释道的信仰还是为官理政的宗旨，无论是誉满天下的诗词文章还是心心相印的兄弟感情，正如苏辙所说："各自胜绝无彼此。"

这同一辆车的轼和辙，在千年的历史岁月中，给后人留下了永不泯灭的印象，留下了太多的启迪和感悟。

3

苏氏兄弟都是白居易忠实的粉丝，他们接过白居易的衣钵，用诗筒传递着书信，唱和着诗句，即便天南地北，即便阴晴圆缺，即便喜怒哀乐，仍然可以随时随地交流。

苏轼刚去凤翔时看到周代的十个石鼓，写了《石鼓歌》寄给苏辙，感叹残暴的秦始皇焚书坑儒后，历史的记录丧失，唯有石鼓还完好无损：

冬十二月岁辛丑，我初从政见鲁叟。
旧闻石鼓今见之，文字郁律蛟蛇走。
细观初以指画肚，欲读嗟如钳在口。
韩公好古生已迟，我今况又百年后！
强寻偏旁推点画，时得一二遗八九。
……
欲寻年岁无甲乙，岂有文字谁记某。
自从周衰更七国，竟使秦人有九有。
……
暴君纵欲穷人力，神物义不污秦垢。
是时石鼓何处避？无乃天工令鬼守。
兴亡百变物自闲，富贵一朝名不朽。
细思物理坐叹息，人生安得如汝寿。

苏辙收到诗筒，虽然没有见过石鼓却有共鸣。回复给哥哥说，周宣王施仁政爱民如子，而暴虐无道的秦始皇，“伏尸百万，流血漂橹”。暴君游泰山时，却刻石颂功，只能给后代留下笑柄：

岐山之阳石为鼓，叩之不鸣悬无虡。
以为无用百无直，以为有用万物祖。
置身无用有用间，自托周宣谁敢侮。

宣王没后坟垅平，秦野苍茫不知处。
周人旧物惟存山，文武遗民尽囚虏。
鼎钟无在铸戈戟，宫殿已倒生禾黍。
……

宣王用兵征四国，北摧犬戎南服楚。
将帅用命士卒欢，死生不顾阚虓虎。
问之何术能使然？抚之如子敬如父。
弱柳贯鱼鱼弗违，仁人在上民不怒。
请看石鼓非徒然，长笑泰山刻秦语。

苏辙很注重自身修养，他希望有“幽兰”的高洁品行，骨子里又有《楚辞》般的浪漫，曾寄诗给苏东坡：

兰生幽谷无人识，客种东轩遗我香。
知有清芬能解秽，更怜细叶巧凌霜。
根便密石秋芳草，丛倚修筠午荫凉。
欲遣蘼芜共堂下，眼前长见楚辞章。

苏东坡也很喜爱兰花，他的兰花诗是这样写的：

春兰如美人，不采羞自献。
时闻风露香，蓬艾深不见。
丹青写真色，欲补离骚传。
对之如灵均，冠佩不敢燕。

苏辙再被贬到筠州时，苏东坡也被贬到惠州，三年不见面，彼此全靠书信往来报平安，全靠诗词唱和安慰心灵！天性豁达的东坡居士，信的结尾大都是：呵呵！呵呵！或者是：幸甚！幸甚！或者是：好笑！好笑！而小心谨慎的苏辙，信中大都是劝慰和告诫，谨慎因言获罪，尤其劝告哥哥戒酒，避免痔疮复发。

苏东坡寄诗来，写上元节看灯：

今年江海上，云房寄山僧。
亦复举膏火，松间见层层。

苏辙马上寄回诗句，让他安静地坐禅：

谁怜东坡老，独看南海灯。
故人隐山麓，燕坐销床棱。
……

苏东坡有六言诗写景：

人在画屏中住，客依明月边游。
未卜柴桑旧宅，须乘五湖扁舟。

苏辙也用六言诗写景回馈：

雨过山光欲留，寒来水气如烝。
胜处何须吴越，随方亦有游朋。

苏东坡说惠州大水：

龙卷鱼虾并雨落，人随鸡犬上墙眠。

苏辙回说筠州也在涨水：

云塞虚空雨翻瓮，江侵城市屋浮船。

苏东坡认为在惠州也不错，有荔枝吃：

日啖荔枝三百颗，不辞长作岭南人。

苏辙在筠州回诗说，这里也有荔枝：

荔饷深红陋樱枣，桂醅淳白比琳琅。

苏东坡准备在惠州长住，认为已经没有北归的希望了：

中原北望无归日，邻火村舂自往还。

苏辙安慰哥哥，有耐心就有希望：

思移峤北应非晚，未省南迁日月长。

4

元祐元年（1086），苏辙从绩溪进京后，虽然不知道会一路高升，可总归是走上坡路。绍圣元年（1094）被贬离京后就不同了，走的是下坡路，让苏辙瞻前顾后，朝中得罪那么多大员，皇帝又对他抱有成见，致使他整日惶恐不安。

宋代士大夫钟情山水，这是骨子里的基因所致，逢山咏山，遇水吟水，被贬也到处留下诗句和文章。苏辙贬汝州时，他为约会葆光法师，为他写了一篇文章：

“闻此州在嵩少之阳，登城北望，可以尽得其胜，君何时为此游，吾将举酒与子相望，虽不能同，亦庶几焉。”

结果却没约到大和尚，仅记录下了《望嵩楼》：

“连山障吾北，二室分西东。东山几何高，不为太室容。西山为我低，少室见诸峰……试问山中人，二室竟谁雄……”

他只好独自登楼！他认为太室和少室这两座山在互比高低，其实雌雄早已有了定论。人物一理，自然法则告诉人们，万事不必去争个高低。

苏辙贬袁州走水路，船过真州遇上大风阻挡，逆水行舟可谓艰难，厄运如此，奈何不得。船家认为风雨寻常事，风停雨止过后，仍然是一个晴朗天！苏辙听了很有感触，真理就在民间，他用一篇《阻风》做了记录：

“大水蔑洲浦，牵挽无复施。我舟恃长风，风止将安为……长啸呼风伯，厄穷岂不知？……飘风不终日，急雨常相随。雨止风亦止，条条弄清漪……”

苏辙被贬官之后，心凉手懒，动笔少了，留下的文章自然不多，不过捐款修复吴道子画壁的《汝州龙兴寺修吴画殿记》，还是给后世留下一篇出色的散文：

“予先君宫师，平生好画，家居甚贫，而购画常若不及。予兄子瞻少而知画，不学而得用笔之理。辙少闻其余，虽不能深造之，亦庶几焉。

“……画格有四，曰能、妙、神、逸。盖能不及妙，妙不及神，神不及逸……方圆不以规矩，雄杰伟丽，见者皆知爱之……见吴道子画，乃惊曰：‘信矣，画必极于此为极也’……其称画圣，抑以此耶！

“绍圣元年四月，予以罪谪守汝阳，间与通守李君纯绎游龙兴寺，观华严小殿，其东西夹皆道子所画……然屋瓦弊漏，涂栈缺弛，几侵于风雨……不逾月，坚完如新。”

苏辙在文章中，评价吴道子是位画圣，评论其画既神又逸，成为旷世极品。为了让他的真迹留存后世，苏辙在其位谋其政，主持修缮一新，令“人亡而迹存”。

苏东坡也以弟弟保护文物为荣，作诗云：“他年吊古知有人，姓名聊记东坡弟。”

九百年前的宋朝，一大批著名的文坛巨子被贬，产生了称作“贬谪文化”的现象。虽然东坡文章行云流水而多姿多彩，苏辙文章气势宏大而淡泊，但兄弟俩的文章都有针对性，不一味赞誉唱好听的。苏辙评论李白“华而不实”，对诗仙并不盲目崇拜。他批评“唐人工于为诗，而陋于闻道”。他自己身体力行，对“文道合一”的贡献很大。

苏辙离开朝廷的中枢之后，虽然处于贬谪的险境，但是仍抱有“国家兴亡，匹夫有责”的心态。他在《历代论》中写道：“士生于世，治气养心，无恶于身。推是以施之人，不为苟生也；不幸不用，犹当以其所知，著之翰墨，使人有闻焉。”

虽然他常劝哥哥以言为诫，可士大夫的天性，仍然让自己“口占手写不自藏”，这就是苏辙纯真忘我的人格魅力。

5

两兄弟虽不在朝了，但朝廷的信息并不缺乏，从苏辙的文章中可以得知，一是老友的相互传递，一是有赖于“邸报”。邸报也称邸抄，早在西汉实行郡县制时，各郡都有驻京的办事处，当时名“邸”。邸的官员录发皇帝谕旨、群僚奏议和政治情报，这种手抄本通过“递铺”传送回本郡。

宋朝有了活字印刷术后，邸报成为世界最早的报纸，比罗马帝国要早一百多年！

苏辙的许多奏疏都曾刊登在邸报上，这既向天下人表明自己的政治态度，又起到文章交流的作用。唐宋八大家散文的传播，得益于宋代印刷术的普及和交通的发达，后世曾发现了一张邸报，就有苏辙的一篇《辞起居郎状》。

《辞起居郎状》是元祐元年十月的邸报，苏辙两辞起居郎权中书舍人的原因，是唯恐兄弟二人位高权重，引起朝臣们的不满。当时太皇太后十分看重苏辙，两次辞呈都被她驳回。这张邸报印证了苏辙谦虚谨慎的美德，身处高位并不恋栈，很值得后代官员们好好学习。

苏辙清楚地记得登对请辞的情景，太皇太后拒绝了苏辙的辞职之后，二人拉起了家常。

太皇太后问：“苏爱卿夫人哪里人氏？年方几何？”

苏辙：“拙荆也是四川眉山人，小臣两岁。”

太皇太后：“你兄长有妻有妾，你有几个侧室呀？”

苏辙不好意思地回答道：“臣只有这一位妻子，从未纳妾。”

太皇太后赞赏地说：“好！我朝的司马君实、王介甫和你一样，都是正人君子，一夫一妻不纳妾，你们都是感情专一的大丈夫。”

她接着又问：“你夫人生了几个孩子？”

“三男七女，十个孩子。”

“哈哈！比我还多两个呢！做母亲真不容易，应该嘉赏！”

太皇太后赏赐史氏一枚九凤碧玉簪。苏辙也表示要以先帝和太皇太后为楷模，忠于青梅竹马的爱情，夫妇二人决心白头到老。

晚年回到颍昌家中的苏辙，终日读书著述、默坐参禅，谢绝宾客，不谈时事，将所感皆寄托于诗赋文章之中。他在《遗老斋记》中总结了自己的一生：人之不如意常有六七，活在当下是平生之乐，家庭和睦更是快乐的源头。

苏辙的文章告诉后辈，学习大道，力求减少过失，这是最好不过的事情。做人要有浩然之气——“文者，气之所形。然文不可以学而能，气可以养而致”。

6

苏辙受家庭熏陶，自幼仁、义、礼、智、信指导言行，所交朋友也都是侠肝义胆之人。有一位四川眉山老乡巢谷，苏辙为他写过《巢谷传》，巢谷虽然出身农家，但博学多才、忠信仗义，为了将托付的几百银两，交付给朋友的妻子儿女，他在战乱中改名换姓，几经周折，终于完成了死者的生前委托。

苏辙兄弟被贬之后，巢谷亲自去黄州探望，并且教苏东坡的两个儿子读书。二苏回朝高官厚禄风光之时，巢谷却躲回乡间再不照面。当二苏又贬岭南时，已经七十三岁的巢谷，风尘仆仆，跋山涉水，从眉山步行了几千里到达循州，就是为了探望老友苏辙。

巢谷坚持要渡海去儋州看望苏东坡，苏辙苦苦劝阻，老人依然坚持前往，不幸的是，竟然半途病逝了。

苏辙满腔悲痛地写道："予闻哭之失声，恨其不用吾言，然亦奇其不用吾言而行其志也。"巢谷以死实践了自己的仁义言行，这是多么高尚的人格，多么可贵的精神！

苏氏兄弟从小就学习儒家经典著作，十分了解孔孟之道，但并不独尊儒术。苏辙年幼时就写了文章《孟子解》，然而并不一味盲从，有自己独到的见解。他推崇孟子的浩然之气，认为君子只有加强自身的道德修养，才能养成至大至刚的浩然之气，有了浩然之气，就能做到"不为易勇，不为险怯"，不为贫贱、患难、生死、得失所动摇。

哥哥苏东坡虽然赞成孟子以民为本的思想，但对孟子也有自己的看法，他写了"孟子八辩"，从八个方面与孟子辩论。

苏辙很欣赏颜回的"以箪食瓢饮居于陋巷，人不堪其忧，颜子不改其乐"。他在《齐州闵子祠堂记》和《东轩记》中都赞扬了这种不想做官的安贫乐道精神。

然而苏东坡不这样看待颜回，"为造物者费亦省矣，然且不免于夭折"。颜回的节省不足为法，因为三十岁便早早死去了。苏东坡是个"吃货"，对于美食家来说，当然不赞成颜回的那种活法。

因为受家庭影响，苏辙早早接触了佛道学说，但一开始并不尊崇佛教，他以为佛学有得于形而上者，而不可以治世。他在筠州患病时曾经书写《问黄檗长老疾》：

> 四大皆非五蕴空，身心河岳尽圆融。
> 病根何处容他住，日夜还将药石攻。

苏东坡回信，代老和尚回答弟弟说，患病还是要服药治疗：

> 有病宜须药石攻，寒时火烛热时风。
> 病根既是无容处，药石还同四大空。

苏辙曾说“学圣人不如学道”，他的道教朋友很多，而且有的终生不离不弃。道士吴复古是在齐州为官时认识的，他被誉为潮州八贤，在徐州时，曾经与苏氏兄弟俩大谈“出世法”。这既不同于仙家的长生不老术，又不同于道士的炼丹服药，是无为超脱的独创之法。在兄弟二人被贬去岭南的岁月里，唯有吴复古不怕受牵连，传递信息奔走相告，还去黄州探望苏东坡，去循州看望苏辙，是位有仁有义之士。

苏辙自称“心为道士”，不过他知道，道士也出多门，良莠不一。曾经在青城山学道的李士宁，有着为人不知的神秘修炼术。苏辙曾经做过一个怪梦，梦见李士宁与他长时间谈论神怪，告诫他不要嫌弃人间的饮食，即便蓬莱仙山，也没有什么好吃的东西。

苏辙醒来后相信了。既然神仙住的地方都没有好吃的，苏辙干脆学习吴复古：

> 食无酒肉腹亦饱，室无妻妾身自好。
> 世间深重未肯回，达士清虚辄先了。

他学习吴道人禁食服药，不近女色，认为这样就可以获得养生之术。这种观点与苏东坡大大不相同。

7

关于修身养性的方法，苏辙给哥哥苏轼讲过一个“修身历”的故事。

一个人死而复生，他曾问阎王：“我如何修身养性，怎样可以免罪长生呢？”

阎王回答说：“你应该建一本修身日历，每天十二个时辰都做了什么，必须一一记录下来。不记得的，都是你不可说不可做的。”

“每天只做记录？”

“对！没事的时候要静坐，便觉得一日就顶两日。如果能让一生经常做到这样，那么你活到七十岁，就等于活了一百四十岁。”

这个人似信非信。

阎王接着说：“你听说过人世间，有哪种长生不老药，能有这种效果吗？既无不良反应，又能节省药钱。”

“的确没听说过！”

“这个药方人人都可得到，但是良药苦口不好喝，许多人咽不下去啊！”

苏东坡仔细听了苏辙的故事，笑着说：“这都是至理名言，怕人知事莫萌心啊！”

是的！怕人知道的事情，心中连想都不该想。他赞赏弟弟，不显山、不露水，默默地把事情做好，这才是避祸的保身之道！

苏东坡根据这个故事写了一篇文章：无事此静坐，一日似两日。若活七十年，便是一百四……

苏东坡没有活过七十岁，苏辙虽然活过了七十岁，但并不觉得活了一百四十岁，所以他对道教的养生术也丧失了信心！他感慨道：“平生误与道士游”，于是又离道入佛了。

苏辙对佛学的重视是在筠州，因为官小贫困，所以诸事容易看空。晚年他与妻子一起在东厢设立了佛堂，“我佛无处不在，禅机无刻不有”，他又认真地修行起来。

苏辙认为儒、释、道三教完全可以合一，孔子的中庸和佛家的无断无灭，和道家的无所是非，主张都是一致的。道家的“清静无为”，佛家的“四大皆空”，儒家的“独善其身”，苏辙的解释也都是一致的。儒家治世，佛教治心，道教治身，三教彼此兼容，可以互为补充。儒、释、道在修身齐家治国上，各有所长，不应该相互排斥，苏辙自己就身体力行着。

第二十二章

花花公子当了皇帝，苏辙未能看到大宋的靖康之耻

人生在世，不出一番好议论，不留一番好事业，终日饱食暖衣，不所用心，何自别于禽兽。

——苏辙《历代论·引》

1

新继位的大宋第八位皇帝赵佶，是一位有故事的皇帝，他当皇子就有故事，当了皇帝以后，又发生了一连串的故事，就连当了俘虏，囚禁在遥远的五国城，仍留下了不少故事。

每年的正旦，历朝历代都要举行庆典大礼。皇帝要在正殿接受文武百官的朝拜，称为“大朝”。辽国、高丽、西夏，交趾、日本、大食等诸国的使臣都会前来祝贺，还要宴请赵氏宗亲和朝廷百官，以示皇恩浩荡！可是元符三年（1101），此刻的哲宗皇帝已病入膏肓，正躺在龙床上，木然地瞪着床前的宫灯，不省人事。

向太后双眼含泪，守候在床边。她示意左右的人全部退下，头贴在哲宗的耳旁，问道：“皇儿呀，在你的心中，哪位皇子继承你的大位最合适？”

哲宗也可能听清楚了，但已经不能开口言语。

向太后又说：“能继承皇位的皇子，只剩下你的九弟赵佖，十一弟赵佶，十二弟赵俣 ，十三弟赵似，十四弟赵偲这五位了！你若不想开口，可伸出手指示意，好吗？”

但他连伸出手指的力气都没有了！

向太后知道，哲宗的时日已经不多了，国家社稷不可一日无君！她立即招来章惇、曾布、蔡卞、黄履、许将等朝中的重臣，商量立哪位皇子为储君最为合适。

曾布、蔡卞、黄履、许将等人都认为哲宗无子，兄殁应该立弟，立弟应该立长。

章惇认为，当立简王赵似，因简王沉稳，又与哲宗同母，有治国之才！

曾布表示反对，他认为简王平时迷恋击鼓，任性而为，难以承担社稷大业。

章惇又说，既然立长，可由申王继位。

向太后认为，虽然申王比其他皇子都年长，但他的左目已瞎，仪容已损，既然君临天下，必要接见诸国使臣，故不宜继位！

曾布和蔡卞等人，又提由端王赵佶继位，但章惇竭力反对。他认为端王虽然仪表堂堂，但他常去茶肆酒楼，又爱骑马击球，还去青楼听歌观舞——“端王轻佻，不可君天下”！

向太后听了，最后说道：“端王年富力强，孝悌礼让，深得先帝宠爱。先帝曾对哀家说过，‘端王有福寿，又仁孝，不同诸王’。端王可立储君继位！”

向太后一锤定音！

众人听了，都连声赞同。章惇知道，向太后无子，当然要找这位既听话又走得近的端工。胳膊拧不过大腿，他默默地站起身来，离开了寝宫。

世事莫测，就在各国的使节们等待参加正旦宴时，突然接到朝廷的讣告：大宋国皇帝驾崩！这些前来参加庆典的使节，转眼之间就改变了身份，成了前来参加大宋国丧的告哀使了！

由于先帝驾崩，新帝即位，大宋王朝在京的大臣忙作一团。

2

元符三年（1101）正月，宋徽宗即位后，向太后与他一起听政，向太后也属于旧党，为了搞新旧两党平衡，她对朝中官员进行了一次大调整。

苏辙二月被贬移永州（湖南零陵），四月，宋徽宗生了儿子大赦天下，苏辙北归虔州（江西赣州），月末又任濠州团练副使、岳州（湖南岳阳）居住。

苏东坡也以琼州别驾、廉州（广西北海）安置。

苏辙十一月到达鄂州，他在此地接到诏命：复太中大夫，提举凤翔府上清太平宫，外州军随便居住。

七年了，“罪积如山”的前朝副宰相苏辙，终于从“前后三迁，奔驰万里，瘴疠缠绕，骨肉丧亡”的境地中走了出来。既然可随便居住，于是，他便回到颍川自己的家中。

苏辙在去岳州的路上，写了一首青词《阁皂》：“舟过临江，近瞻阁皂，遥望玉笥，诚心惕然……”

因为他看到了玉笥山，联想到被放逐于此地的屈原。屈原在这里写下了《九歌》，抒发了他的爱国感情。

苏辙的青词中，“忠国爱民，始终一心”，他直抒胸臆像屈原一样“忠国”，而不再是非不分的盲目“忠君”了。国家是指江山社稷，大忠是要忠于国家，由“忠君”改为“忠国”，这是苏辙精神世界的一大改变！苏辙共写过二十三首青词，后十一首都是被贬后的情感体验。例如献给新官家宋徽宗的《龙川青词》，就是感人肺腑的真情实感，难怪宋徽宗也因此受感动而赦免了他。

“青词”是一种文体，最初是道教举行斋醮仪式上，写给上天的奏章祝文，大都是华丽的骈体，用青藤纸书写红字。到明朝时皇帝崇尚道教，喜欢青词，于是官员借青词歌功颂德，溜须拍马，成为讨好皇帝的一种献媚手段。明代的第一大奸臣严嵩，就是写青词的高手。

苏辙一家人终于在颍川喜获团圆了。然而五行学说中，人的喜怒思忧恐，与心肝脾肺肾是相关的，喜伤心，喜则气缓，易发心脏病！范仲淹的儿子范纯仁，刚刚从贬地回来，就因心脏病去世了，他是旧党的代表人物，也是苏辙的良友。“南迁头已白，北返病初加”，大喜变大悲，苏辙悲痛心情可想而知，然而接踵而来的却是哥哥苏东坡去世的噩耗，这让他陷入更加撕心裂肺的悲痛之中。

原来，苏东坡刚到廉州就改任舒州。他路过广州时，听说解除贬谪的秦观去世了！心爱的弟子早他而去，老师焉能不伤心落泪，痛彻心扉！

船过永州时，传来诏命，他可以自由居住了。于是，一家三十多口人赶紧向常州奔去，好歹那里还有个家。千里旅途劳顿，又痛失至亲好友，让他一直黯然神伤。谁知在水乡又不幸染上痢疾，使他病倒在船上，又过了几日，一代大文豪苏东坡竟然没抵过病魔，不幸撒手人寰！那是建中靖国元年（1101）七月二十八日。

苏辙彻夜未眠，一时难以接受，十多天前还写信给他的老兄：“桑榆暮景，岂忍再长相别离？”劝哥哥北上颍川团聚，兄弟共同居住养老，共享天伦之乐。不料再收到的回函，却是哥哥给他的遗言：“即死，葬我嵩山下，子为我铭。”

哥哥苏东坡的离逝给了弟弟苏辙沉重的打击，此后半年多苏辙一直沉浸在对哥哥痛苦的思念之中。

苏辙写了《祭亡兄端明文》，让小儿苏远带上，前往常州吊祭。又写了《和子瞻归去来词》，怀念兄弟二人的手足亲情。

岁月匆匆，次年的六月份，苏辙将苏东坡与王润之夫妻，合葬在郏城小峨眉山的上瑞里，并撰写了《亡兄子瞻端明墓志铭》，完成了哥哥生前的嘱托。

后来又过了十年，苏辙也葬在了兄长的坟墓旁边，这里最终也成为苏氏家族的祖茔。

就在苏门一家笼罩于无尽的伤悲之时，朝廷又风云突变。蔡京手握重权，把对变法有异议的三百零九人统统列入《元祐党籍碑》，名单刻石立碑，

颁布到全国各个州县。

苏门学士无论故去的还是在世的，都在碑上留名，子孙永远不得为官，这是让他们永世不得翻身。

3

离洛阳很近的颍川历史悠久，据说黄帝生于此地，夏禹也在这里建都，是中华民族的发源地。

秦朝设置天下三十六郡，颍川就是除长安、洛阳外人口最多的大郡，也是京师之外最繁华的地方。这里文化底蕴深厚，是三国时名士的摇篮，如司马徽、荀彧、郭嘉、徐庶、钟会、钟繇等人。这也是苏东坡担心离京城太近，容易招惹是非，不敢来此地居住的原因之一。

不过苏辙两兄弟都不曾预料到，四十年之后，岳飞率领南宋的大军北伐，大败金兀术的朱仙镇战场，就在颍川附近！光荣历史，载誉史册。

苏辙北归后，“虽复追削者五官，仍且获于闲局”，官职继续一降再降，预示着政治迫害不但未结束，还在逐步升级。他知道颍川离汴京太近了，甚至不敢向朝廷提出致仕退休的请求，干脆离开妻子儿女，只身来到汝南租房居住，以求躲避灾祸。

我昔还自南，从此适旧许。
再岁常杜门，壁观无与语。
何人自惊顾，未听即安处。
亟逃颍州籍，来贯汝南户。
妻孥不及将，童仆具樽俎。
身如孤栖鹊，夜起三绕树。
……

汝南即蔡州，苏东坡被贬黄州时也曾路过此地，这里距离颍川三百里路，六十五岁的苏辙开始独自生活了。“妻孥应念我，风雨未缝衣。忧患十年足，何时赋《式微》？”什么时间回去？他不知道，却非常怀念与他同甘共苦的老妻，“丈夫学道等忧患，妇人亦尔何从得？”“客居兼状子，久别愧良妻”。苏辙一生颠沛流离，史氏都一直陪伴在丈夫身边，这是两人第一次被迫分居两地。

苏辙虽不像苏东坡那样喜欢热闹，但也只能慢慢地适应孤独和寂寥了。

《元祐党籍碑》的规定要累及子孙，二儿苏适也被罢官回家了，三个儿子轮流前来汝南探望。开始时苏辙感到独处可以享受清欢，安心读书写文章。可缺少亲情，孤独久了，仍然难熬，尤其他一生喜欢孩子，于是让寡居的女儿和外孙前来做伴。

四十岁的女儿望着消瘦的父亲，心疼地说：“父亲受苦了，看你瘦成什么样子了？”

苏辙一边抚摸着小外孙的发辫，一边笑着说：“我本来就不胖嘛。”

“外公，我们和你做伴好吗？”

“太好了，我梦里都希望看见你们。”

女儿说：“好久不见，你这一个外孙也长大了吧？”

苏辙：“难怪我老了，他们这一代都长起来了。没想到，第三辈的文骥都能下地割麦子了！”

苏辙的诗《文氏外孙入村收麦》，曾经入选过中学的语文课本。

欲收新麦继陈谷，赖有诸孙春老人。
三夜阴霪败场圃，一竿晴日舞比邻。
急炊大饼偿饥乏，多博村酤劳苦辛。
闭廪归来真了事，赋诗怜汝足精神。

女儿笑着说："我带这个小的来，一是陪他玩，让你开心；二是要你教他读书写字，他太顽皮了，我管不了他。"

苏辙笑着点头。人在困苦危难之中，家永远是避风的港湾。苏辙快乐起来了。他作诗写道：

……

母老行役难，女来生理葺。
外孙跨鞍马，遇事亦闲习。
居然数口家，解我百忧集。
厄穷须父子，他人非所及。

苏辙在汝南居住了一年。苏辙后来自己悟道："风波随处有，何幸免惊奔。"回家吧！该来的总是要来，该去的总是会去的。于是又搬回颍川居住。从此他闭门谢客，潜心读书写作。

4

苏辙在颍川建了"遗老斋"，他在《遗老斋记》中写道："庚辰之冬，予蒙恩归自南荒，客于颍川，思归而不能。"

苏辙的父母祖墓在故乡四川眉山，不能回归是有原因的。

三苏的祖籍是赵州栾城，所以苏辙字子由，一字同叔，号栾城。他要把根留在北方！

赵州栾城是苏辙第一故乡，四川眉山是第二故乡，现在颍川成了他的第三故乡。为何选中河南颍川？一是京都附近是繁华之地，苏洵早已看好，这有利于将来子孙的发展；二是苏辙在此早已经买地建房，小儿苏远的亡妻黄氏（八郎妇）也葬于此地；三是嵩山风景优美，青山绿水，极似四川峨眉，父兄都钟情于此地。苏辙还请来道人占卜，选中了郏县钧台乡的上瑞里为墓地陵园。

在颍川，苏辙买下了卞氏故居后加以改造。他是在为子孙后代谋划，建的房子不算少，况且还有从常州搬来同住的苏过子孙多人。五年的时间里，他前前后后卖书筹款，买地扩大，买房拆建，终于修建了百间居室，这对百口之家来说并不算奢侈，“百口共一灶，终年事烹煎。”如不贬官的话，这里可是作为宰相府邸了！

苏宅位于颍昌城西的西湖之滨，拆旧屋，建新房，种百花，砌池塘，栽松竹，修长廊……苏辙给新居命名：东斋、东厢、东园、南斋、南屋、南堂、南园、西轩、西厢、北堂等。

东园东南建有“待月轩”，每逢月出，他即徘徊月下回顾毕生的往事，思念最多的还是兄长苏东坡。坐于轩前，把酒月下，对日月的关系、生死的变化，他都写进《待月轩记》了。东厢辟为佛堂，“老佛之庐，朝香夜灯”，“老人夫妇修行久，此处从今是道场”。新买的东邻园旧屋，苏辙认为略微修缮即可，因为他多年已经住惯了茅屋，平平淡淡不求奢华。

西厢是藏书阁，墙上挂着一幅苏过画的《月宫河汉图》，还有苏辙自己的一幅行草，“忠君爱民”四个大字。书架上存放诸子百家和父兄以及自己的书籍，每次翻阅都会凝望窗外，怀念西南方向的四川眉山故乡。翻修西轩时，还曾挖出一块太湖石，它形似故乡眉山的那架木假山，于是，把它安置在院中的西南方向。

南堂庭外种有花草树木，什么山丹、芝兰、千叶牡丹，以及苍松翠柏等。庭西有井，苏辙著书劳累了，便亲自汲水灌溉，劳动筋骨。南园原有一亩地的千竿竹，为建房已将部分竹子移植到了东园，苏辙在竹林中修了一座六角亭，开窗见竹是他最开心的事情。苏辙赋诗曰：

乐天种竹自成园，我亦墙阴数百竿。

不共伊家关多少，也能不畏雪霜寒。

新建的北堂最大：

吾庐虽不华，粗有南北堂。
通廊开十窗，爽气来四方。
风长日气远，六月有余凉。
儿女避不居，留此奉爷娘。

苏辙夫妇就在北堂居住，左右两旁是儿孙的房间，吃饭时一呼即到，他在大家庭中尽享天伦之乐。

新宅命名为“遗老斋”。苏辙的自我陶醉，从他的诗中可以体会到他当时的心情：

幽居一室少尘缘，妻子相看意自闲。
行到南窗修竹下，恍然如见旧溪山。

旧山修竹半尘埃，谁种南林待我来。
新笋出墙秋雨足，闭门长与护苍苔。

里中佳客旧孙陈，我自疏慵不见人。
目倦细书长掩卷，心游法界四无邻。

民国大师梁漱溟说：家居环境很重要，家静人安，人静心安。苏辙从汝南搬回遗老斋，自号“颍滨遗老”。

闲居颍川，苏辙四大皆空，再也不谈论朝中政事了。

杜门本畏人，门开自无客。
孤坐忽三年，心空无一物。

苏辙曾经自注："乐天居洛阳日，正与予年相若，非斋居道场，辙携酒寻花，游赏泉石，略无暇日。予性拙且懒，杜门养病，已仅十年，乐天未必能尔也。"

随遇而安，他感到比白居易强多了！

5

"余归蜀当杜门著书，不令废日，只效温公样作议论，商略古人，岁久成书，自足垂世也。"这是苏辙早有的打算，现在回到颍川，著书立说，流传后世，成为他唯一的心愿。

苏辙原有《诗传》二十卷、《春秋集传》十二卷、《老子解》二卷、《古史》六十卷。五十三岁时又编辑了五十卷《栾城集》。在贬官七年的流迁中，他又记录了《龙川略志》十卷、《龙川别志》四卷。

苏辙对秦始皇深恶痛绝，苏辙说："及秦焚书，战国之史不传于民间，秦恶其议己也，焚之略尽。幸而野史一二存者，迁亦未暇详也，故其记战国有数年不书一事者。"

为了纠正和补充司马迁的《史记》，从少年起，他就从事这项巨大的文字工程，博览正史野史，着力研究先秦，一生孜孜不倦！他修正的《古史》，为中国历史文化作出了杰出的贡献！

崇宁三年（1104），苏辙回到颍昌家中闭门谢客，开始整理自己的旧稿，计有诗、赋、书、记、传、序、论、策、杂文等。汇集了《栾城后集》二十四卷。写作之余，常常运笔书法习字。他流传后世的墨迹有《雪甚帖》《雪诗帖》《晴寒帖》等，书法造诣极高。

崇宁五年（1106）九月，苏辙五卷《历代论》完成了，他评价历史人物都是有感现实而发，借古讽今，影射祸乱天下的徽宗和蔡京，这是他一生最杰出的政论灼见。这一年天上出现彗星，文德殿门外东墙上的《元祐党籍碑》被雷击成两半，宋徽宗不得不偷偷毁掉了这块石碑。历代的石碑可以砸碎毁掉，可真实的历史，永远记录在人民大众的心间。

苏辙这一年还撰成《颍滨遗老传》及《栾城后集序》。后来又撰成《栾城第三集》《栾城应诏集》十二卷，收集了应制科试的策论和进士考试的文章。这些文章的完成，给了他强烈的成就感，流露在重阳节所写的《九日独酌》诗中：

故国忘归懒问人，新居斫竹旋开门。
菊生墙下不知节，酒滴床头初满樽。
涨水骤来真有浪，浮云卷去自无根。
凡心漫作颍滨传，留与他年好事孙。

大观元年（1107），苏辙著《论语拾遗》，这是给九个孙子的讲课稿，九个孙子指大儿苏迟的苏简、苏策；二儿苏适的苏籀、苏范、苏筑；三儿苏远的苏筠、苏箴、苏籍、苏簦。书中的有些观点与苏东坡不尽相同，他并不认为孔子事事正确、处处高明，对孔子的观点有批判地继承。

苏辙在他写的《古今家诫叙》指出："慈故能勇，俭故能广"，教导子孙们"道生于安静，德生于谦卑，福生于清俭"。

这些条幅都挂在西厢的藏书阁里。

大观二年（1108）正月，朝廷大赦后的苏辙，正逢七十岁，他作了《渔家傲·和门人祝寿》：

七十余年真一梦，朝来寿斝儿孙奉。忧患已空无复痛，心不动，此间自有千钧重。

早岁文章供世用，中年禅味宜天纵。石塔成时无一缝，谁与共？人间天上随他送。

苏辙一生留下的诗作有一千七百多首，散文一千余篇。词是宋代标志性的文学体裁，然而苏辙一生词作很少，不像苏东坡是宋词豪放派的杰出代表。诗雅词艳，宋词最早是为谱曲所用，称作曲子词，又称诗余，有固定的曲调演唱。苏辙平日很少光临风月场，与苏东坡和秦观不同，他填词少，可能与此有关。

党人碑被毁后，朝廷对元祐党人后代的政策放宽了，苏辙的三个儿子也逐个出仕：苏迟官至太中大夫、工部侍郎；苏适官至承议郎、广信军通判；苏远官奉议郎、泸州潼川府通判。苏辙高兴之余赋诗《七十三岁作》，讲到他的初心：

一生有志恨无才，久尔萧萧白发催。
力学当年真自信，初心到此未应回。
旧人化去浑无几，新障重生拔不开。
七十三年还住否？获麟后事转难裁。

政和二年（1112），又是一个除夕夜，苏辙全家儿孙满堂，酒席之上其乐融融。苏辙的胃病也好了，腿脚也不疼了，预料自己能活到七十四岁，他挥笔又有大作《除日》：

屠苏末后不辞饮，七十四人今自稀。
筋力明年应更减，诚心忧世久知非。
脾寒服药近方验，风痹经冬势渐微。
得罪明时归已晚，此生此病任人讥。

他不会知道这是他人生中的最后一个春节。他当然也不会知道，六十四年以后，南宋的宋孝宗才彻底为他平反昭雪，谥号“文定”。

6

所有人在睡眠中都会做梦，甚至动物也不例外。弗洛伊德认为梦是一种愿望的达成，是一种清醒状态精神活动的延续。潜意识中被压抑的欲望，会在梦中得到体现和释放。

苏辙之孙苏籀曾对人说过，他爷爷的母亲梦见蛟龙伸臂而怀孕生了爷爷，这就像孔子出生时说有二龙附在屋顶一样，历代帝王的传说就更多、更神奇了。虽然都是无稽之谈，但这也许都是个人的愿望！

苏辙有时梦中回到故乡眉山：

千里故园魂梦里，百年生是寂寥中。

他还曾梦到在江中放生：

长鱼三尺困横盆，送入清流喜欲奔。
报我金匙仅盈寸，掷还聊喜不贪存。

苏辙和苏东坡这“对床老兄弟”“夜雨从来对榻眠”，一生确实多梦，并且梦境多有记录。他们有觉有醒，觉醒都写在诗词之中。

苏辙苏东坡最有意思的是两兄弟《记梦》诗互答，苏东坡写道：

我归自南山，山翠犹在目。
心随白云去，梦绕山之麓。
汝従何方来，笑齿粲如玉。
探怀出新诗，秀语夺山绿。
觉来已茫昧，但记说秋菊。
有如采樵子，入洞听琴筑。
归来写遗声，犹胜人间曲。

苏辙也做了同样的梦，也有《记梦》诗：

兄从南山来，梦我南山下。

探怀出诗卷，卷卷盈君把。
诗词古人似，弟则吾弟也。
相与千里隔，安得千里马。
携手上南山，不知今乃夜。
……

苏辙兄弟俩感情深厚，虽然不是孪生子，做同一个梦也挺奇怪，更奇怪的是，和别人也能异床同梦。苏辙在筠州高安时，和圣寿寺的聪长老，以及在洞山修炼的云庵和尚，都是好朋友。有一天云庵做了一梦：三人一起出城迎接五戒和尚，醒后感到奇怪，正和苏辙谈论此事时，聪长老也到了，说自己昨夜做梦，梦到他们三人同去迎接五戒和尚，苏辙听了鼓掌大笑说："世间果有同梦者，异哉！"

三人谈话间，来筠州看望弟弟的苏东坡也到了，在建山寺见面时，大家告诉了他二人同做一梦的怪事。

苏东坡说："我八九岁时，梦到自己是一个和尚，经常在陕右奔走。而我母亲怀孕时也曾经梦到过一位瞎眼和尚。"

云庵听了大惊失色地说："五戒和尚就是陕右人，他瞎了一只眼睛，晚年来到高安，去世已经五十年了。"

苏东坡说："是吗？我今年恰恰四十九岁。"

苏辙惊问："难道你就是那个五戒和尚转世吗？"

苏东坡回答："五戒和尚不怕人笑话，厚着脸皮又出来了，真是可笑啊！"

云庵意味深长地说："和尚转世，梦后有应验。"

从此坊间就有苏东坡是五戒和尚转世人间的传说，曾经风靡一时。

苏辙有时在自家竹林的六角亭上，夜望星空，遨游太极。有时闭目静坐，如同雕塑的泥人。他也经常做白日梦，想着是苏东坡回来了，兄弟俩一起谈诗论文，一起饮酒对弈。耳边好像传来兄长爽朗的谈笑声，等他赶紧睁眼一看，不过是风吹竹叶发出的飒飒响动声。

日升月落，时光悠悠而过，苏辙也从梦中回到现实中来。苏东坡说多次梦过周公，苏辙也多次分析过“庄周梦蝶”，梦是现实无法兑现的自由理想的一个幻影而已。

萧萧华发对妻子，往往老泪流衣巾。
仲叔已尽季已老，双星孤月耿独存。

苏门三学士，如今仅剩他一个人了。

7

徽宗政和二年（1112）九月，朝廷下诏：苏辙以太中大夫职致仕。也就是说，今天他可以完全退休了。

十月初一是“祭祖节”，也称“鬼节”。苏辙为父母、兄嫂祭奠之后，独自又饮了不少酒，感觉有些疲劳，于是躺在床上，吟诵起李白的《梦游天姥吟留别》。当吟到“青冥浩荡不见底，日月照耀金银台。霓为衣兮风为马，云之君兮纷纷而来下。虎鼓瑟兮鸾回车，仙之人兮列如麻”时，又昏昏睡去。恍惚间他听到仙乐奏起，见有人驾着五花马的鸾车停在五彩云中，云蒸霞蔚，车中七人除着唐服的韩愈和柳宗元不认识外，其他五人都相识：手执一壶酒的是醉翁欧阳修，那个蓬头垢面不修边幅的是王安石，瘦弱温文尔雅的是曾巩，还有自己久别的老父苏洵，最后是十年未见的兄长苏东坡。这时，忽听赶车人大呼：“苏辙苏子由，八人之中就差你一个了，快快上车去天宫！”

正轻飘飘地在彩云间飞升的苏辙，被史氏唤醒了，他轻轻抚摸着妻子的双手，意识到与父兄相聚的时刻快到了！

十月初三，苏辙的孙子们来给爷爷请安，苏辙勉强坐到桌案前，逐一问询他们的功课。苏简向爷爷发问：“祖父，孔夫子说的孝，究竟是什么？”

苏辙说：“父在，观其志；父没，观其行，三年无改于父之道，可谓孝矣！”

“父亲健在的时候，观察他的志向；父亲去世了，就要观察他的行为，三年不更改父亲的为人之道，那么他就算是孝了。”

苏辙满意地点了点头。

苏籀接着问：“祖父，‘从道不从君’也是孔夫子说的吗？”

孙子的提问，提起了苏辙的精神，他回答说：“不对，这是荀子说的！”

“臣子要服从正确的原则，而不是盲目愚忠君王。对吧？”

苏辙频频点头。他兴奋起来，命苏籀铺纸研磨，他晃晃悠悠地站起身来，将狼毫大笔蘸饱了墨汁，挥毫书写了四个大字：忠国爱民！

写完这四个字，苏辙大汗淋漓，口唇紫绀，面色苍白，精疲力竭地倒在了床上！

藏书阁墙上的四个字不是“忠君爱民”吗？今天怎么“君”字改成“国”字了？孙子们想要过去再问爷爷的时候，忽然都“哇”的一声，大哭了起来……